主　编／曹启文
副主编／苏沧桑
执行主编／张子帆

执行主编／张午地
副主编／苏俗桑
主编／曹启文

浙江文坛

2019 卷

ZHEJIANG WENTAN (2019 JUAN)

浙江省作家协会　编

浙江文艺出版社

目录

001 历史皱褶中的人事与天命
——2019 年浙江省长篇小说综述
周保欣　张梅霞

015 形式多元的人文关怀
——2019 年浙江中篇小说述评
郭　梅

028 现实无边　生命之树长青
——2019 年浙江文坛短篇小说述评
周　静

043 恰有唐音追到处，语必惊人总近情
——2019 年浙江诗歌创作年度述评
柯　平

061 少女与永生
——2019 年浙江散文阅读札记
周维强

080 谁家新燕啄春泥
——2019 年浙江杂文述评
朱国良

097 构建时代奋进的精神家园
——2019 年浙江报告文学创作综述
朱首献　张执中

117 小小说的讲究：作家的发现和人物的表现
　　——2019年浙江小小说述评
　　谢志强

136 枝间时见子初成
　　——2019年浙江戏剧文学综述
　　严　迟

152 犹有花枝俏
　　——2019年浙江影视文学札记
　　张子帆

163 寓言、图画书及其他
　　——2019年浙江儿童文学述评
　　孙建江

187 摇曳多姿的现实主义
　　——2019年浙江外国文学译介与研究述评
　　杨海英　天　竹

209 旧事重提与朝花夕拾
　　——2019年浙江文学评论述评
　　刘　忠

226 现实转向与多元坚持
　　——2019年浙江网络类型文学综述
　　傅心于　夏　烈

245 2019年浙江文坛大事记

历史皱褶中的人事与天命
——2019年浙江省长篇小说综述

|周保欣|张梅霞|

2019年浙江省长篇小说创作总量不尽如人意。搜集到全年出版、发表的长篇小说共11部，其中由刊物发表的1部，出版社出版的10部。浙江长篇小说本就产量不高，且作家队伍多以基层作者为主，不似中短篇小说，阵容强大，因此，长篇小说在全省的文学格局中，其实是弱势的文体。从世界范围来看，欧洲自文艺复兴始，因为人道主义精神的复苏，兼及社会的世俗化发展，长篇小说在17、18世纪迎来高峰期。中国的情况和欧洲有某种同步性，在17、18世纪，江南世俗化社会的发达和文人知识分子的"市隐"，使得长篇小说达到新高度。自此之后，虽说文学史上不乏马克·吐温、欧·亨利、雷蒙德·卡佛、艾丽丝·门罗等杰出的短篇小说作家，但想必没有人会否认，长篇小说才是各类文学中真正的王者。

浙江的长篇小说弱，这似乎是一个历史问题，即便是在现代文学阶段，浙江作家"天下三分有其一"，写长篇小说的也不多。浙江长篇小说的问题，可以作为一个大的课题去深入研究，这里且不讨论。单就2019年省内的长篇小说来看，还是有它的特点的：小说的"大"说法。麦家的《人生海海》、叶炜的"转型时代三部曲"（《裂变》《踯躅》《天择》）等，都是在大的、开阔的时代变革之中，去把握历史、时代和社会风俗的变迁之作。

一

2019年度浙江长篇小说的重要收获是麦家的《人生海海》。麦家以谍战小说名世,所以很多时候,麦家似乎成了谍战小说的代名词。人们一提到谍战小说就会想到麦家,而一提到麦家,自然也就会想到谍战小说。其实,小说就是小说,本没有谍战与非谍战之别,所有的小说,都不出写人、言事二端,谍战小说如此,非谍战小说亦是如此。写人,即见心、见情、见性;写事,则或草蛇灰线、伏脉千里,或合纵弄引、横云断山。我不知道麦家如何看待他的"谍战小说家"身份,通观《人生海海》,麦家似有与"谍战小说家"身份切割的味道,他写作此书虽不能说是全部,但至少有一部分的动机,是想向人们证明,他不仅会写谍战小说,而且还能写出人们心目中的"严肃文学",或者说"纯文学"。小说标题,"人生"和"海海"是两个重要的语码。所谓"人生",是"严肃小说"作家视为经典化必备的文学要素。"文学是人学",似乎不"人生",文学就不"严肃",就不能成就其"经典"。而"海海",按照《说文解字》的讲法:"海,天池也,以纳百川者。"百川归海,泥沙俱下,人生何尝不是像百川一样,百川异源而尽归于海?

通过《人生海海》这部小说,麦家将他的小说炼金术发挥到了极致。小说围绕着一个身上带着很多谜团的人物展开,以一个十岁小孩的视角,叙述了主人公蒋正南在动荡的时代下晦暗不明的一生。蒋正南其实是个强势且不乏英雄气的人物,他一生命运多舛,受尽磨难,曾立下赫赫战功,被人称为"上校";在抗日战场上下体受伤,被人嘲弄为"太监";曾作为军医救人无数,被人尊称为"金一刀";曾作为特工杀妖锄奸,但由于遭人陷害,被遣送还乡。唯其是一个强者，蒋正南在一个大的动荡不安的世界中，个人命运的蹉跎、磨难和跌宕才令人唏嘘，才让人对历史、时代、社会的强大，对这个世界人性的暗昧产生更大的惊惧。小说中，两个绰号，"上校"和"太监"，截然相反，却集于蒋正南一身，有其可悲可戚之处。"上校"与"太监"，既造时势，亦为时势所造。小说写道："我们村叫双家村，大家姓蒋，小家姓陆，大大小小五千多人，是全县排头尖的大村。因着人多，怪胎也少不了，老保长是一个，门耶稣是又一个，凤凰杨花是再一个。"而"村里所有人的怪古加起来也顶不上太监一个人，他绝对是全村最出奇古怪的人"。其实，古怪的不是"上校"，他当过国民党，又当过共产党，睡过老保长的女人，"那地方少了那东西"，回到村子里他"向来不出工"，哪一条，也算不上古怪。古怪的，是让"上校"变得古怪的时代。在巨大的历史旋涡中，"上校"无论怎么样强大，终究不免为时代湍急的激流所搓揉。"上校"变成"太监"，实际上，不过是一个活泼泼的"人"，为时势所去"势"而已。这个"人"，可以是"上校"，也可以是老保长、小瞎子、爷爷、父亲、林阿姨。

　　麦家的小说，触及人类情感最微妙的部位和人类生活中最脆弱的地方。如果说"上校"之成为"太监"，以及他最后的疯癫，预示着的是时代的强大和某种历史文化的疯狂，那么，小说中的爷爷、小瞎子、"我"的父亲、林阿姨等，无不经过麦家把生活升华为一种典型的饱满有力的艺术创造的手法，他或她无一不是生活在时代的重压和人生的屈辱之中。小说在一个漫长的历史时段之中，刻画了难以确定其精神与道德风貌的芸芸众生。他们的精神与道德风貌，既不是我们以"启蒙"等诸般概念就可以解释的思想难题，亦非以某种历史反省即可以获得的确定的结论。麦家尝试着把自己放到一个开阔的历史当中，放到深邃的人性与生命的追问之中，试图扩大他的对于生命和时代的理解，进而开阔其小说的审美境界与气象。值得指出的是，麦家并不掩饰他对生命、人性与时代感到困惑的事实，《人生海海》虽不乏诸多的象征和隐喻，但总体而言，麦家并非是以清明的理性引导出我们对生命、人生和时代的看法，他的努力在于，把我们引入一个巨大的关于生命世界的"无理数"之中，而这个"无理数"，正是小说或者说文学的本质，是文学之为文学、小说之为小说的最充足的理由。标题所说的"人生海海"，正是这个"无理数"的最好的说明。在最根本的意义上说，《人生海海》是有它的特定的思想性的，其思想性的标识，就是小说中对某件事或某些价值的拥护或反对。就麦家这部小说而论，它是另外一种"活着"的生命哲学，就像小说中描述小瞎子的那些话所说到的："生活摧残了他，让他过着活鬼一样的生活，也让他穿越了生死恐惧和世态炎凉，变得大彻大悟，笑傲江湖。"不管是卑微还是崇高，屈辱还是尊严，活着，就是真理。

徐建宏的《一个叫木头，一个叫马尾》，发表在《江南》2019年第5期。这是浙江省2019年度唯一发表在刊物上的长篇小说。小说写中年男人的困顿。这样的题材，二十世纪九十年代有些小说家比较喜欢写，因为，那时候八十年代刚刚过去，激情、理想主义、启蒙、精英意识等，这些被视为"八十年代"的标志物，就像远去的风帆一去不复返，留在"九十年代"这个时间海滩上的，是被当时的人们视为鸡零狗碎的、一地鸡毛的、庸俗不堪的"世俗化"生活。正是如此，告别青年的"中年"，即成为负载理想逝去、人生苦闷的生命现象的载体，"中年危机"成为许多作家写作的基本关怀，苏童的《已婚男人杨泊》《离婚指南》等，就是当时很有轰动性的小说。

徐建宏《一个叫木头，一个叫马尾》，写的是时下我们生活中的"中年困局"。用小说中的话说,就是"人到中年,心中积满了尘土"。小说中的唐书一,就是那个"心中积满了尘土"的中年人。唐书一的日常生活是鸡零狗碎的,堆满了琐屑、无聊、庸常、失序。而他的精神世界,则是为诗歌、阅读、爱所占有。生活世界的失序与混乱,与生命世界的哲思与诗意,构成了唐书一"中年生活"最具张力的冲突。从题材上来看,这种世俗与精神生活的作战,可谓是文学世界的老话题。徐建宏的这部小说的独特之处,就在于它突破了一般的小说家的理想主义设定,作家没有陷入那种以人的精神生活去抵抗人的世俗存在的老套路,而是在两者之间保持着某种平衡。人生于此世,诗意、思想、情爱,是人之为人的一种充满激情和沉思的生活;而无聊、琐碎、庸常甚或是沉沦,何尝不是生活的另一部分呢?没有个人生命世界里的无聊、琐碎、庸常甚或是沉沦,又哪来的诗意、思想与情爱呢?没有诗意、思想与情爱,我们又从哪里能看到生活中的无聊、琐碎、庸常甚或是沉沦呢?所以,正确的生活方式,不是精神的事务征服世俗的生活,也不是世俗的生活击溃精神的事务,而是两者的交错叠加。小说标题"一个叫木头,一个叫马尾",取自诗人海子的《九月》:"我把这远方的远归还草原/一个叫木头,一个叫马尾/我的琴声呜咽 泪水全无/远方只有在死亡中凝聚野花一片……"作家想必是借海子的诗句,表达他对某种超越性精神力量的追念吧!

二

2019年,叶炜出版了他的"转型时代三部曲"。三部小说均是以高校为素材。叶炜本就是高校的教授,作家型学者,学者型作家,且以研究中国现当代文学见长。所以,叶炜的身份注定着他的三部曲,既有经验写作的成分,亦有因作家学识、素养的渊博和深湛,而越出经验写作的范畴,呈现出某种深远、高旷的特质。第一部《裂变》以某高校重点实验室申报国家项目的事件为中心,讲述了高校科研、教学、人才培养等方面的改革所取得的成绩以及面临的问题,集中展示了高校知识分子在改革开放的大背景下所发生的思想转化和灵魂激变;第二部《踯躅》,以第一人称为视角,反映了与改革开放同龄的一代青年的生存和思想状态;第三部《天择》则围绕高校青年教师牛万象的大学生活和工作,讲述"70后"和"80后"青年知识分子的别样大学生活,全面展现了大学机关里的职场生态,对涌动在大学里的各种思想潜流做了全方位挖掘。"转型时代三部曲"重在表现改革开放四十年,中国转型巨变期知识分子面临的复杂考验和他们的精神裂变,以此拷问一代知识分子的灵魂世界,书写一代知识分子的光荣与梦想。

"转型时代三部曲"最大的特点,或许就是叶炜的以学问融冶生活经验,进而呈现出三部小说整体上的以"问"御"文"、以"学"御"文"的特性。小说写的是当下高校知识族群的世俗生活与精神状况,这样的写作对象决定着小说很难有多少大的创新,因为,写高校,无外乎就是人际、职称、经费、权力,再加上些饮食男女的事情。叶炜的妙处,笔者以为是在一个开阔的时代和国家的视野中,写出一种独特的"观",就是说,叶炜其实有两个写作的视野:一个是"中国的",所谓转型时代,这是中国社会变革的"历史三峡",里面有生生不息,有泥沙俱下,有激流跌宕,有沉渣泛起。叶炜不过是以高校、以知识分子为镜,一观"中国"正在发生的历史、文化生命的自我形塑。另外一个视野是叶炜作为人文主义者的"文学人文学"视野。这个视野,在《裂变》当中,还是传统的知识分子立场,到了《踯躅》,作家则以陶渊明的《桃花源诗》的三十二句古诗作为小说每一章的标题,每一句小诗,即构成各个章节作家观照生活的思想、美学的核心命意。《踟蹰》与陶渊明的《桃花源诗》既成互文,亦成反差,小说以此构造出一种具有人文主义气息和强烈现实批判性的小说叙事文本。而《天择》则以"物"为叙述者,让"物"以"物语"的方式,参与到人的生命建构中来,结构形式上有很大的创新。

总的来看,叶炜的"转型时代三部曲",是充满"问辨"风格的。因为作家自己充盈的思想和才情,小说显得骨力苍劲而意境阔大。特别需要指出的是,叶炜的小说语言,无论是叙事、写物,还是写人,语言和小说结合度很高,既有白云出岫、随势赋形的自然天成,也有抽刀断水、横风断云的脆劲。

车弓 2018 年出版的《太阳正在升起》(《吼山记》《出山记》《归山记》)同样是一部"三部曲"。全书一百多万字。作家在一个大的时间架构中,叙述浙东沿海某县天街镇十五岙村两代农民创业的故事。小说塑造了一系列处在新、旧时代冲突和观念冲突中的农民形象,如单思明、戚志潮、戚长根、洪根土、戚常锁等。《太阳正在升起》写的是一个绰号"憨佬"的农民带领村民办厂致富的故事,其间展开的则是变革中的中国乡村农民观念世界、精神世界、灵魂世界的易变与动荡。作家最用力之处,并不是去写复杂的历史和故事,而是聚焦于变革时期中国乡村社会的人心与人性,这里有美与丑,有善与恶,有苦与乐,有高尚与卑琐,有人生的自尊、自强与自信,拼搏、挫折与追求,痛苦、纠结与欢乐,以及时下社会中的人性与奴性、人情与流俗、美丽与邪恶。作家把人心与人性的易变放在一个交错纷繁的社会关系、利益重新分配的时代之中,着力去刻画形形色色的人物。

作为一个基层作家,车弓的写作是经验主义的。尽管小说处理的思想主题有为改革开放高歌的意思,但作家并没有从观念出发去构造小说,恰恰相反,作家在小说处理上,还力图避开观念带来的意义纠缠,而采取一种客观主义的叙事方式,通篇采用新闻采访、第一人称的叙述形式,在不同的人物之间穿插,借助人物的自我叙述,展示他们内心生动而曲折的思想情感。每部作品的结尾,作家都以"采访补述"收束。有些时候,小说还插入地方志、地方小调等,强化作品的在地感和真实感。就小说的精神气质而言,毫无疑问就是作家写到的那个"憨"字。"憨人"不憨,而是守拙,是认定了方向的大坚持、大定力;"憨语"不是呆言,不是妄语,而是对待大道至简的朴素真理的坚韧、坚忍。所谓"憨",是于农民而言的,转换成知识分子语言,大概就是《论语》所说的"士不可以不弘毅,任重而道远"了。车弓的"三部曲",是在一个大的时代中,关怀着中国、中国乡村、乡村社会的民众的现代转型的厚重之作。"三部曲"所书写的,就是这个转型的时代,作家于一个分裂的时代之中,看到乡村社会的疼痛,看到苦难,同时也看到自强,看到希望。

宁波作家邹元辉的《历程》(2018),堪称是一部中国当代工业的"创业史"。《历程》以国有江南炼油化工厂的崛起、发展为主线,在恢宏的结构和历史气势中,全景式地描写了该国有企业历经重重挫折与考验,成功地成为中国最大炼油加工能源企业的奋进故事。小说以杨、赵两家两代人的交往和情感为轴线,辅之以国有企业从棉田、荒滩起步,一步步发展壮大的历史,在家国与个人的双重维度,构造出小说的整个叙事空间。就小说本身而论,《历程》很多材料都有事实基础,所写到的人事,也有不少都来自作家的真实生活,所以,整个小说的写实性非常强。可以说,作家是贴着历史写,贴着个人的生活经验写,但并不是说这部小说就是"现实主义"的,在小说的背后,其实我们还是可以看到，作家有着非常明显的家国情怀，他是从现代工业与国家富强的立意，去写《历程》的，这使得这部小说有了一个价值论的支撑。在当代文学史上，写国有企业有两个高潮，一个是二十世纪五十年代，一个是改革开放初期。但两个时期的工业题材，其实都没有好作品。中国的作家，写乡村要比写城市好，写农业要比写工业好。大体而言，工业题材是一个值得大写特写的小说领域，邹元辉置身其中，自有大的发挥空间。如果能够从人类的文明，特别是工业文明的视角切入进去，由此而观照一个有着数千年农耕文明传统的国家，人们在迈向工业文明的过程中的精神、灵魂层次的裂变，自然大有可为。

另一宁波作家天涯的《左岸之光》，讲述的是在二十世纪九十年代初明州（宁波）一个书店的兴衰故事，小说以书店为叙事聚焦点，探测一个易变的时代中年轻人的人生选择和价值选择。小说涉及的几个主要人物，如林之光、谢大军、周洋、卓慧、沈伊等，都是小知识分子，他或她要么是在城市打拼，要么是想改变自己的命运从乡下来到城市。小说塑造的就是一群带着理想的、不安分的人。《左岸之光》有二十世纪八十年代路遥的《人生》《平凡的世界》的味道，但显然，它不是《人生》《平凡的世界》，天涯也不是路遥。《左岸之光》不追求大时代的宏大叙事，而是以纷繁各异的生命个体为对象，意在从一个时代的变迁中，观照人们心理、情感、道德意识的裂变。天涯的小说，素有温婉、柔和、光明、正直的力量，但是，她的小说同样有"残忍"的力量。《左岸之光》中，残忍的力量就体现在各个人的婚姻生活中，卓慧与她的智障丈夫，林之光与周洋，沈默与时时闹自杀的妻子，谢大军与林夕儿，以及董亚芳、电台主播沈伊、藏书家胡杨等，无不为情爱所累。在时代的剧烈撞击下，人的情感世界处处是裂痕。

三

张爱萍的《大宋女医官》和古兰月的《木莲花开》是两部历史题材小说。两部小说的共同特点是注重故事的起伏和情节的跌宕。《大宋女医官》中的一代女医严茯苓，出身南宋皇室，本名叫赵佛佑，因身处离乱之世而流落民间，学医济世，终成一代良医。她的民间名字中的"茯苓"，原就是一味中药，《史记·龟策列传》名之作"伏灵"，"盖松之神灵之气，伏结而成，故谓之伏灵、伏神也"。一代女医严茯苓，就是这样的有"神灵之气"，是可以救人于病苦的"茯苓"。作家从精神的层面，提炼出严茯苓的大仁、大善、大慈、大悲，在她的个人生命开展中，张爱萍写尽了严茯苓的顿挫、曲折与悲怆。她出身皇室，却流离于民间；生为南人，却流落北国，遭遇到一系列非人的折磨。然而，严茯苓苦难的个人生命中生长出的却是仁慈、宽厚、正直，就像她的另一个名字——"赵佛佑"中的"佛佑"所宣示的那样，她有佛的悲悯，有佛的救度之心。如果说以"名医"身份，渡人于困厄之中还只是小佛性的话，那么，她以一个女子的柔弱，和岳飞父子联手抵抗金朝对南宋的入侵，救护南宋万民于兵火之荼毒，则是大佛性。可惜的是，她一心所念的家国，却是气若游丝的家国，是大厦将倾的南宋皇室，败亡，是历史的滔滔大势。如此大势，又岂是一个弱女子所能"佛佑"得了的？《大宋女医官》这部长篇小说，就是在开阔的历史气运中，展开对严茯苓的高尚人格与悲情命运的书写，读来令人悲从心来，又荡气回肠。

古兰月的《木莲花开》，同样是在家国天下的历史气势中，写女英雄陈木莲的成长。小说的时间架构很大，从晚清、辛亥革命、国共内战一路写下来。小说的结构可以分为前后两部分。前一部分,和《大宋女医官》的写法类似,古兰月是把陈木莲的人生往低处写,写她的不幸,写她的个人生命的苦难。她出身富贵之家,却没有丝毫的富气和贵气,因为母亲的原因,自小就不受待见。成年后,却成了家族利益交换的牺牲品,以填房的形式嫁入另一富贵之家,成为另一家族遗产继承、权力斗争的牺牲品,跌入命运的最低谷。《木莲花开》从陈木莲人生的低处写起,从绝境处写起,但没有像张爱玲写曹七巧那样,把陈木莲处理成一个在苦海里泡出仇恨种子的人。她生于恶,却没有毁于恶,没有以恶来对抗这个世界。古兰月是把她往高处、往开阔处写,写她的大爱,写她的大善,让她选择了革命,去改变这个不公正的世界,改变大多数人的命运。作家的这种处理方式,我以为主要原因:一方面是陈木莲有原型,小说带有人物传记的成分;另外一方面,与古兰月个人的观念也有关系,她喜欢写干净的事物,写干净的人心,所以陈木莲的命理逻辑,就是从恶、争斗和仇恨走向善、走向爱。那么,陈木莲的大善、大爱从哪里来?笔者以为就是作家在小说中所捕捉到的,是陈木莲在持续的对恶的抗争中看到了恶,因为看到了恶,而走向了恶的反面。

罗传银的《心房》是一部有一定叙事难度的小说,难就难在它通篇没有完整的故事。小说由几个人物的情感冲突、话语冲突铺排成篇。作者以第一人称"我"的口吻,在两个纠缠中展开叙述:一个是大星与小星之间的姐妹矛盾、小星与小阳的婚姻纠葛;另一个,老房子卖还是不卖,这成了家庭成员聚焦的一个问题。因为没有故事和情节,小说缺少了推进的动力。整部小说,除了"我"的叙述语言,就是人物的对话。小说中,情感矛盾的主体,是大星和小星、小星和小阳这两对人物,但是,大星和小星姐妹之间、小星和小阳夫妻之间,却很少有直接的对话;作者采用的对话方式是一种"父母—成人—孩子"结构的对话方式。

在时间、空间的安排上,《心房》不断地在过去和现在之间,杭州和日本、香港之间切换,以过去大星与小星、大星与母亲的情感冲突为现在的家庭矛盾做注脚。小说中,罗传银不时穿插进《易经》《道德经》《庄子》《心经》里面的经典句子,以及黑格尔的哲学思想、第六空间理论等,以此推高小说的思想支点,开阔小说的美学境界。其中,最值得注意的,我以为就是所引《道德经》第十六章"万物并作,吾以观复。夫物芸芸,各复归其根"一句。世事纷纷扰扰,心为形役,情为物牵,自然就不会有澄明的心性、质朴的情义。天生万物,各有秉性,人也如此,父母、兄弟、姐妹,天性各有不同,而天地的根本,却在一个"和"字和一个"合"字,复归这个根本,复归静笃,是天地的大道,自然也是人伦的大道。

倪田金的《会稽山的雪》(2018),是一部具有"年代学"叙事意涵的小说。这个"年代学",有三个层面:一个是被叙述的二十世纪八十年代,另一个是作为叙述人的"六十年代生人",再一个就是当下的年代。三个"年代学"的时间点构造出整部小说的意义结构。"八十年代"是理想、激情、创造、反叛、爱情、友谊、诗歌、浪漫等的代名词,而这一切,二十世纪六十年代生人是不可或缺的主体。《会稽山的雪》就是以回忆、书信、日记等私密叙事形式,试图重返八十年代,重返那个荡漾着青春气息、诗歌气息、爱情气息的时代。这个重返,有某种忧伤的气质,而"会稽山"和"雪"这两个唯美的、意象性极强的符号,则无疑强化了小说的回忆气息和忧伤气质。

梁山本年度推出两部长篇小说:《长桥边的涟漪》和《三家墩纪事》。这两部小说用作者自己的话说,就是在"文学地理坐标"上"修建民间博物馆"。这个"文学地理坐标",就是作家所生活的余杭塘栖;而"民间博物馆",则是塘栖这个江南古镇的自然、人事、风物、语言、生活等。梁山是个非常善于控制小说节奏的作家。他的叙事控制力体现在两个方面:一个是小说的疏密连断,一个是对人物性格的塑造和命运的把握。《长桥边的涟漪》以倒叙的手法写刘天奇悲欢离合的一生,在大时代中写小人物,于小人物身上看到大时代,情节跌宕起伏。《三家墩纪事》以三家墩钟、李、王三个家庭构成一个小社会,跳跃式地铺排凡俗人物的凡俗人生,时代的复杂面影融入不同个体的命运当中,不同个体的命运折射出时代的复杂面影。两部小说都有在历史和当下、自然与社会的勾连中,展开对余杭人文地理和风土人情的精细描绘,达到了作家所说的"民间博物馆"的审美效果。

2019年浙江长篇小说要目

一、文

徐建宏 《一个叫木头,一个叫马尾》 《江南》2019年第5期

二、书

麦　家 《人生海海》 北京十月文艺出版社2019年4月版
叶　炜 《裂变》《踯躅》《天择》 安徽文艺出版社2019年6月版
天　涯 《左岸之光》 宁波出版社2019年3月版
张爱萍 《大宋女医官》 中国文史出版社2019年3月版
古兰月 《木莲花开》 江苏凤凰文艺出版社2019年10月版
罗传银 《心房》 北岳文艺出版社2019年10月版
梁　山 《长桥边的涟漪》 中国文化教育出版社2019年5月版
　　　　《三家墩纪事》 中国文化教育出版社2019年5月版

三、补遗

车　弓　《太阳正在升起》(《吼山记》《出山记》《归山记》)　作家出版社
　　　　2018年10月版
倪田金　《会稽山的雪》　百花洲文艺出版社2018年3月版
邹元辉　《历程》　宁波出版社2018年12月版

形式多元的人文关怀
——2019年浙江中篇小说述评

| 郭 梅 |

2019年,浙江作家继续稳扎稳打,中篇小说遍地开花,这一年中,数十篇佳作相继发表于《人民文学》《中国作家》《江南》《钟山》等重要刊物,主题涵盖广泛,既有理想主义的情怀,亦有现实主义的观照,展示出作家群体在中篇小说书写上的深入探究与创新。

乡村命运的斑驳投影

乡土记忆一直是作家写作灵感的源泉。当然,年少时的成长经历未必全是童真与浪漫,而那些悠然的乡村图景背后,也可能有着不为人知的陋习与陈规。所以,当作家以成人的眼光回顾乡村生活的琐碎时,周遭人的命运往往看起来是沉重而压抑的。例如张翎的《廊桥夜话》和鲍贝的《平伯母》,两位女作家不约而同地将笔触指向乡土深处的沧桑往事,揭露了乡村女性的凄苦与异化。《廊桥夜话》反映出中国乡土的悲凉色彩。杨家的三代媳妇进门,都离不开"瞒"和"骗"二字。阿贵妈原是一位对爱情充满向往的女性,但她不幸被骗到大山里,生儿育女,跑了两次都没跑成功。她的婆婆也差不多,年轻时十年里就跑过三次。阿贵妈的越南儿媳阿珠则刚好相反,她在越南时曾经跟一个男人有过孩子，为了嫁往中国隐瞒了真相。说到底，山、水、廊桥这些美丽的景致，依然难掩村子滞重、艰涩的底色——贫穷，三代人的婚姻都产生了不同程度的残缺。在戏剧化的冲突与视角的流动中，作家叙述着自己对于这一命题的思索与审视。《平伯母》塑造了一个受到丈夫出轨戕害，从此开始了失控的人生的女性形象。故事围绕着平伯母的一生展开，小说将背景铺设于封闭的乡土之中，对婚姻抱有期许的平伯母遭遇丈夫背叛后进行反击，又将自己的压力强加于子女身上，导致家庭破碎，郁郁而终。不难发现，作家意在以被欺侮的乡村女性形象为突破口，引人关注封建伦理道德的变革和妇女问题，对在乡土现实下如何处理心灵伤痕、达成自我和解进行了深入思考。

在乡土文学中，女性常以受害者的身份出现，她们往往受到封建伦理的压制，心理逐渐畸形，又将这种压迫强加于后来的女性，造成循环往复的悲剧。但也有不少作家反其道而行之，如周如钢的《流霞》看似在讲姐姐王彩霞的人生起伏，实则是对她身边的人物与场景精雕细琢，展露当代人病态的一面。在砚村，阿嬷是有名的神算，以巫术治病的方式赢得村里人的追捧，而姐姐王彩霞却是反迷信的能手。可她这个倔强的人在经历未婚生子、沉迷赌博、成为他人的情妇等一系列变故后，变成了封建迷信的拥趸，还与同居的老甄一同行骗。被姐姐看不起的阿嬷却以迷信作幌子，用简单的医术帮助了许多人，还不收取任何费用。在两代人的对比中，我们惊异地发现了人性的挣扎与倒退。作者用绵密的文字将阿嬷、姐姐等人的形象丰满起来，不同的生活境遇中，有自我放逐的堕落，更有坚守本心的意志，群体形象的精神世界由此成型、升华。

当然，乡村叙事不仅有苦痛残酷的一面，也有赋予人希望与勇气的一面。陈集益的小说里始终有着他魂牵梦萦的家乡，以及那条一直流淌在他笔下的河流——金塘河。小说写道："每年暴雨肆虐、洪水泛滥之时，金塘河暴涨，惊涛骇浪冲毁桥梁、堤坝、稻田，溪流变成大河。这是蛟龙出游，要去往衢江、兰江、富春江，甚至东海去游历了。而当洪水退去，河水回落，水深不及膝盖，河床上满眼白花花的卵石，金塘河就又恢复常态，变为清澈、温顺的溪流。"金塘河显然不是平和的、普通的乡村溪流，它有着自己的情绪和张力，更重要的是，它蕴含着作家对父辈、童年、自我的找寻与指引。纵横交错的乡村图景下暗流涌动、支线丛生，这种"河流"的属性成了他文本中的常态。《造水库》里的人们是满怀激情的劳动者，"饥饿"是其中不变的旋律——为赢得前三名的奖品猪肉，村里的人们展开了浩浩荡荡的挑土比赛。在比赛中，刘胡兰队彰显了当时女性的自立自强，凭借意志与努力在长达四天的比赛中一直不落下风，让人们看到乡村女性的崭新风貌，也扭转了以往小说中对于她们落伍卑微的认知。除了女性角色，小说中的其他人物也都洋溢着蓬勃向上的气息，他们哼唱号子，活跃于水库全线施工的前沿，四千人集体奏响了一曲激昂的劳动之歌，鼓舞了大家劳作的士气。好不容易拿到奖品大快朵颐后，习惯素食的肠胃却难以适应。尽管一直在拉稀，可人们心里还惦念着来之不易的美味。"它就香在我的枕头边哩，我时不时伸手像做贼似的从菜筒里捏一块吃，细嚼慢咽。以至于那一天，我在吃与不吃、留与不留的矛盾中，在一趟趟地跑厕所中度过"，显然，作家并未屏蔽里面的劳累、饥饿，乃至生死，也正是在浓墨重彩的呐喊中，真正将劳动赋予人心的力量显露无遗。

郊庙的《望溪亭》写柳小妹无意间在"我"的生活中出现，导致"我"的祖母和母亲先后离世，而她也抛下年幼的"我"远走高飞。多年后，"我"寻觅到了她的踪迹，在带她回"家乡"

的路上,在一个叫望溪亭的地方杀了她。作品特殊的故事构造和隐喻设置令人眼前一亮。小说中处处是隐喻,比如柳小妹就是一个抽象而神秘的隐喻体,她"汲取了天地之灵气、草木之精华",以至杀人无形,而最大的隐喻体其实就是"望溪亭"。作家在创作谈中指出,南下逃亡的柳小妹在这座亭子歇过,"我"更是在离开方山村求学的数年时间里无数次地在此歇过,最后,"我"把柳小妹杀害于此,显然具有某种在亭子的眼皮底下宣示立场和拨乱反正,乃至乞求宽恕的意味。于是,亭子已不仅仅是供行人歇脚的路亭,而是具有了某种形而上的符号学特征。故事发生在风雨欲来的小村庄方山村,小说中透露出来的细节,诸如法币、银圆、新思潮等时代的特征要素,让人虽然身处幽静安稳的村庄中,也能感受到风雨欲来的紧迫感。小说里的柳小妹承担着重要的角色,她的到来让"我"间接失去了两位亲人,我因她而离开了培养"我"的村子与乡民,却选择在回来的路上终结柳小妹的性命,这不仅是因为瞎子的谶语,更是由于"我"企图以此种方式寻求内心的庇佑与村子的宽恕,当然,也包括顺理成章地继承她的财产。这种自我暗示的杀人形式令人细思极恐。

当代城镇的现实命题

随着城市化进程的加快,乡村文明日益解体,取而代之的是日新月异的城镇建设,原本的城乡关系从互相独立转向侵蚀、融合。这种多元趋向同样表现在小说主题的择选上,沉淀出悲欣交集的人事变幻。

徐衍在《红墙绿水黄琉璃》中构造了一个属于自己的"婺城"。在他笔下,这座城市里的游客仿佛是野蛮的入侵者。女主人公武昌觉得,"我们和游客之间永远不平等,我们的日常生活成了游客观光评论的风景"。在小说中，武昌一直是游离于城市边缘的，她几度进出婺城，无论是到杭州投奔姐姐武阳，还是跟随庄臣来到武昌，最后又被迫返回婺城，在她心中，这片家园于她而言始终是陌生的，即便在小说的末尾，婺城在拆迁、改造后面目焕然一新，然而对于武昌来说，也只是增加了对家乡的陌生与疏离感。作家借此折射出"80后"的人们对于城镇变迁的困惑与不安。而在《火焰简史》中，作家则呈现了自己对于中篇小说的另一种探索。小说在密不透风的文字里层层深入，仿佛是命运的暗示与宿命，文本既是谜面，又是谜底。蕊生是个爱好写作的人，她在自己小说里的"戏中戏"也与现实人生一样，在复杂的家庭关系与羁绊之外，以火焰释放自由的意志。作家在《"泛90"：青年作家专辑创作谈》里强调"无关谜底谜面，更像是多此一举地再营造出一点'谜'的气氛，这或许是我今后写创作谈的一个方向和方式，也可能是下一篇小说的出发点"。

除了讲述边缘化的城镇，不少作家还以生活在城市（镇）的人物命运作为选题，以小见大，展示普通人的人生起伏与苦难，其中最典型的就是程绍国的《拯救木沛骥》。作品讲述了"我"父亲、饶大庆以及木沛骥两代人的生平起伏，其中涵盖了当时不同阶层所面临的遭遇。正如小说标题所言，故事的主线围绕木沛骥坎坷曲折的一生展开。木老师不仅长得很英俊，"挺拔，高鼻，浓眉大眼"，而且"见人都笑，尽说好话，强调别人的优点，他的人缘很好"。尽管如此，家庭成分却影响了他的一生——由于成分不好，木沛骥的婚姻不能自主，用他自己的话说，"只要是个母的，我都同意"，而且连儿子的就学、工作都险些成为问题。阶级矛盾下的语境书写让木沛骥这一角色投射出悲剧化的色彩，他是被大家视为洪水猛兽的地主阶级的代表，最后因为被诬陷嫖妓而自尽，以证清白。但谁又能想到这出悲剧竟是由下一代之间的恩怨所引发——饶雄鹰想请木沛骥的儿子木恩义帮自己升迁，木恩义深受父亲教诲，不肯帮忙，最后饶雄鹰寻衅滋事，逼木恩义就范。所以，木沛骥这一人物，其实从始至终都是政治博弈的牺牲品。作家叙写了木沛骥及其周围人的多重群像，辐射出小说背后难以言喻的斗争与纷乱。

木沛骥悲惨的命运是直观的，可以预设的，与其说他是因所谓的家庭成分而死，倒不如说是人性的复杂与暗算导致他最终丢失了性命。也许，木沛骥类似于鲁迅、藤泽周平笔下的小人物，作家是在竭力开拓我们需要去琢磨的隐藏在表面下的普遍人性。而人性却最是捉摸不透，可以引人消极堕落，也可以催生积极向上的心态，如郊庙的《跑牛场98号》便更偏向于现实遭遇给予个人的启示。20年前，还是学生的方建峰为拿回14号楼的租金，去跑牛场98号租房，想推销住户去14号楼租住，没想到在那里遇到各色人等，有普通的大学教授夫妇、好心的"眼镜"，还有卖淫的"长发"和"短发"等，他们的生活情状构成了他一生挥之不去的经验财富。也正因了在98号的一次荒唐经历，方建峰虽未成功拿回2000元租金，却从此在灵魂中打上了楔子，真正意识到社会结构的复杂以及人际关系的微妙。这里的世事百态，为他之后在创设公司、开发房地产的过程中揣摩客户心理提供了依据。

城市的发展也激发了不少女性独立自主的思想，相较于过去唯唯诺诺、相夫教子的农村妇女，身在城市的白领则更多地凸显出自立自由的一面。早在五四时期，随着妇女解放运动的兴起，出现了庐隐、丁玲等一批女性作家，她们在小说中突破了原来才子佳人的模式，塑造了有别于贤妻良母的独立女性形象。庐隐《女人的心》描写了女大学生素璞勇于追求自由爱情的故事。而丁玲则以"梦珂"形象再现了当时女性在城市生存的困窘命运。

放眼今日，女性文学作品仍然延续着强大的生命力，作家们一如既往地关注女性的婚恋观，鼓励女性个性的解放，又渗入精神层面的克制与成长，达成与家庭生活的和解。如杨怡芬的《乌贼骨》就是从现代都市女性私密的心理变化出发，探讨新时代女性的形象。作家曾以海洋生物为题目，写下《鳗秧》《比目鱼》《水母潮》等一系列小说，《乌贼骨》也不例外，将海、虾、沙滩等意象都渗透到小说中，让这些发生在海边的故事增添了吊诡而又暧昧的色彩。女主人公戴米算是人生赢家，从工作到家庭都令人艳羡。然而与丈夫的"七年之痒"、对家庭主妇身份的厌倦，都让她对泰国雅思考试产生了极大的兴趣，希望由突破家庭的重围来寻求自由自在的生活。小说囊括情与性之间的争执，比如戴米对范柳原的情欲等，都隐藏于心理活动中，让小说也有了几分氤氲的氛围。窃以为，作家深谙隐秘的艺术，她撷取海岛、女性、欲望等融入文本，从而探索了都市女性成长心性的不同层面。

柳营在《辣与蜜糖》中探讨了传统与现代价值观碰撞交界处的女性生活和心理。主人公林姣喜欢阅读，甚至打算写出一篇惊世之作，"在她眼里，众人皆醉她独醒，所以更觉悲凉和孤独。因此她对身藏'火山'这一点更是深信不疑，是她自信的源头，是她孤立于世的力量所在。她相信，就如女人怀了'宝宝'，十月之后，必然瓜熟蒂落"。林姣赴美后，遇到一个从中国南方来的男孩，开始热烈地追求他。当然，她理想状态下的恋爱实现了，男孩爱上了她，还承包了家务活，让林姣可以一心一意打拼事业。然而传统家庭中的"无后为大"成了横亘在两人间的阻碍。林姣不愿被孩子所负累，而男孩坚持要有自己的孩子。日复一日，生育观的矛盾终于爆发，男孩提出了离婚，彻底离开了林姣的生活。在这样的心理危机下，作者把林姣的梦境和现实混杂在一起，一次次撕裂和剖析，将她复杂、紊乱的心路加以呈现。小说的结局颇有意思，林姣最后和一个四川男人结婚了，曾经的写作理想不复存在，并成了自己最讨厌的那种人，如同生育机器般不断生子，并将孩子称为"蜜糖"。作家写到此处戛然而止，仔细想来不免有些讽刺。作品不仅探索了都市女性的欲望与自我意识，更反思了原生家庭带来的伤害以及女性对男性怀疑、仇视的根源。林姣对于婚姻的恐惧，其实与父亲的经历不无关系。其父因可笑的罪名入狱，只能跟聋哑人结婚，在缺爱、粗暴的家庭环境下，林姣对男性本身就持敌视的态度，加之婚后男孩似有若无的试探，让她对婚姻更加疑神疑鬼。所以，我们在这篇小说中不仅看到了女性在婚姻里的尴尬地位，同时也从社会角度重新审视了家庭与伦理的关系。

无独有偶，其他几位作家也都将视角转向了社会现状与人生百态，或以小人物引发对普遍现象的思考，或以别具一格的笔法抒发自己的思考。比如针对体制环境下的弊端，郊庙的《犹如霄壤》和陈富强的《国企干部》均从个人的日常切入，以此发出该群体共同的声音。《犹如霄壤》着墨于一个普通禁毒警察的成长史——张宏伟与老李因为一次禁毒行动，解救了"溜冰女"李菲，并为她安排好超市的工作，帮助她脱离了泥淖。小说中不乏对于李菲外貌的描写，如"小姑娘身上有一种令人心悸的美"，漂亮的脸庞加上凄惨的身世，让张宏伟不自觉地沦陷了。但是，庸常的日常生活中，始终存在着两难抉择。在小说平静的叙述中，唯有张宏伟在与歹徒搏斗中重伤是浓墨重彩的一笔，仿佛水面下的暗流汹涌，借由这件事的发酵，张宏伟在李菲与李慧慧之间开始摇摆不定。小说有意回避了所谓的道德高度与社会正义，而是通过对张宏伟这一普通人物的人生探讨，梳理纷繁错乱的关系，让我们看到了平淡生活下普遍而真实的人性。陈富强在作品《国家干部》中，把目光投向国企单位积重难返的弊端。发展良好的江南公司在每次排名中都不如发展较弱的中部集团，说到底，其实是江南公司未去总部献殷勤所致。于是，马三和周小瑜决心放弃矜持，前往集团总部"开后门"。小说中的周小瑜刻意讨好毕处长，酒局中的对话成为对国企制度最刺骨的指控，学历的不合理配置、干部任用规则的破坏、对初衷的背弃、分配制度的失衡，等等，大公司存在的弊端显露无遗。何以至此，令人深思。

王手的《二线》聚焦官场百态，退居二线的六个领导组成的巡查组前往六盘县视察，发现了当地拆迁安置以及军人复原安置等工作存在问题，但巡查人员与市长等官员粉饰太平的行为令巡查工作成了面子工程。他们多日的调查过程，充分体现了当地的"懒政"特色。从入驻开始，巡查组的工作已安排妥当。纠办主任早已为他们留了一个窝案，方便他们到时可以拿出成绩。尤为荒谬的是就连去哪个村巡视都是由大家抓阄决定的，到头来倾听民声、帮忙解决问题的巡查组变成了一路吃喝玩乐的"观光团"。作家的文字朴质平实而又暗藏锋芒，毫不避讳地指出了一行人的虚假作为与形式主义，直面当代官员的人生百态。

陈集益的《炸裂》借由小说描述的荒诞图景，挣脱现实逻辑的局限，书写着非人的遭遇，充满现实主义与荒诞色彩。故事中由于雾霾日益严重，当地市民的鼻子产生了变异，"我"作为第一个产生异常的人，饱受着臭味的困扰。鼻子不仅变得红肿，而且丧失了对香味的嗅觉，更可怕的是这种疾病就像瘟疫一样逐渐在人群中扩散。许多人服用药物来控制雾霾的毒害，但一旦摆脱了臭味，他们就仿佛遗忘了危险的存在，开始摘掉口罩。而"我"始终游离于大众之外，不与主流一致，为此甚至连工作都丢了。小说中的"炸鼻"一事更是将那些企图隐瞒雾霾危害的现象揭露无遗。

林漱砚的《黑塔》叙述了孟老师患精神分裂症后,她的学生骆小洛承担照顾她的责任后发生的离奇怪事。林漱砚曾在自述中说"回看自己写的文章,都是对这个时代饱含的一滴泪"。也许,在疾病面前,人性最容易显露,但在小说中,骆小洛却愿意陪伴孟老师,哪怕孟老师发病以后产生了各种古怪的行为,骆小洛还是包容、照顾她,所以即便故事有着灰暗的底色,以及略显恐怖的场景,但是善意的行为能让我们通过生命的幽径,抵达心灵的温暖。

历史渊流下的暗潮汹涌

那些流逝的岁月,总能在小说中开出多姿的花朵,无论是惨淡的、痛苦的记忆,还是振奋人心的日子,在小说家的刻画雕琢下,如同陈酒般酿出了美好的滋味,历久弥新。

东君的《卡夫卡家的访客》令人遐思,他带领人们去往遥远的古代,但又在古今对话中,将诗人的心境娓娓道来。东君重点写晚明的九位诗人:沈渔(嘉兴府人)、许问樵(仁和人)、李寒(仁和人)、陆饭菊(雁荡人)、杜若(山阴人)、司徒照(山阴人)、曹菘(德清人)、何田田(不详)和徐青衫(慈溪人)。作家借用太史公的笔法,描绘九名诗人的生平与诗作。尽管性格、籍贯等各有不同,不过他们的共同点是写诗,或是保存文明的火种。作家的高明之处在于在真实的记载中打开了虚构的空间,即用卡夫卡在其《八本八开本笔记簿》中谈到一位来访的中国人这件事,从中创造和发明不同的人物事迹,让人恍然以为作家笔下的人和事都是历史上真实存在的,不得不说,小说家叙事之精妙总能让人叹服。东君几乎是游戏般地虚拟了上述人物,又将他们巧妙地融于故事之中。当然，这些诗人有着普通人的癖好或是缺点，就像爱哭的陆饭菊向人推销过金疮药，狂狷的杜若喜欢咬指甲，等等。在记录完诗人的生平后，作家又自然地回溯到卡夫卡并将两个国度的对话串联起来："这些人虽然寂寂无名，但他们的才华足以与唐朝诗人相匹，他们的诗作不应该随同他们湮没无闻。"直到最后，东君才点明主旨，他对古代那些才华卓著而又默默无闻的诗人抱以同情与怜悯，这种情绪也倾泻于对当代诗人的命运关注中。在古今的穿梭中，他明写古代诗人艰难的存活之路，实则在暗处关注着当代具有传承精神的诗人们，颂扬了该群体的文学风骨与精神力量。

程绍国的《苔丝给我打电话》、赵和平的《水竹开红花》和杨怡芬的《天上一星》所述内容均与抗战时期相勾连，但三者侧重点略有不同。《苔丝给我打电话》着眼于代际错综复杂的关系，以邱天宇、何畏两家三代人的爱恨纠葛为线索展开叙述。他们一个身处地主家，一个生在长工家，但是阶级的不同并没有让他们渐行渐远，反之却是直至死亡，两家的命运始终纠缠在一起。小说的奇特之处在于两家每一代总会有情感上的纠纷。在第一代，邱天宇、何畏同时爱上了马涟涟，不过马涟涟与何畏走到了一起。到了第二代，两家的孩子出生，邱迟喜欢上了何亮亮，一直追求她，可惜何亮亮和别的男人结婚了。直到第三代，何亮亮的女儿苔丝终于和"我"走到一起，结成秦晋之好。由此，跨越几十年的岁月，读者窥见了时代裹挟的重重细节，革命的抗争、文化的碰撞、时代的变迁，都在琐碎的记忆中逐渐复现。《天上一星》更多地关怀历史事迹，作家选取抗日战争时期的救援事件为切入点，讲述1942年浙江沿海中国渔民冒险救助被日本人俘虏的三名英国人的故事。伊文斯等人是幸运的，先是在沉船过程中得以逃脱，然后在青浜岛渔民的帮助下藏身山洞，后被渔民转移到象山，历经波折终于返回了自己的国家。多年后，他们费尽周折，与自己的救命恩人取得了联系。青浜岛人"救人一命，天上一星"的情怀彰显着中国人民的人道主义精神，无论是人性的探讨，还是战乱的纷争，都在小说中淋漓尽显，引人深思。《水竹开红花》则谱写了抗战期间那些小人物的爱国情怀，里面的人物身份发生了多次反转，比如母亲一直痛恨的与别的男人纠缠不清的"美女蛇"——"我"的伯母，其实是炸毁机场的大功臣，而被视作特务的伯伯和汉奸林铠才是真正潜伏在暗处的卧底，是革命的英雄。虽然他们中有些人的功绩不被大众知晓，但在"我"寻觅伯母踪迹的时间线里，"我"逐渐得知了当年的真相。小说没有恢宏的抗战叙述，也没有多言爆破过程的艰辛，但在这段过往的记忆中，那些不为人知、令人感慨万分的爱国情怀与牺牲精神跃然纸上。

综上所述，不难发现多数作家将笔触延伸到小人物或是几代人的生活轨迹，展现了群体性的心理需求与人文关怀。同时，他们在小说中不仅映照了个人多样的命运际遇，而且对于社会现状也有了现实性的表达。总的来说，这一年，浙江作家以多样的写作方式与主题带给读者不同的情感体验，惊喜颇多，相信下一年他们将会带给读者更多样的视角与惊喜。

2019年浙江中篇小说要目

张　翎　《廊桥夜话》《十月》2019年第6期
鲍　贝　《平伯母》《十月》2019年第4期
杨怡芬　《乌贼骨》《野草》2019年第1期

	《天上一星》《人民文学》2019 年第 2 期
徐 衎	《红墙绿水黄琉璃》《小说月报·中长篇专号》2019 年第 1 期
	《火焰简史》《中国作家》2019 年第 5 期
郊 庙	《望溪亭》《中国作家》2019 年第 2 期
	《犹如霄壤》《啄木鸟》2019 年第 9 期 《小说月报·中长篇专号》2019 年第 4 期转载
	《跑牛场 98 号》《延河》2019 年第 12 期
林漱砚	《黑塔》《青年文学》2019 年第 2 期
王 手	《二线》《钟山》2019 年第 2 期
陈富强	《国企干部》《江南》2019 年第 2 期
程绍国	《拯救木沛骥》《江南》2019 年第 3 期
	《苔丝给我打电话》《天津文学》2019 年第 6 期
东 君	《卡夫卡家的访客》《山花》2019 年第 4 期
周如钢	《流霞》《湖南文学》2019 年第 5 期
赵和平	《水竹开红花》《江南》2019 年第 5 期
陈集益	《炸裂》《西湖》2019 年第 6 期
	《造水库》《人民文学》2019 年第 10 期
柳 营	《辣与蜜糖》《作家》2019 年第 6 期

现实无边　生命之树长青
——2019年浙江文坛短篇小说述评

| 周　静 |

2019年，浙江省中青年作家在短篇小说创作中保持了强大的创新力，特别是现实题材创作上的突破，主要表现在两个方面：一是力求透过时代变迁，真实反映普通人对社会的感知和心愿；二是赋予现实以一种传统审美伦理，尝试以仁恕之道、诚善之眼贯通历史、当代和未来。一批成名已久的作者，以敏锐而审慎的感受力，不断拓展对社会各层面各领域的认知，寻找新的意象、形象，推出了可能具有转型标志的作品。近年崭露头角的新锐作者，勇于挑战各种气质的叙事风格，磨炼呈现现场时刻的叙事锐度，作品中透出创作与生活自在自由的状态。

一

东君的《立鱼》是荒凉的寓言，也是壮阔的神话。故事年代仿佛在明末乱世，但不重要。水中立鱼，在民间被当作乱世异象传播开来，好比道中小儿传唱的童谣，谓之世道人心的折射。小说中的东先生、周老爷、蕙姑、二棍等各有象征。有个白衣人形象着墨不多，但很醒目，代表人性彻底失落前的一个时间点。他随一棵松树飘然出现，肩上立着一只公鸡，鸡能站在一根细弱的草上，他让村民们打赌是神鸡还是神人。测得民智羸弱之后，他打听村里两个强人的下落,一个出门考功名,一个出门学武功,两人皆未成事,大势已去,兵祸不避。可知这个白衣人是他者,像外星人或穿越者,他来自故事之外,如天地不仁,以万物为刍狗。与之相应的是绝地的景色描写,有风有月,木刻般暗黑、静谧、肃穆,竟有大气象,与人间乱世之惨苦形成强烈对比,心生渺茫。末了,专门有一小段文字,描写叙事者的目光飞离身体,像外星物质一样倏忽穿林打叶,掠过饥饿的土地,向人间告别。挽歌唱罢,弥漫整个叙事的诡异的幻想空间突然向后极速退去,至宇宙极境,无悲无惧。

麦家写俗人,仿佛有种闷得很深的戏谑。《浮冰》不动声色,一声叹息,留下刺耳的回音。麦家塑造过很多高智商人物,盗取神的力量,却逃不出命运的深渊。但这个小说里,英雄已矣,人的智力和意志断崖一跌至海平面下,哪里还有天人交战的魄力,只剩下差点自取其辱的心塞。离异单身汉杨林的单位,空军气象研究所,从山上搬进市区,好比下凡。他端着军人和知识分子两副架子,兜着一脑门子的又土又俗的感受力,豁出胆子去偷窥一个偶然打错他电话的女人。哪知搭讪上以后,女人毫不耽搁,撸下手表押给他,问他借一万块钱,说要即刻买机票飞美国,追讨已经跑路放飞的丈夫。杨林心神不宁又十分中意女人的落难故事,魂不守舍之际,幸好家属院门口站岗的哨兵拦住了跟他回家取钱的女人。结尾处,丢盔卸甲的杨林,恢复智商,警觉之余重回自恋的安全状态,把自己的可笑推诸凡人皆如是。唉,人心不可识,凡间尬事多,吓煞吓煞。

王手的《手工》妙在主题与结构相反相成的关系。谍战剧情和生活场面参差并置,两者既互相支持,又互相消解,形成某种隐秘的戏谑关系。如果以观影体验来想象,穿插在情节叙事中的谍战剧片段及画外音分析构成了讽喻式的故事注脚。叙事者靠着随机应变的小聪明加上灵巧的手工制作能力，在生活工作中一直如鱼得水，这份自得，在他看谍战电视剧时，变成与有荣焉的自豪。以影视情节为镜，回想年轻时经历中国的当代大事，他手工拼贴的小把戏仿佛也成了谍战英雄驾驭历史转折的功绩。顾盼之间，他索性把现实生活过得像隐蔽战线一样刺激，当然最后，他的赢家生涯因一个聪明反被聪明误的小套路差点终结。这个短篇的顿悟之处也在结尾，主题从戏谑的叙事外衣中突然跃出。契机是叙事者意识到当年写给夫人的信一直被她妥善地保存着，写信、投递曾是他倾注心思完成的，用过那么多巧计，只这一件是真情去做，那么美好的情义现在不可用欺骗去破坏。既然意识到欺骗，战无不胜的谍战剧的伦理困境就显露出来。事实上，谍战剧中解密战线所依赖的大型人工计算，在计算机诞生后基本没有价值了，破译密码和战争一样是智力的耗散、生命的耗散，其现代意义上的悲怆已被述尽，后来的很多国产谍战片不再具有超越特定历史背景的审美力量。正因如此，这篇《手工》值得珍视，它道出真意：造假巧计，即便冠以正义的名义，亦是耗损人性，本渺不足道，倘扬扬自得，恐报应不爽。

二

阿航的《点佛灯》三言两语就能塑造样貌、神态、言语、动作各具个性的人物，好比画家画群像，个个可观，生动耐看。比人物更可琢磨的是小说呈现出一种自由闲人的小生态，既非职场，又非日常，身处其众声喧闹，旁观其微妙复杂，真是不可尽述。核心事件是六七个闲人男女，从苍南出发到福鼎一带开个神仙会，招牌是兰花协会，更像朋友圈短途游。沿途遇到当地的商人、导游、公务员，吃饭、喝酒、吹牛、唱歌、爬山、坐船，还有打鸟、拜佛。只看后面两者，就能感受其内在矛盾，但只要不钻牛角尖，矛盾就不成矛盾。这队人马最不可为之事是越界。比如游会的发起人罗育财，江湖行遍，吹牛无边，但对一些颐指气使的人，他的朋友船要翻就翻。再比如，几个同行的想趁着K歌胡乱暧昧，罗育财当即一个电话击破，阻止人性去冒险，接受考验。他女友的女伴不识时务也嘟囔着要点佛灯，又撒娇嫌弃农村的茅房，还在露天小便，他趁个玩笑的机会，远远地一颗弹弓珠子打她屁股，真不矫情，又真混不吝。他明理，爱坐中心位，更可敬是非分明。这些算不算善？当然算。民间的善，行止分寸，恰是一盏灯。

哲贵的《图谱》和《企业家》，信河街的人物继续登场。《图谱》讲文化传承的故事。有趣的是《企业家》，用讽刺手法塑造了一个可爱的温州人，并探讨他的金钱观。史国柱把自己的印刷厂朴素地称作"我的小生意"，心满意足之余的嗲劲十分讨喜。赚钱有分寸，不迂腐；做起"干爹"来，热络爽快，进退两宜；不收购父亲的困难企业，建议承包给经理人，内外都光亮。看上去他和他周围的人都跟钱友好相处，钱是广结善缘的推动力，是家庭和睦的充分条件，是"清醒"的世界观、人生观、价值观的起点。但读者知道以上是哲贵在给史国柱挖坑，他最后一定要跌倒。果然，他落了新新人类的坑。儿子史泰龙是唯一跟他三观不合的人。为了督促儿子高考，他提出考上本科奖励一百万，史泰龙一举考中，反过来呛他：如果读到博士后，你给多少，三千万？史国柱在史泰龙面前头痛吃瘪。这个小说的价值在于提出一个可能已经掰扯不清的问题：当代人到底有多少事和情是看在钱的面子上皆大欢喜的。提问不是为了批判，是善意，让读者和史国柱一样，脑子蒙一下，乱一阵。其实，史国柱有福，因为史泰龙既然讽刺拿钱说事的人，就不会倒退成拿亲情、族群说事的人。史国柱的理性和实干已经传下去了。

程绍国的《木藤家事》写的是浙南乡村三代人五十年的家庭故事。小说隐去了具体年代和社会转型的大事件,围着、缠着乡村的人和日子,把人生的"常"与"无常"、乡情的聚与离散,从中国历史的现代化大叙事中淘洗出来,还原为"人面不知何处去"的深情怅惘。小说最令人牵挂的角色是木藤家的女眷们,可爱可怜。在阅读时,我多事地猜注了故事年谱。大概二十世纪七十年代中期,木藤娶妻,云香天真爽朗,次年得子,天地都新了。又几年,木藤姐姐木耳和丈夫从吉林四平的部队回来探亲,人面桃花,跟乡邻亲得像一家人。木藤的二儿子、三儿子,木耳的一双儿女相继出生,人丁兴旺。转折在八十年代初,公社还在,乡村青年的简净样貌在三十岁后早早衰落,美丽的女眷们被忽略被遗忘。木藤成了赌棍,云香愤恨喝了农药,幸而救过来。复员的木耳渡河去买走私家电,和丈夫一同落水溺亡,木藤打完三圈牌才起身去殓尸。随后的二十年,木藤家事凋敝,三个儿子游手好闲,云香糊涂,把男人的歹样揽作自己的报应。最后,木耳的两个孩子已在四平成年,有个小吃摊,但乡人不识,南方不忆。可叹木藤家事和自然界一样,落花飘零,离散故去,昔年不返。这个小说的审美价值在于,直面生命的磨损,慨叹另一番乡土命运,不避讳"雨打风吹去",反而比"万紫千红总是春"更动人。

雷默的两个作品《飘雪的冬天》《苍蝇馆子》的喜人之处是他找到了合适的观察点,自此,表达几乎不成问题,主题人物、情节脉络,简净清晰,尤其是心理细节落点明确,具备点到即止的功力和风度。如此重要的观察点是怎样的?首先是贴近生活,像雷达一样接收记录日常情境中的言语。当读到小说中的人物关键时刻脱口而出的话,是我能想象的相类处境的所言所闻,我自然能调取细微又惊心的感受。小说叙事的动人之处大多起步于此。其次，这个观察点具有雷默式的辨识度，是某种一以贯之的主题。在两个小说中，这个主题明确指向恕，仁恕之恕，即推己及人之诚。多年来，雷默的叙事者位置一直保持很低，一种接近歉意的心理低位。《飘雪的冬天》，父亲去世时，南田、南华两兄弟和母亲都不在侧，致终身遗憾；《苍蝇馆子》，"我"思虑再三没把钱汇到不靠谱的账户，不曾接济逃债在外的朋友，待他归来时抱有愧意。这些耿耿于怀处，有波澜不惊的日子里的幸存感，更给予死者、困者以倔强和尊严。最后，雷默最大的突破可能是抓住了短篇小说叙事张力的启动机关，这个机关往往在结尾处。《飘雪的冬天》，整个叙事从开始就紧绷着，失去亲人的一家人，克制情绪，在邻人们的支持下完成丧葬流程。结尾处，母子三人对人情簿，发现有位邻人没有在这次回礼，母亲觉得无礼，南华劝母亲为后面的日子着想，要跟邻人保持往来。母亲听此一言，终于默默哭出来。这哭，此刻，几乎不是悲伤，是对所有参与丧仪的热闹陪伴的人们的感念，感念里有人情的一欠一还。欠呀还呀，才是往后一代一代的日子，理智升华，情感释放，多宽厚。差不多的故事，雷默前几年也写过，这个更好。

三

张玲玲的《安息日》尝试还原老人濒死的心态，描述对死亡的一些认识。从两个角度来说：第一，作者简短谈到创作契机是心惊于这样一个场景：一位老人在众目睽睽下死去，围观的人们各自说话做事，也注意到老人异样，却没意识到他正在死去。这个画面被放在结尾，作者用自然主义的手法，呈现在场的陌生人的神情、言语、动作，常态的情形变得迟滞、乖张，仿佛死亡的现场时刻被慢动作化到定格，继而呈现一个震惊的时刻——哪怕衰老和死亡已经降临，对人来说仍是不期和无知觉，很难说这是野蛮还是文明，保护还是伤害，但这段文字让读者感到触碰了死亡的表皮。第二，小说主题的张力指向生死交接的一瞬，同时表现了面对死亡的极端孤立状态及个体的人性之光。作者描写一位得了严重的心血管病的老人，他执着地投诉村干部违法砍树，反被村霸打伤，但儿孙们无意帮他，更不在意一棵树的事；他进省城的外甥女家小住，大家客气待他，他匆匆住了一晚就回乡；他跟儿子到县城住，帮麻将室倒倒开水，看看孙子，没几天就突发心梗。在刺眼的结尾之前，作者的叙述很淡，老人看上去一直被亲人们关注着，但事实上，他已经不在人群中了，被从人和事的网络中清退出来。一个孤独的老人走向生命终点，谁都改变不了缓解不了，兀自面对，无声无息，但有条有理。

朱个的《第三个人》意味着旁观。小说里，叙事者旁观（听）一场民事案的庭审，一个暧昧的微信朋友旁观着叙事者的生活，而读者则克服意识流障碍旁观叙事者笔下的层层旁观，所以"第三个人"的称呼可以覆盖很多状态。叙事者一直保持轻松幽默的口气和目光，却又提醒"幽默是深情的解毒剂"；她故作漫不经心的评论，说民事法庭像糟糕的书法一样浮夸，女审判员像董小姐调戏小股东一样占着权力的位置发嗲。故事情境之外的随想是敏锐的批判。但小说主题的落点更进一层：艺术之艰正如人生之艰。叙事者在言说启动时，痛苦压抑皆为过往，因为深情、愤怒和蔑视差不多被自己淘洗干净了。正如小说中探讨的一种叙事方式，看似最自然地呈现场景和人物，实际上引导读者打捞隐没于简单字句下的信息，像海明威编织的对话。这样的对话呈现的不是时间逻辑，而是空间感。"伊"在叙事者旁听庭审过程中，相当耐心地"陪聊"几小时，显然两人之间某个已经有结论的敏感话题被搁置，叙事者尽管心有不甘，但"伊"坚持回避不容再提。叙事者看到想到的所有冷漠之人之事，都跟"伊"在情感上一个调性，却唯独对"伊"的笑面冷心不忍道破。结尾处，"伊"发过来"再见微笑脸"，叙事者不能不动气动情，心下惘然。这样的感情微末事，一般写法恐难避俗，这个小说反而自在、耐看。

赵挺的短篇小说《上海动物园》获第七届"西湖·中国新锐文学奖"，当时的授奖词如下："赵挺是一个在路上的现代青年。《上海动物园》以他一贯的语调，幽默、自嘲、反讽、荒诞，写出了一代人的生存状态和困境。他小说中的道路无限地长，又无限地短。但是他并不绝望，始终以一种温暖的、同情的态度体察着一切，看着他人也看着自己。在这个意义上，他是这一代青年的精神写照。"这个评介让赵挺和凯鲁亚克分享文学史上的同一星座，还顺便代表当代新青年精神。事实上，小说的表达并不尖锐，也不新颖，动人之处是对叙事节奏的控制力。看似松散的叙事，其实有细致扎实清晰完整的复调结构。每个部分里，叙事者都想遭遇一点生活的意义，却往往只能捣鼓一堆无人应答的半吊子事，最后反复终结在女友推托不见面的无可无不可的表态上。如上节奏往复六次以后，空乏的精神仿佛有了抗议的颜色。这种审美逻辑要保持否定性的态度，须以单纯为底色，此种风格是自限式的，意味着创作者永远在原地、永远年轻。

梅涵的《百雀羚》里的小女孩经受了一次打击，这种打击来自某种强力突然扑杀辛苦维护的小自尊。她到庙会上买百雀羚，小心翼翼地和朋友清水互相请吃东西，钱算进算出越来越紧。终于，她的自尊心突然在结尾前坍塌，她伸手想捡鞋摊上的一张一元钱被老板娘抓住了。老板娘大声宣布："在马路上捡到钱要交给警察，在我摊上捡到钱要交给我。"小女孩找不到朋友清水，辩不出道理，移不动脚步，缩在摊位前，忍受自己加给自己的煎熬。这样的人物、语言、情状展现了某种现实和理想间的断裂，也表达了作者认识生活和世界的志向。

四

萧耳的《火腿》描述了情感生活的聚散状态及不同性格的人的不同感受、不同选择。小说有个絮叨的开头，把结局提到内容提要的位置，像电视剧的片头曲，留到看完整个故事再回头读一遍。这不仅是叙事构造，也好像在要求读者跟随叙事完成一次情绪化、沉浸式的阅读，当然就会对读者趣味做出筛选。吴辛苦年幼时，父亲离家偷渡到香港寻亲不归，母亲再婚后生了弟弟，少女辛苦觉得从此成了多余人。叙事每次转到母亲角色时总有些轻蔑，再婚再生，母亲再建的家庭好像越来越配不上辛苦姑娘。其实性格最懦弱的是辛苦，母亲、继父都是眼前人，她偏偏常念记忆中生父留下的火腿的味道，后来又怨念继父把方越飞顺手给她的火腿送了别人。她阴郁地一再流落在外，宁愿向男同学、男同事、谨慎的生父要亲情，又落空。她的拧巴在于，她最想好好相处的恰恰是她从小不谅不亲的母亲，但向最亲的人说出坦白的话，多么难啊，真是女孩卖火柴的新解。关于人对创伤记忆的反应和处置，这个小说扩展了一种生命体验，或说收集了一类性格。稍显突兀之处是，这个小说不是双主角，方越飞是故事中的故事，但几乎超过他的角色分量，多少让小说前部有种断裂感。

柳营的《旋转的木马》塑造了一个亲情伦理上有亏欠的母亲形象。在叙事者眼中，母亲对她的剥夺主要是，在她幼年时被流氓引诱，抛弃丈夫女儿去私奔，二十多年知道叙事者所在却不联系，更不履行抚养义务，前夫死后就回来投靠，好吃懒做招男朋友进家门，让叙事者搬出去住免得尴尬。最后是相互伤害，叙事者割断前生，卖房出国，母亲自然被扫地出门，亲情只剩每月自动转账的生活费。这个小说令人震惊之处是全篇皆是心灵创伤。叙事者始终站在母亲的对立面，像对待社会人一样对待亲人，幼年对母爱的渴望只算作幼稚小动物本能，在成年的她看来，母亲没有一点能入她眼。这个煎熬有多残酷，作者稳稳地冷冷地写，哪怕结尾处，她结婚生子有了家庭，"不再与过往有任何瓜葛"是永不治愈的深渊。柳营冷处理这种深渊之感，她让叙事者既空洞又坚硬的内心从不纠结，当机立断，无往也无前。

孔亚雷的《奇遇》的风格与很多作者追求复杂深微不同，像干净轻盈的童话。叙事者是俄罗斯姑娘代孕生产的试管婴儿，她拥有欧洲人种的美貌，却不见容于家庭和家乡。她梦想找到和自己外表、内心相通的族人，而这样的奇遇到来时，她乘坐的地铁正从地下飞驰到地面之上，天空飘雪，有圣洁和幸福之意，像美好的梦境。刘会然的《陪护》抓住一个揪心的家庭问题。多动症小男孩旺旺不能克制地要做点下流的小动作，常常没到放学就被"请"回家，需要有人接送陪护。北上广的大医院都治不好，家政阿姨毫不讳言应及时再要一个孩子。故事结尾，旺旺不能继续在普通学校学习，被送去专门机构。这个小说有意味的不是旺旺与成人世界的各种冲突，而是特殊的他在家庭中的位置。无论亲疏，人在群体中，我们也常有找不到合适位置、建不起支撑关系的情况，目睹或经历时也难为情。由此而言，见容于人，比得到陪护更不易。骆烨的《灯光秀》的题材好。一个年轻的新杭州人，名叫蒋村，妻子叫灵隐，儿子叫三墩。他工作有点不顺，还是打起精神，一家三口去看钱塘江边的灯光秀。灯光秀是G20峰会后的杭城新景。周末一早，他们从城西的小出租房出发，到江边耗了一个白天，可灯光秀没有看到，因为儿子在拥挤人群里失散了。作者用非常朴素的叙述抓住读者，开始是旁观，小小的三个人一心要感受城市的繁华；后来是揪心，小小的一个娃在监控录像里不见了，又出现了。小说写了繁华的城市中小人物的悲剧，将两者的悬殊描述出一些，但结尾拖沓了。

徐汉平的《燕尾镖之光》时空穿插，钩沉抗战期间一桩民间英雄刺杀日本刺客的事迹。故事的发生地是丽水大港头，叙事者的曾祖父许尔三善用燕尾镖，受当地大户陈湘雇佣，刺杀世仇家的项少爷。这项少爷时任抗日名将、浙江省主席黄绍竑的秘书。执行任务那天，正在伏击的许尔三，见有枪手要行刺刚下车的黄绍竑，旋即调转燕尾镖，先发制人杀了枪手。一个细节好，许尔三失手，退返陈湘的两百大洋定金，陈湘只收一百五，给镖师留了五十。作者写出了民间的义理和气息。陈家麦的《拳师》几乎把二十世纪六七十年代的词库都亮了出来。叙事者是个小男孩，在多数男性眼里，拳师陈龙翔的手艺是裁缝，实力在拳脚功夫，整条桥上街的光荣都由他撑起来。在多数女性眼里，张丹红要嫁城镇户口的人，陈龙翔再好的功夫都不济事，只有到他最后进城学跌打骨科，姑娘才寄来照片。作者把那些响当当的句子和唱段嵌在打打闹闹的小日子里，创作了一个关于词语的小说。

赵雨的《蛇形入草》生动描写了乡村捕蛇人赵大鹏捉放蛇的情景。见一条赤链蛇，他双脚并拢，上身微曲，右手摊开，向一旁一挥，说：蛇行入草。火赤链仿佛会意，舒展长身，游去草丛不见。见一条五步蛇，捕蛇棍的三角叉倏忽间钉住蛇头，两米多长的蛇身甩起凌空，被顺势丢进袋子里。捕蛇是营生，捉放之间是掂量。周建达的《假肢》是一个令人迷惑的故事。村长的儿子小权当年偷拿了同父异母的兄弟一鹏的大学录取通知书，因为兄弟俩像得只差一颗痣。小权到南方读师范大学之后再不回乡，一鹏在村里做代课老师；小权毕业后一直教书，为救落水学生而牺牲，一鹏蹉跎多年，落水身亡。作者将两兄弟的命运参照着写，起点落点都近，背后隐藏的是基层农村小社会圈残酷的积习。

李娟的《前妻》中有浙北农村熟悉的生活和人物。小说看上去写了一个老实人桂女被欺负的故事，但更有意义的是展现了一种人性之弱：对人越好越不计回报却越被冷淡对待，因为接受方不愿承担道德负载而选择忽略和逃避。小说安排交通事故作为结局，好像是给双方解脱。陈炜的《永生的冻鱼》塑造了一个懦弱又自尊的小人物，他面对家庭、营生上的困难，仿佛只剩下冻在朋友冷库里的一些鱼，作为最后的希望，这是小人物走投无路的情形。他内心的另一重煎熬是开口求人帮忙，又分明觉得是受辱。他兜了一圈，决定求人不如求己，先搁着冻鱼，把鱼塘盘活。貌似明天就有希望，其实正是小人物永生绕不出的现实。马叙的《力量哪里去了》尝试描摹气味与心理的微妙关系。陈葡萄屋里堆着咸鱼干，天好时，气味极缓慢地散发；返潮时，气味浓烈起来耐受不了。她常不自觉地寻找屋里的鱼干味，但味道变浓烈时她明显焦虑。海边潮气重，气味总是有，尽早晒干、烘干卖掉最好。作者以此意象来探索某种矛盾的欲壑难填的心理。有点意味的地方是，女人的房间，在这里变成女人的屋，不是因与外界隔绝而自在。陈葡萄的屋，空巢待人来，但她惊讶又莫名嫉妒王小花拥有单身的快乐；王小花的屋被推土机铲平，而征地补偿只有一半，这个不躲不待的人原来被剥夺得最多。

2019年，西子湖畔的《西湖》杂志迎来创刊60周年纪念，活跃在当代文坛一线的众多"70后""80后"作家从这里出发，杭州青年作家群、嘉兴青年作家群、绍兴青年作家群也在这个平台上集体亮相。2019年是舟山的文学内刊《海中洲》创刊40周年纪念，也是目前有200多家会员单位的浙江省文学内刊联盟成立 10 周年纪念。这些秉承文学志向、立足基层文艺的内刊,让基层文学创作者坚持梦想,不断成长。不只是作家们,还有我这样的读者,衷心感谢一代一代文学编辑们的睿智和慧眼。期待来年结识更多作者,读到更多佳篇。

2019 年浙江短篇小说要目

一、书

张玲玲 《嫉妒》 上海文艺出版社 2019 年 10 月版
李　娟 《墟镇回忆录》 北京燕山出版社 2019 年 4 月版
王锦忠 《时光的飞白》 安徽文艺出版社 2019 年 9 月版

二、文

东　君 《立鱼》 《作家》2019 年第 6 期
麦　家 《浮冰》 《上海文学》2019 年第 8 期 《小说月报》2019 年第 9 期转载
王　手 《手工》 《收获》2019 年第 2 期
阿　航 《点佛灯》 《山花》2019 年第 9 期
哲　贵 《图谱》 《人民文学》2019 年第 9 期 《小说选刊》2019 年第 10 期转载
　　　 《企业家》 《收获》2019 年第 5 期
程绍国 《木藤家事》 《当代》2019 年第 3 期
孔亚雷 《奇遇》 《作家》2019 年第 1 期
雷　默 《飘雪的冬天》 《人民文学》2019 年第 4 期
　　　 《苍蝇馆子》 《当代》2019 年第 1 期

　　　　　《著名病人》《作家》2019 年第 6 期

张玲玲　《安息日》《小说界》2019 年第 6 期

　　　　　《另一个破碎故事之心》《作家》2019 年第 2 期

朱　个　《暝色》《收获》2019 年第 2 期

　　　　　《第三个人》《上海文学》2019 年第 10 期

赵　挺　《上海动物园》《收获》2019 年第 4 期

　　　　　《寻找绿日乐队》《北京文学》2019 年第 2 期

　　　　　《我和你聊玛格丽特的地方》《青年文学》2019 年第 8 期

骆　烨　《灯光秀》《北京文学》2019 年第 7 期

萧　耳　《火腿》《大家》2019 年第 1 期

柳　营　《旋转的木马》《青年文学》2019 年第 9 期

　　　　　《被群蚁吞噬的犀牛》《青年文学》2019 年第 9 期

吴文君　《印第安纳的 LOVE》《青年文学》2019 年第 6 期

草　白　《欢乐岛》《十月》2019 年第 3 期

　　　　　《一次远行》《十月》2019 年第 3 期

　　　　　《歌声》《青年文学》2019 年第 4 期

　　　　　《新年快乐》《小说月报》2019 年第 8 期

马　叙　《力量哪里去了》《十月》2019 年第 4 期

　　　　　《周浩的饭局》《雨花》2019 年第 9 期

　　　　　《六百里》《山花》2019 年第 6 期

　　　　　《黑白乡的那点事》《作品》2019 年第 9 期

　　　　　《分享最高秘密》《江南》2019 年第 1 期

柴　薪　《秋色撩人》《佛山文艺》2019 年第 1 期 《短篇小说》2019 年第 7 期转载

　　　　　《纠缠》《佛山文艺》2019 年第 4 期

　　　　　《楼下的女人》《佛山文艺》2019 年第 6 期

周建达　《假肢》《啄木鸟》2019 年第 10 期

徐汉平　《燕尾镖之光》《长江文艺》2019 年第 5 期

	《并蒂莲》《当代小说》2019 年第 6 期
刘会然	《老人亭》《湛江文学》2019 年第 2 期
	《陪护》《当代小说》2019 年第 7 期
赵　雨	《蛇行入草》《十月》2019 年第 1 期
	《上阁楼》《小说月报·原创版》2019 年第 7 期　《中华文学选刊》2019 年第 10 期转载
沐小风	《驾驶课》《江南》2019 年第 1 期
江　辉	《我的暑假故事》《江南》2019 年第 2 期
徐　诺	《喂，我是戴安娜》《青年文学》2019 年第 2 期
陈家麦	《拳师》《佛山文艺》2019 年第 7 期
梅　涵	《百雀羚》《青年作家》2019 年第 6 期
吴立南	《给你讲个故事》《当代小说》2019 年第 7 期
阿　剑	《古窑址》《西湖》2019 年第 11 期
陈　炜	《永生的冻鱼》《星火》2019 年第 4 期

三、补遗

陈国炯	《梨花的雪》　中国电影出版社 2018 年 11 月版
张玲玲	《无风之日》《芙蓉》2018 年第 6 期
许　仙	《普世庙》《浙江作家》2018 年第 10 期
夏　烁	《让这夜晚继续》《上海文学》2018 年第 11 期

恰有唐音追到处，语必惊人总近情
——2019年浙江诗歌创作年度述评

| 柯 平 |

一

2019年的浙江诗歌承继着上一年的良好势头，直视现实人生，关照日常万象的作品，在创作中占到较大的比例，希望能以朴素的语言、亲切的语调、世俗化的题材说出对生活的理解，客观上已成为很多诗人执着的追求。换句话说，身段愈来愈低，而思索愈来愈深。以往那种迷恋西式文法的好高骛远之作不大见得到了，这得益于本省优秀诗人显著的表率作用，如荣荣、梁晓明、沈方、商略，还有近年李郁葱、泉子等在题材及风格上做出的调整。2019年里，像李郁葱的《生活简史》，芦苇岸的《湖光》，津渡的《大象与蟋蟀》，沈方的《脸上的夜晚》，伤水的《玉环湖畔行》，荣荣的《杜鹃花开》，泉子的《灵隐》，池凌云的《他们在下棋》，或即景生情，借物微讽，或对山水历史做现实意义上的重新审视，总之都立足于个人真切的生活感受，思虑求其精深，语词求其简朴。《随园诗话》说"语必惊人总近情"，大约就是这么个意思，而袁枚的朋友王梦楼说得更直接，叫作"好诗不过近人情"。从文学史上的经验来看，一个当地成名人物的优秀之作对周边后辈诗人产生的影响，有时甚至会超过世界级的大师,至少在最初阶段是这样的。走在前面的人路子方向对头,后面跟着的自可少走些弯路。如果说浙江省诗歌有什么特色或秘密,这大概也可算作一个。

二

在城市早晨送孩子上学汹涌而急切的人流中,有一个人是宁波市政府某部门的科员飞白。他骑着摩托车,身上披着雨衣,心爱的女儿在后座上一手撑伞一手紧紧抱着他的腰以免摔倒。这样的镜头,在日常生活中可以说几乎已经让人习以为常。且看他的《大雪》一诗:

"大雪压青松",一早起来
虚境破空而来。小可惜,此地未雪
出门送女儿上学,已风雨交加
她后座上撑一把透明伞——
与日常构成巧妙和解

在这以外,处处坑洼、颠簸、残损
"把头靠着我些,我要加速了"

人群呼啸
从雨幕的切面里滚涌而去
从紧紧依偎身体的罅隙中穿行
没有比这更深切的画面可用来斧刻

有人降临到雪花内部:

透彻且疏离,昏暗的雪从未现身

霾色凝重。雪和青松若隐若现
它们劲拔,不时从女孩睫毛上纷扬而下
唇角有波涛,以一种结晶的雄姿
表露雪线以上的言外之意

生活的沉重与无奈,同时也显示了承受它的力量。一首短短的只有十七行的诗,通过一个日常场景以及一场想象中的大雪,勾勒出时代的侧影,读来颇有惊心动魄之感。四十年前有一首轰动一时的诗叫《第五十七个黎明》,一位年轻的母亲,在五十六天产假后推着婴儿车走过天安门广场去上班,作者是江苏的赵恺。在各领风骚三五年的当今诗坛,我不认为飞白读过这首诗,但对于那些有抱负的作者,心灵或视角之间必然有一种共同视野和秘密联系。这首诗的另一成功之处是语言的新颖与简练,包括叙述的克制,不是一般作者所能达到的。但老实说,在他应《诗刊》之邀去参加第三十五届青春诗会以前,不要说全省全国,就是在当地的诗歌界也没多少人知道他。

王孝稽的资格要老一些,到 2019 年为止起码已有二十年的写作经验。2019 年发表的作品中,组诗《回到出生地》以及《在空中划过沉默的弧线》都相当引人注目。印象中此人不大爱说话,但心里明白得很,对自己该写什么不该写什么,以及应当怎么写相当清楚。题材方面也日见开阔,无论是国家的、日常的还是家庭的,我尤其喜欢他的《穿过城中菜市场》,在我看来,它更像是一个里程碑式的东西,暗示着他的写作身段此后将变得更温情也更自由。且看此诗:

她撞到了慌乱，试图要理一理
　　旧的街道，旧的顾客，和旧的涛声
　　各自占有的位置——
　　有些不合时宜，有些盖过形体本身
　　我穿过其中，比落日下的旷野
　　幽暗而庞杂，像个心率不齐的小心脏
　　我感受到它的局限
　　孤立的鱼头，还在砧板上弹跳
　　试图要随我离开这里，跃入涛声
　　她用刀另一面软风，压住生物本能的
　　反抗力，不到三下，网兜与波浪
　　同归于平静。这里似乎——
　　刚受过一场屠杀的惊吓，空气里
　　若有若无的鳞片之光在闪动

　　在这首诗里，我们能轻而易举地觉察到作者的语言功力，当然还有出色的诗艺。是的，一个诗人的优秀程度永远取决于自身拥有的能量和手艺，前者或许还带有某种天赋，后者则基本取决于长年不懈的修炼。

　　网络上的诗歌"大V"金黄的老虎，知识丰富，诗艺精湛，多年来一直走着一条相对独立的道路，且一向浅斟低唱，很少见他在主流刊物上露面，2019年却发表了组诗《春天正在生发》，相比以往诗中那种让人迷恋的士大夫气息，或称旧时代的奢靡，风格及取材上似出现了较明显的变化，比如这首《翏腥湖的傍晚》：

　　这是四月，大路的尽头

一大片碧绿的树林高耸
后面有乌云，蕴积着丰沛的雨水
就要压将过来

此刻如果长时间在路边
追忆似的站着眺望
就会加入田野里所有事物的挺立
四面八方也会向你涌来些什么

再过一会儿
它们还会裹挟着你
一道把夜幕拉将下来

作品试图以一种更复杂的目光来观察世界，而语言却又如此干净而有张力。跟他以前的那些佳作相比，我不能说这首诗是他最好的作品，但一个诗人不满足于所取得的成就，主动在题材和语言上尝试探索和调整，总是有意义的事情。

象山的董丹阳同样让很多人感觉陌生，其实他20世纪90年代就已崭露头角，对诗歌一如既往的热爱和潜心修炼，让他的才华获得更充分也更自由的展现。不过由于不爱投稿，他的诗只有在他家乡的刊物或在由韩高琦、俞强等主持的"原则诗歌奖"公众号里才能看到。2019年11月的某一天，他驾车去另一座城市，在穿过隧道时发现屏幕上的导航路线与人生是重叠的，一首题为《导航》的诗一瞬间完成了。在诗的后半部分，他这样告诉自己：

就像一滴软实力的液体度量了路程
当你穿越城市的毛细血管，左转弯刚刚起步

这个细小的偏离：声带尖锐隆起，它的惶急盖过了你的愕然
你的胆怯止步于一道小小的刹车片

一枚微小的粒子，通过遥远的量子纠缠
缚住了足尖的力道和弧度
你被不断缩小：确知自己在哪里之前，你早已被锁定
好比齿轮之间的咬合，转动，传带，原始的粗粝
被打磨过的色彩完美掩饰
你被一件时装吸引：一粒星辰的秘密被一束强光吞没

一只蝴蝶在方向盘上扇动翅膀，目的地轻易呈现
星巴克的香气在地图上三维起来
一次次准点到达，你已爱上了出卖自己
正如气象能够在墨迹预报，古老的占星术就离开了身体
最初的脚步还能抵达终点？

  技法或稍显复杂，但诗情推进的脉络却是明晰而可感的。红学界名气很大的靖藏本《红楼梦》第五十回批语下有一段高论："一定要按次序，恰又不按次序，似脱落而不脱落，文章枝路（技法）如此。"以此衡之，这首诗应该大致符合要求。
  与董丹阳同样具有海洋地域背景、视角有所区别的是岱山的谷频。他的观察对象是夜晚遍布岛上的那些真实得有些虚幻的灯火，当我读到他的组诗《台风博物馆》时，眼睛难免为之一亮，当然不是因为灯光的缘故，而是这组诗的内在力量，思虑的精深和叙述的老到，都超出了以往我对他的认识。且看《灯火》一诗：

我闭上眼睛的顷刻
灯火就带走了湿漉漉的落日
只有身怀幸福的人
才会把奔跑搁在月光之上
当天色暗下来，泥土的欲望
如夜行之猫让声音钻入空气
隔着虚拟的树林，腐烂的影子
追上一朵风便紧抱在一起
从不需要方向和速度，梦游的时间
绽放得如此简短，总有些漏出来的光线
偷窥着我们对夜晚的背叛
黑暗压下来，站立的姿势并没有被改变
在夜里，真的不可以闭眼
因为灯火熄掉的声响比雪崩还要重

文学真是一辈子的事，只要内心那盏灯一直亮着，哪怕走得再慢，也可以走得很远。

海盐的朱一平也不怎么投稿，二十多年的文学生活，终于在2019年出版的诗集《梦见香樟的自行车》中有了较集中的展示。他对题材简洁的处理方式和语言的灵动让人想起杭州的马越波，走的是武功中用树枝杀人的路子。尽管内力还不到十分强大的境界，但亦相当可观，如诗集里的《在南北湖的讲座》《失眠词》《北窗口》《鹰窠顶，与津渡、雨来喝早茶》等，都能集世俗与风雅、古代与当下于一体，言简意妙。即使同事儿子不小心牙齿磕掉一块这样的小事，在他笔下也能产生丰沛的诗意，让人读后低回不已。我们看他的《妈妈的美》一诗：

我儿子磕掉了牙齿一角。
转过楼梯长长的台阶,被爱情滋润的脸上
留着昨夜倦意。她总是朝气勃勃
哪怕说到儿子时流露的歉疚也未能
丝毫磨损她灼人的光亮。
她说:没看好儿子,我觉得对不起她
那不是乳牙,是恒齿呀。
比芝麻的一半还小的一角。
那个早晨,她陷入了神情不安的恍惚中
那个早晨,她看上去真美。

杭州的卢山,曾经的唯美主义诗人,在 2019 年发表的组诗《湖光山色》中,有一首叫《己亥年,夜雨返杭》,写自己雨夜开车从衢州返回居住地杭州,以及内心的所思所想。作为一个日常行为,这或许并不怎么值得我们关心,但车上载着他怀孕的妻子,这就不一样了,让读者的想象力有了更多发挥的可能。在诗的结尾部分,作者意味深长地写道:

雨水停止喘息之处
入杭城。妻子酣然入梦
外面的雨水聒噪,老卡车的
马达上长着舌头,让她困倦
唯车内立足之地寂静。
天色明朗,在她起伏的腹部
盘踞一座辉煌的宝石山
从车窗的反光镜中,我看到
湖面已涨满春水。波澜一次次

将晨光推远，接近无限

袁枚说："诗境最宽，有学士大夫读破万卷，穷老尽气，而不能得其闳奥者。有妇人女子、村氓浅学，偶有一二句，虽李、杜复生，必为低首者。此诗之所以为大也。作诗者必知此二义，而后能求诗于书中，得诗于书外。"斯言是哉。

三

作为浙江省诗坛唯一获"浙江文学之星"的诗人，高鹏程几乎每年都不会让人失望，无论是写作的数量还是发表刊物的级别。2019年的组诗《迷迭香》显示了他最新的探索。曾经以海洋背景的地域题材成名的他，现在笔触已能随心所欲地深入到生活的各个领域。在《对岸》一诗的后半部分，他写道，"一个人走在路上，面容沉静／只有自己知道，他已经有了裂隙／一条黑色的拉链经过了他，一条船划开了他／他的一部分去了彼岸，另一部分还滞留在此岸／他的右手总是抓不住铁轨一侧的左手／他发出的叫喊，瞬间化成了江面上的雨雾"，而《早春信札》的那个结尾同样也很精彩："我在屋内给你写信。／写到连日阴雨，小屋后山溪暴涨／手中的笔，整个冬天它像一截枯枝／现在，因为雨水浸注而涨满了绿色的血液。"

东方浩在2019年发表的诗，让人感觉平静中夹杂着几分淡淡的哀伤，或许我该将其称之为中年心绪。无论是组诗《那一声低低的邀请》，还是《风中》。他在看学生做眼保健操时自我设问，"何尝有一日停止过操劳和审察／太多的风沙　消磨了曾经的光亮"，而映入眼帘的残荷引发的联想是："此刻的疏朗　不可相比当初的繁密／但此刻的肃穆　岂是当初的喧嚣可比。"是的，在和时间的斗争中没有人会是胜利者,而只有像这样真实袒露自己内心的作品,哪怕诗艺不是十分出色,也能打动人心。

定海的朱涛这些年客居深圳,但家乡大海的涛声依然时刻围绕着他。对语言的深度迷恋和狂暴的想象力构成他诗歌最主要的特征,如"我要求取走那伤口/把故乡扎在远离胸口一寸的地方"(《故乡的圈套》),"波涛一浪高过一浪/似乎收割了天空/用风暴磨损的双手"(《眼泪都在水中》),"她把挂钟的脸埋进时间空旷的超市/而他用数过郁金香、紫罗兰、红玫瑰/之手的蜜蜂,与无尽的货架耳语/他知道找不到她,但一定不会消失"(《用数过花朵之手的蜜蜂耳语》)。按杜甫的标准,"语不惊人死不休"肯定是做到了,只是人情稍欠而已,而用当代批评家杨庆祥的话来说,或许又可定义为"以某种尖锐的美学刺破着当下诗歌写作的层层厚茧"。

嘉兴海宁的知名诗人冬箫,多年来在个人创作和服务诗坛方面都卓有建树,现为中诗网副主编、《中国诗歌》论坛总编。艺术上的特征是以玄思透彻世间万物,比如他的《新年》一诗,"新年,就是一列刚驶出山洞的火车/那种穿越黑暗后决然而然的力量","它或许孤独,但有助/因为它在变成湖泊与河流/它或许丰盈,但锐利/因为它在冲破黑暗的那个瞬间/所有的白和缤纷/早已有了诞生万物的力量"。侧重主体感觉,立意高远,词雄气壮,诗意或稍欠饱满。

绍兴新昌的骆艳英是自吟自唱的诗人。2019 年她发表了《春天连题读》,由八首短诗组成,侧重于对现实细节吉光片羽式的解悟,表明了她对自然和生活的态度。相比之下,我最喜欢其中的《那不可复制的李花与鹅》,其中有段细节描写相当精彩,"四年级小学生张凯奇/穿着一件与大巴同样颜色的手工线衣/相对于正午格外热烈的阳光/他显得有些沉默寡言/在他的世界里／李花虽然触手可及／但这种古老的白显然与他无关／他情愿在停车场／隔着窗玻璃／观察一个扎着辫子的小女孩／如何爬上一棵开花的李树"。朴素的文字里有一种神秘的韵味。

衢州的崔岩，以前不怎么熟悉，据说在当地广电传媒集团工作，近年才开始发表诗歌作品，颇让人有出手不凡的感觉。2019年他发表组诗《钝器》，其中的《钝器》写的是很多人在生活中都会遇上的事情，即楼上的住户在夜晚发出很大的响声，有时甚至是持续性的。一个理性的公民在这种情况下一般只能忍受，但作为一个诗人，他陷入了奇妙的思索，感觉"那种响声，是两个愚笨物体间／相互的抵触、相互的支撑"，"仿佛是我拖动自己，并竭力从体内抽离／那种难以割舍却不得不去／沉闷的摩擦声"。无论想象力还是诗艺水准，都有超人之处。此诗发表前曾获评中国诗歌网"每日好诗"。

浙江省著名的"战士诗人"陈灿，多年来一直坚持自己的诗歌主张，2019年他致力于长诗创作方面的实践，且取得了不菲的成绩。其中《中国在赶路》由《光明日报》刊登后，先后被人民网、新华网、中国作家网、今日头条、凤凰网、搜狐网等数十家网站转载，总点击量近百万；另一首力作《从春天到春天》在由《诗刊》社等单位发起的"诗·中国"全国同题诗征文大赛中获奖。

四

在浙江省诗坛曾经有相当知名度的湖州诗人群，由于各种因素，有过一个相对沉寂的阶段，或者说变得不那么耀眼。但近年来一个新的群体又在慢慢形成之中，主要代表人物沈方在长达数十年的时间内，一直保持着旺盛的创作力和较高的诗艺水准。

2019年，他发表新作《脸上的夜晚》（组诗），一种看尽人世沧桑的睿智态度，却又无一点说教的感觉，相当不容易。其中《赞美的眼神》写自己面对从前的照片，最后一段他写道："在这不经意的片刻，/我认出了隐身多年的平静，/而片刻的平静包含数百年的不安，/像一位老人坐在我面前。"李浔和石人都是20世纪80年代现身诗坛，前者多年来一直没有停下过，后者曾经有过停顿，但近年复出后劲十足。2019年，李浔的《南疆书》依然是他援疆文学记录的一部分。赋予日常生活场景以一种奇妙的力量，是他的拿手好戏。在其中的《阿克苏》一诗的下半部分他写道："那个敞开衣襟的汉子/有着一根和他同样体温的马鞭/现在，一只蚂蚁爬在破损的鞋上/猜测我的来历/现在，有人背上一袋馕，上北京去看长城了/只有我坐在路边，看来路有趣地摆动着尾梢/远处有做梦的骆驼，也有成精的胡杨。"石人2019年在"风雅剡溪"全国诗文大赛中获奖的长诗《溪口，回望或前瞻》让人惊艳，他擅长对事物的复杂性进行挖掘，借助诡奇的意象和有力度的语言。这一点在组诗《处暑登飞英塔》中体现得也很明显，比如他眼中的湖州名寺万寿寺，"在蜿蜒的山路卷起凌厉碎石，/一个佛指弹出的暗号，截断它们/喑哑的弧线，这些松绑的囚绳"，"是在同一个高度，等待巨石滚落，/再向上推举，像一架惩罚的永动仪。"赵俊的组诗《少年行吟录》，网上有很多评价，看得出来，这组诗可称为最能代表他风格和诗艺的作品——后现代色彩以及对生态的关注，他对家乡的热爱在《谈论湖州——致水田宗子》一诗里有淋漓尽致的表述，而在赠沈苇的那首《下渚湖的白鹭》里，诗人对笼子内的朱鹮与湿地白鹭的不同描述，使得"看着白色的闪电扎进水面。它们对自由/拥有着比季节转换更深的悖论"这两句显得意味深长。吴艺和潘新安是2019年湖州的两颗新星，吴艺在《诗刊》的《发现》栏目推出了组诗《繁花》，潘新安在《江南诗》的《首推诗人》栏目推出了《诗十九首》，当然这只指受刊物重视而已，两人写作历史各自都已有二三十年。两人作品的视角具有一定的可比性，如都依托地域背景，注重个人感受，诗艺方面的特征是内力为本，招数为末。吴艺《大钱港》的最后一节，"铁驳船撕开水面／撕开蓝藻，绿色如漆／没有声息。如果河流不死／如果像一个人老去那样痛哭／还是记住辛夷花瓣飘落水面的春日"；潘新安的短诗《雪夜》，"一场集体的凋谢／我独自，踏上梅枝黑漆漆的小径／今夜过后／浔阳楼上，再无题诗人"，还有《轮船码头》，"当胸中一阵颤栗——／仿佛挂在船舷边的靠球或橡胶轮胎／挤压过来／瞬间就被挤扁了／仿佛离开的少年突然回到／这具中年的身体里"。在这个新形成的群体中还得加上吴兴区的小雅、菱湖区的伏枥斋、太湖开发区的小书，以及客居上海的胡桑，限于篇幅，只能不展开了。

同样以群体形象出现的还有金华永康诗人群。首先登场的是章锦水、杨方、陈星光、蒋伟文、吕煊和杜剑六位诗人。章锦水近年的作品无论风格和题材都变化较大，或者说，从早年充满抒情气质的嘹亮男中音，到现在的浅斟低吟，随意发挥，如《塘里阶前绿》的后半部分："石头都被流年煮烂了，／只剩一道绿光，在道上守候。／那个流萤般的人，／此时正提着灯笼，步履款款，／拐了两个弯，轻轻地来了。"诗里那个提灯的人，与其说是神灵现身，倒不如称另一个自己，或作者的精神化身更恰当。杨方是本省女性诗人里唯一能将诗歌中的性别特征减到最弱和最小的，这一点我十年前读她的《过黄河》时就有深刻印象。现在这个写出"没有谁想在黄河里洗清自己／每个人身体里的泥沙都比黄河沉重"的人，似乎找到了新的清洗灵魂的方式，在《雨中登广济寺》一诗里她写道，"人世的念想消散于无形／我知道我一低头,就会忘了全部 / 我一转身,今生就会变成前世"。尽管节奏和句法方面或因近年改写小说稍有变化,那种虔诚的姿态依然十分动人。陈星光是个多少有些另类的诗人,真诚坦率,天趣自成,像金庸笔下的段誉一样,真正的功夫都是无意中体现出来的,而一旦有意求之反倒不得其法。对一场生活中普通的雨,感觉器官也与他人不同,"更多的雨下在大地 / 像我走在孤独的人群中 / 没有人喊:亲爱的 / 她来过,无声无息 / 但雨抬高了沉默的湖面 / ……喑哑的雨",让我们领略了他的技法和特色。蒋伟文印象中一直是低调而优秀的诗人,此次发表的作品于题材方面有新的拓展,形式上也更为自由,尤以对思想性的挖掘迹象最为明显,如《春日的花园》写自己和一只蜗牛的对视:"你犹豫了片刻,站在那儿,/ 仅仅片刻:/ 就在你蹲下来 静心凝眸的那一刻 / 时光悄悄挪移了一步。"是好是坏,一时说不上来,但一个已经相当优秀的诗人,仍不满于取得的成就,孜孜不倦,上下求索,光这一点已足够让人肃然起敬。吕煊似乎有志于历史题材的写作,语言朴素,思绪精湛,平实的叙述中,往往隐含一种切实的力量,如在《冬日奉献给我们的最后一片光亮》里,淮河显然不是作为河流,而以某种历史见证人的角色在作者内心掀起波澜。在历数了它的相关人事后,作者以"戊戌年的冬天我和雪鹰路过淮河 / 阳光将河里的货船抬得很高"两句轻轻刹住,可以看出他长期训练积累的功力,而结尾的"倒是河水奔腾不息的呜咽 隐隐传来 / 似这个冬日奉献给我们的最后一片光亮",让全诗的意境显得更为开阔。近年新冒出来的杜剑,自称"一个喜欢看笔尖跳舞和听快门唱歌的人",他的新作《夏天奏鸣曲》虽然只有短短七行,但无论结构还是意象,都相当完美,"蝉鸣落在贝多芬《月光》奏鸣曲的 E 和弦上 / 鸟鸣落在莫扎特钢琴奏鸣曲的 G 大调上 / 蛙鸣落在舒伯特奏鸣曲第一乐章的 C 小调上 / 蝈蝈的叫声落在胡德夫《芬芳的山谷》上/还有一些未知的虫鸣落在马条,赵雷,宋冬野,/莫西子诗某首民谣的木吉他上/有一朵木槿花的声音轻轻落在父亲的草帽上",有一些俳句的味道,我指的是技法,漫不经心的思绪,落在一个具体的物象上,一首诗就这么产生了,当然你首先得具有发现它的眼睛才行。

《江南诗》2019年还做了一件好事,在第1期对浙江省几位老诗人做了重点推介,他们分别是20世纪50年代后期成名的洪迪、70年代末成名的张德强和楼奕林、80年代前期成名的李曙白和伊甸。洪迪这次发表的新作是《存在之轻》,名曰"轻",分量却很重,"一只鸽子倾听远方的雨声/这只鸽子天生没有耳朵"(《倾听》),"浮云是天地间唯一真实存在的东西""除了一缕浮云,谁又能握住任何别的东西?"(《存在的终归是虚拟》),要经历多少红尘沧桑,看破多少白云苍狗,才能写出这样深刻的诗句。此外这位八十八岁的老人2019年还出版了诗歌批评巨著《诗学》,总结一生的思考和经验,裨益后学。张德强的诗风中西兼蓄,注重意象,结构精美,善于在诗中使用警句是他的强项之一,如"老去的只是皮肤/灵魂不长皱纹"(《灵魂不长皱纹》),或"生命过于匆忙过于短暂/但我存在过/这是时间艺术的杰作/比任何雕塑更永恒"(《冰雕》)。这次的新作让人对他的功力有了更深的印象。楼奕林是浙江省新时期成名最早的女诗人,她的诗和先后由她主持的《东海》和《江南》杂志诗歌栏目令多少年轻一辈受益,愿意记住的人相信一定会记住。虽然她已年届七十,功力方面却愈见深厚,在组诗《有关雪的诗》里她写道,"我看到过的黑色比黑夜更多","洁白的雪,让人心生怜爱/那就真正怜爱它吧!/因为,当雪崩发生时/没有一朵雪花脱得了干系"。李曙白的诗擅长让思想的痕迹不经意地渗入身边的日常事物,这是他多年来艺术上的主要追求。在《黑白》一诗里他写道,"把一只黑手套放进黑夜／我们看不出它是黑的／多年后我还发现另一个命题／把一只白手套放进黑夜／我们也看不出它是白的"。而在《必须》一诗里他又写道,"一个曾经为必须寻找火种的人／现在正在试图吹灭大地上的灯"。这组诗人中,六十七岁的伊甸居然是年龄最小的,在这让人实在不免有些感慨。当年名震全国的诗人,现在依然宝刀不老。在《题记》里他写道,"稻穗虔诚地弯下腰来／为所有卑微的生命祈祷／大地像快要临盆的女人／幸福的脸庞隐含着一丝恐慌"。

五

总的来说,浙江省诗歌的强势和多年来保持稳定的创作实绩,有多方面的因素,如地域、山水、文化传承、总体教育水准等,但其中对地区文学新苗不遗余力的发现和培养,也是浙江诗歌新秀能够源源不断涌现的一个重要原因:除了浙江省作协已有二十年历史的青年作家创作培训班,还有宁波的文学周和宁波作家协会的骨干培训班,杭州拱墅区的拱宸雅集,丽水的一带一拜师结对活动,黄亚洲诗歌基金会联手新媒体发起的诗歌朗诵会,金华永康的省内外名家笔会,嘉兴海盐的名家诗歌讲座和地方诗人作品研讨,温州苍南近年连续举办的全国诗歌名家采风,"浙江诗人"微信平台(包括定期出版的纸刊),嘉兴南湖区的全国散文诗大赛,舟山岱山县每年一届的海洋诗歌大赛,等等。事实上如宁波文学周、黄亚洲诗歌朗诵会、永康的方岩笔会等,在某种意义上已成为大众眼里的知名文学品牌。在2019年里,我们既认识了像飞白、卢山、赵俊、吴艺、潘新安、崔岩等已经崭露头角的诗歌新人,还有更多的潜在力量即将脱颖而出。

附注：此文标题前引诗句出自袁枚《仿元遗山论诗三十八首》第九首，后引诗句出《随园诗话》补遗卷四第二十九条，袁枚称当时有个叫刘锡五的赠诗于他，其中有两句为："闲来志怪都根理，语必惊人总近情。"袁枚引为知己，大发感慨："余道第二句直指心源，包括小仓山六十四卷全集，较胜他人作序万语千言矣。"即认为这七个字是对他一生创作的最好总结。可见诗既要有超人的才气，又要贴近日常生活，才算真正的佳作。

2019年浙江诗歌要目

一、书

胡飞白　《活着若无不妥》　南方出版社2019年8月版
朱一平　《梦见香樟的自行车》　长江文艺出版社2019年8月版

二、文

李郁葱　《生活简史》（5首）　《山花》2019年第2期
芦苇岸　《湖光》（9首）　《人民文学》2019年第10期
津　渡　《大象与蟋蟀》（8首）　《十月》2019年第2期
沈　方　《脸上的夜晚》（7首）　《上海文学》2019年第5期
伤　水　《玉环湖畔行》（6首）　《诗刊》上半月刊2019年第5期
荣　荣　《杜鹃花开》（10首）　《诗刊》上半月刊2019年第6期
泉　子　《灵隐》（12首）　《诗刊》上半月刊2019年第7期
池凌云　《他们在下棋》（4首）　《诗刊》上半月刊2019年第9期
王孝稽　《回到出生地》（18首）　《作家》2019年第10期
　　　　《在空中划过沉默的弧线》（8首）　《钟山》2019年第6期

　　　　　《王孝稽的诗》（9首）《西湖》2019年第4期
金黄的老虎　《春天正在生发》（12首）《十月》2019年第1期
谷　频　《台风博物馆》（组诗）《诗刊》下半月刊2019年第2期
卢　山　《湖光山色》（组诗）《中国诗人》2019年第1期
高鹏程　《迷迭香》（组诗）《人民文学》2019年第7期
东方浩　《那一声低低的邀请》（5首）《星星》2019年第3期
朱　涛　《幻想》（7首）《诗刊》下半月刊2019年第8期
冬　箫　《内心的波澜》（6首）《中国作家》2019年第6期
骆艳英　《春天连题读》（8首）《山西文学》2019年第3期
崔　岩　《钝器》《诗刊》下半月刊2019年第6期
陈　灿　《中国在赶路》《光明日报》2019年9月12日
沈　方　《脸上的夜晚》（7首）《上海文学》2019年第5期
李　浔　《南疆书》（组诗）《星星》2019年第1期
石　人　《处暑登飞英塔》（组诗）《诗刊》下半月刊2019年第5期
赵　俊　《少年行吟录》（组诗）《花城》2019年第3期
　　　　　《赵俊的诗》（组诗）《广州文艺》2019年第1期
吴　艺　《繁花》（9首）《诗刊》下半月刊2019年第6期
章锦水　杨　方　陈星光　蒋伟文　吕　煊　杜　剑《永康诗群作品选》《江南诗》2019年第3期
洪　迪　张德强　楼奕林　李曙白　伊　甸《浙江五人诗选》《江南诗》2019年第1期

少女与永生
——2019年浙江散文阅读札记

| 周维强 |

一

每一年即将开笔写年度浙江散文阅读札记时,总是会期待读到新的作品,读到能够增添新的阅读经验的作品。

如果要推荐浙江2019年度散文集,我想我会毫不犹豫地把草白的《少女与永生》列为候选作品的第一部。

在浙江的青年散文家里,草白是非常独特的"这一个"。草白的散文作品,无论文体、语言还是题材,或是对人性的探索,或是真实的、真诚的、毫无功利性的写作态度,都可以列在浙江青年散文家的第一方阵里,也完全可以列在中国当代青年散文家的第一方阵里。

草白的散文,是她从自身的经历和经验里提炼出来的语言的文本,给了我阅读的新鲜感。《少女与永生》,14篇散文,14个故事,以作者身边亲人、朋友的命运变化为描写对象,共同组成作者的少年记忆和家族记忆。书中有因被误解而跳井自杀的玩伴小莫,有人生轨迹不断变化的老师,有身为体力劳动者却不断想"发家致富"的小舅,有突然失踪的表叔,有命运多舛却仍努力生活的堂姐,还有出售经文的91岁的祖母、"浪荡子"哥哥……在草白的书写中反复出现的是童年、衰老和死亡,叙述冷静克制而富于哲思,"将人性的幽微以轻盈的语言缓缓道出,十分迷人"。草白说:"成长就是一部分自我死去,一部分自我真正激活的感觉。在看似不够完满的现在与过去之间,那些我们为之改变的,都成为了永恒之爱。"草白粉碎了几乎相沿成习的惯常的"泛散文写作",写出了一部纯粹的文学意义上的散文作品。

阅读草白的这部作品,我常常会感叹自己在书本里待得太久了,写作时已经习惯了掉书袋,而几乎丧失了对人性、对生活的锐利的触觉,而这才是散文写作或者说文学写作最重要的、最宝贵的东西。

草白这部散文集中的一篇名为《男孩》的作品,里面有这样两段话:

> 我认识杨的时候,他还是一个男孩。……我说不出那种叫"男孩"的东西到底是什么,以什么样的形式呈现,可我明白,谁的身上有,谁的身上没有,看一眼就知道。
>
> 而且我还知道那种东西是怎么消失的,这大半是因为当我已不是当初那个人,也就不配再遇见它们了。

这两段话自然有人生的阅历在里面。我们能在草白的这部作品里感受到新鲜、尖锐,也许表示我们对人性对生活的"感知系统"还没有完全麻木,或者也可以说是草白的这部作品唤醒了我们有些麻木了的"感知系统"。但我实在不满意自己写出来的上面的这些对草白这部散文作品的阅读体会,太苍白无力了。我想我还是引用草白关于这部作品的两段话:

我特别喜欢这本书的封面设计。……在一片粉红背景下，两匹白马彼此倚靠，交颈而立，给人一种恬静之感，又宛如梦幻。

我希望我的文字也能给人这种感觉，尽管描摹的是现实生活中的人物、场景，但是读者看了后却能有一种超越文本的触发和体悟，让他们联想到更多的东西。因为好的作品都是抽象的，都是可以无限生发的。

《少女与永生》这部散文集里有一篇《少女》，里面写到一位杂志编辑W，W对真实的外部世界缺少留意和关注，却滔滔不绝地给作家上课，教育作家该这样写那样写。我们在阅读草白的这部《少女与永生》时，首先得放下这样的架子，首先得作为一个真诚的读者去阅读，这也许才是阅读这部作品的最合适的姿态。

北师大文学院教授张莉给本科生开设"当代散文作品研读"课，她从2019年度期刊上公开发表的200多篇散文中选编成《与你遥遥相望：2019年中国散文20家》，草白亦被列为20家之一，收录的是《少女与永生》一书里的《失踪者》。张莉在序言里说："我看重那些有情的、有文体意识的、深具美学意味的作品。"

二

邹汉明发表在《野草》杂志上的《十三张纸牌：回忆我的老师沈泽宜》，是一篇不可多得的记人散文作品。标题"十三张纸牌"，源出沈泽宜先生所喜打的关牌——扑克牌游戏的一种。关牌每一局发到人手上的是十三张纸牌。作者在文章最后说："十三，意味深长的数字，这一生，已经足够让他思量再三了。"沈泽宜先生是诗人、诗评家,以教师为职业,所以文章也就在记录沈泽宜先生及其学生等之间展开,有历史和现实,有故事和回忆,也有议论和感悟。作者所感受到的沈泽宜先生真实地留在纸上,是学生对老师的纪念,也是一段诗歌史的感性的民间立场的留存;文字干净利索,诗性和散体文字的表达,结构精致,情绪和思考也控制得当。这篇散文第一节有这样一段,沈泽宜先生追悼会结束,遗体推进火化炉火化,作者写道:

> 火化时间似乎特别长。我蹲在外面,烟抽了一根又一根,蹲得两腿发麻。天阴沉沉的,不知什么时候开始下起了秋雨。我站起身来,头晕乎乎的,自言自语了一句:"怎么需要这么长的时间!"一位经过我身旁的女士接口说:"骨头硬嘛!"我转身,看到她撑着伞,已经走远了。

如果要选浙江2019年度单篇散文作品,我会把《十三张纸牌:回忆我的老师沈泽宜》推为候选的第一篇。

三

方向明2019年在《人民文学》《十月》两本杂志上发表了两篇篇幅较长的散文:《陪床琐记》和《心事》,题材是写自己的琐事和心事。写自己的琐事和心事,也是散文的常见品种。这样的作品,尤其是男性作家写这样的作品,分寸如果掌握得不好,很有可能会陷进"过度自恋"的沼泽,而令看的人起鸡皮疙瘩。方向明显然是要努力做突围,在琐事和心事里,更深一层地对世道和人情做出有意味的表达。琐事和心事里也见出阅历,见出世故。

孙敏瑛发表在《散文》《青春》等杂志上的散文《秋雨记》《神迹》《雨季》《伙伴》《冥想》《夜晚》诸篇,对外部自然的描写和对自己的心事情感的书写,融会在一起,写"客观"主要是为了表达"主观",如《夜晚》中的这一段:"……在贫瘠的语言堆里左冲右突,寻找突围的小径。等我从书页间抬起头,周围早已漆黑一片……整个世界仿佛都已在黑暗里沉睡。只有从我的窗户里透出的这一点清白的灯光,让我所在的小房间,像是茫茫宇宙间一颗孤独的星球。"

《万物无尽》是陈富强的一部散文新著,收录在这部书中的一些作品,记录一时一事的感受,正如作者在自序里说的:"它们和我的孩子语儿一样,一颦一笑,都是最美的。"从"江南"到"电力",从"植物"到"万物",富强运思华章,既有身边小景物,更有辽阔大江山,或取材安昌水乡,或神思电力能源,或闲情雅趣,或国计民生,或文化关怀,而所以取名"万物无尽",作者解释说:"与我和植物园毗邻而居有关,我在植物园看不尽的万物,在我笔下同样写不尽。"世上万物,生生不息,富强因此给这部书的序命名为"与植物为邻",序言说:"世间万物之盛,植物为最。佛曰:一花一世界,一叶一菩提。"这应该也是富强的"因寄所托"吧。

马叙的散文集《乘慢船,去哪里》,书名就让人生出欢喜。这本书护封上介绍"本书主要为旅行散记"。"旅行散记"这个用词准确,人在旅途上,思维会加速地活跃,看见的,听到的,想起的,纷至沓来,书中的"近似虚构的旅行""乘慢船,去哪里""河山海四记"这三辑里收录了27篇散文。这是一部无论笔致、内容还是行文的风神,都是能够令人沉静下来,对生活对艺术对风景慢慢地做体会的书。朱光潜先生1932年夏天在莱茵河畔写的一篇文章,结尾说:

阿尔卑斯山谷中有一条大汽车路，两旁景物极美，路上插着一个标语牌劝告游人说："慢慢走，欣赏啊！"许多人在这车如流水马如龙的世界过活，恰如在阿尔卑斯山谷中乘汽车兜风，匆匆忙忙地急驰而过，无暇一回首流连风景，于是这丰富华丽的世界便成为一个了无生趣的囚牢。这是一件多么可惋惜的事啊！

朋友，在告别之前，我采用阿尔卑斯山路上的标语，在中国人告别习用语之下加上三个字奉赠：

"慢慢走，欣赏啊！"

"乘慢船，去哪里"——果然是得着了这样的趣味。

《乡愁是一杯烈酒》是郑天枝的一部随笔集。郑天枝是诗人，诗人写散文，散文含着诗心。郑天枝又喜欢做一些哲理的沉思，所以诗情里又融入一份哲思，有时有点儿尖锐，又被幽默和温暖所"软化"。书名中提到了"烈酒"，里面的随笔却是"淡淡的"风格，正如有人评论的："淡淡的忧伤、淡淡的诗意、淡淡的哲思，是其随笔的典型风格。"

看到禾子散文集《借个院子过生活》的封面，我下意识会起防备心理：这会不会是房地产开发商或民宿老板的营销"软文"呢？不过待从头至尾翻看过，我得说，这确实是一部写得挺好看、挺有趣味的散文作品。文字也好，清词丽句，却也恰到好处，有节制。以春、夏、秋、冬、又一春这五章，连贯起全书61篇短文。姑且举开头的几段文字，或者可以见出这部作品的风格：

乡亲们晚上八点就休息了。

朋友说完这句话，顾自哈哈大笑起来。我们在西街18号的三楼上喝茶，一块老门板架起来的茶席，喝祁门红茶。祁门早先也属于徽州，早到那个有艺术天赋的宋徽宗当皇帝的时候。

知府大人就住在我们的不远处，大概二里地的样子，站在我们这座楼的楼顶，向南边看，就可以看到府衙的屋顶。

这几段文字比较"文艺"地交代了"西街18号"的地理位置和小城的安静，但也留了一点儿"文艺腔"的矫情。"早到那个有艺术天赋的宋徽宗当皇帝的时候"这一句，"徽宗"是赵佶的庙号，庙号是皇帝驾崩了才给的一个"评价"。"宋徽宗当皇帝的时候"这样的表述，并不妥当。

《又见紫云英》是汪群新出的一部散文集，集子里的《落在浙北的雪》《春溪如练》《稻香的草床》《乡夜赶戏》诸篇，充满了浓浓的浙北的乡土乡风乡情。

周煦凤散文是第一次读到，散文集《布衣传录》，写家人、写友人、写自己，都是平凡的普通人，故曰"布衣"。叙写朴实，情感厚实，生活气息浓郁，文字老到。

余弃水在《中国报告文学》杂志上开设了个人的散文专栏《千岛湖地理·淳安风情》，2019年，余弃水在这个专栏名下共计发表了《左口的右边》《远方的家在王阜》等7篇散文。

以上诸家的散文，事实上也是散文写作里的"大宗"，组成散文写作"主潮"的，基本上也就是这样的作品，比如杨新元、陈荣力、牧林铨、吴顺荣、陈家麦、李振南、苏敏、张进发、方淳、阎受鹏、石志藏、叶艳莉、柴薪、王群等作家写的也是这样的散文：大事情小事情，大人物小人物，大襟怀小情趣，大风景小景致，大世界小家园，无不可落笔，重点只在于如何写。

四

王寒、陈华胜、杨自强、傅通先等，2019年依然致力于他们所擅长的文化题材的散文书写，各自贡献了一部散文专集。

王寒的《大地的耳语：江南二十四节气》，正如著者所说，"取自江南女子的视角，从日常生活入手，感知江南独特的节气韵味——节气在江南的一山一水中，在一云一雨里，在一花一果中，在一粥一饭里"。

陈华胜的《吃货简史》，假托"诸葛先生"和《石头记》里"石头君"化身的善于辨味的伶俐小女子"俞儿"，而串联起中华饮食的简史，亦庄亦谐。起笔于"一颗鱼丸开启的历史"，收官在"谭家菜的讲究：别忘给主人留副筷子"，自先秦两汉，历隋唐五代，直至元明清，一部中华食史，妙趣横生地一一道来。正如台湾知名作家罗吉甫所说："读书有间、论述有趣、下笔有神、推断有据，能够见人所未见，发人所未发。"

杨自强撰著的《纹枰丹青：中国历代棋画集萃》，荟萃历代棋画作品，一画一文，以随笔拈出画境棋心，增广识见，益人心智。

傅通先的《天堂探花》，书名即已点题：这是一部以"探花"为主题的散文集，探花胜地则自然是在杭州。全书36篇散文，写花33种。每种花更配以傅先生自己的诗词书画摄影作品。黄亚洲在这部作品的序里说："老傅爱花，对花事有独到的鉴赏。"傅先生笔下的花，"与人文紧密相连"，"自然地舒展出有趣的历史知识"。

这四位作家能够心到笔到地专事各自题材的撰写，重要的还是得益于他们对各自所关注题材的知识积累和学识涵养，胸有成竹，再配以一手好文笔，所以水到渠成，落笔成章。而更巧合的是，这四位作家，同时也都是卓有成就的媒体人。这恐怕也是浙江文化散文写作里的一个有意思的现象。

五

往年《光明日报》《文艺报》《文学报》等报刊发表的年度全国散文创作概述，鲜有浙江散文家进入其中。2019年度的全国散文创作概述，就笔者所见，已有7位浙江散文家入围，这是值得记一笔的。

《光明日报》2019年11月22日发表的李林荣撰写的《散文：回返初心，趋向博大》，细察当前散文创作态势，以为有三条脉络清晰可见："一是力拨谈古务虚之风，复兴纪实写真传统；二是打破个人中心和唯我独尊的小叙事，扩展反映社会、关联时代的大视野；三是从跨界融合的角度，重启文体理念及写作手法的创新。"浙江的散文家草白和帕蒂古丽，均被李林荣列进了"当下散文发展格局中的前沿群落"。

上观新闻App 2019年11月25日发布王兆胜撰写的《在惯性涌流上开拓和奔腾：2019年中国散文创作概述》，提及"对外国历史文化的叙述"的陆春祥的《印加帝国陨落的隐喻》，并肯定周华诚散文《鱼鳞瓦》有"接地气的优美表达"。

《光明日报》2020年1月8日发表王兆胜撰写的《以小视点传递时代足音——2019年中国散文的亮色》，在"天地人心的化合融通"一节里谈到了黄咏梅的作品："黄咏梅的《小旗》（《文汇报》10月13日）写一只叫'小旗'的流浪猫。作者没有以施恩的态度待猫，更无作为'人'的主体性将猫只看成客体，而是从平等、交流、对话、感知的方式进行融通。于是，'流浪猫'就不因'流浪'失了身份，倒成为自由的象征。同理，作为人的

'我',也像万物一样自然,并无自大狂。人与猫及天地万物间,完全可通过心灵对语达到共鸣。"

《文艺报》2020年2月21日发表韩小蕙撰写的《2019年散文:情怀与境界不可或缺》,文中也述及4位浙江散文家的作品,称程绍国的《父亲是程颐的后代》"也是一篇奇文",评论陆春祥的《惊蛰》"从形似豨(猪)的雷公(引自李肇《唐国史补》)写起,至《太平广记》《录异记》《广异记》等古籍,又至韦应物的《观田家》、陆以湉的《冷庐杂识》、褚人获的《坚瓠集》,最后落在美国作家迈克尔·麦尔德的《东北游记》,读书之多让人佩服。洋洋洒洒,信手拈来,读来趣味横生,不忍释卷",赞叹周华诚的《鱼鳞瓦》"写得山清水幽,普普通通农家房屋上的鱼鳞瓦,将江南的厚朴与宁静之美衬托得活起来了一般"。韩小蕙的这篇年度评论里将苏沧桑归入"中国当代散文的中坚力量"。

上述被全国年度散文概述里论及的7位,诚然是浙江这些年来活跃着的且已形成了自己的写作个性的知名度较高的作家。

六

2019年的浙江省散文学会依然生机勃勃:《浙江散文》杂志出刊6期,发表了100多篇散文作品;选编的《2018浙江散文精选》收录87位作家佳作,由江苏凤凰文艺出版社2019年出版;学会组织了9次采风活动,诸多采风作品刊发于《人民日报》《光明日报》《人民文学》等大报名刊。浙江省散文学会创会会长陆春祥既主持学会工作,自己也是高产的作家,精品力作迭出,产生全国性的影响。

杨自强和简儿是近年来嘉兴市散文创作方面较有代表性的作家。2019年1月,嘉兴市文联等联合举办了杨自强、简儿散文作品研讨会,浙江省文艺评论家协会副主席卢敦基、鲁迅文学奖得主黄咏梅、无锡市作家协会主席黑陶等与会并作了发言。

2019年11月,台州市文联等联合举办了"刘从进散文研讨会",浙江省作家协会副主席陆春祥、浙江省散文学会副会长马叙、著名评论家郑翔等与会专家以自己的文学经验和理论修养解读刘从进散文作品,梳理了成绩和不足。

2019年12月,浙江大学中国现当代文学与文化研究所等联合举办了徐海蛟新作《山河都记得》的研讨会。鲁迅文学院常务副院长徐可、著名评论家汪政、鲁迅文学奖获得者乔叶等来到研讨会现场,表达了对这部散文作品的关注。

2019年12月,浙江省作家协会散文委员会以"新时期散文写作的多样性"为主题,在德清召开研讨会。陆春祥、苏沧桑、张林华、来其等十多位散文委员会成员交流了近年来散文创作取得的成绩和面临的问题,探讨了新时期散文创作的多样性以及如何在新形势下拓展思路、深入生活等话题,提出了繁荣散文创作的建议。

2019年,董利荣、陈峰、赵悠燕、徐惠林、陈利生、杨菊三、梅芷、周孟贤、蔡圣昌、沈海清、陆建立、陆原、骆正葵、李淳、连中福、陆士虎、林国强、王微微、李仙正、阿剑、金阿根、金春妙、王孝稽、张林忠、赵俊、陈瑜、阿航、邢增尧、吕云祥、沈小玲、李华明、徐秀莉、詹苗康、陈于晓、姚坚定、戚子平、朱峰、高鹏程、哲贵、帕蒂古丽、周吉敏、斯继东、东君、余华、林森、海飞、干亚群、张忌、王永胜、赵柏田、张亦辉、张丽萍、朱夏楠、周玲雅、林漱砚、苍耳、但及、施立松、郑亚洪、胡翠君、王海燕、方月桂等作家,或在报刊发表散文作品,或开设专栏,或出版散文集,或有作品被转载,或有作品入选各种散文选本,或有作品获奖。这些也是应该予以记录存档的。

2019年浙江散文要目

一、书

王　寒　《大地的耳语：江南二十四节气》　浙江工商大学出版社2019年1月版

周孟贤　《驰思骋怀》　四川民族出版社2019年1月版

徐秀莉　《开心就好》　上海文艺出版社2019年2月版

禾　子　《借个院子过生活》　化学工业出版社2019年2月版

梅　芷　《生命中的99个她》　辽海出版社2019年4月版

郑天枝　《乡愁是一杯烈酒》　江西高校出版社2019年5月版

骆正葵　《晴窗随笔选》　团结出版社2019年5月版

草　白　《少女与永生》　长江文艺出版社2019年6月版

李　淳　《充满奇趣的新疆》　新疆人民出版社2019年6月版

周煦凤　《布衣传录》　团结出版社2019年6月版

陈华胜　《吃货简史》　江苏凤凰文艺出版社2019年7月版

陈富强　《万物无尽》　文汇出版社2019年8月版

杨自强　《纹枰丹青：中国历代棋画集萃》　杭州出版社2019年9月版

张亦辉　《叙述》　浙江人民出版社2019年9月版

徐海蛟　《山河都记得》　广西师范大学出版社2019年10月版

连中福　《和蜂絮语》　浙江文艺出版社2019年11月版

白　马　《灵山在哪里》　团结出版社2019年11月版

马　叙　《乘慢船，去哪里》　广西师范大学出版社2019年12月版

傅通先　《天堂探花》　百花洲文艺出版社2019年12月版

汪　群　《又见紫云英》　团结出版社2019年12月版

陈于晓　《水云间》　河南大学出版社2019年12月版

二、文

邹汉明 《十三张纸牌：回忆我的老师沈泽宜》《野草》2019 年第 5 期
　　　　《塔鱼浜旧物》《散文》2019 年第 6 期
李仙正 《品读四都》《人民日报（海外版）》2019 年 3 月 21 日
　　　　《老屋不败》《延河》下半月刊 2019 年第 6 期
　　　　《一片秋叶》《中国社区报》2019 年 9 月 10 日
　　　　《母亲的公交车》《中国发展观察》2019 年第 20 期
　　　　《秋境》《西安晚报》2019 年 11 月 12 日
　　　　《黄岩点亮"小橘灯"》《人民日报（海外版）》2019 年 12 月 11 日
陈家麦 《地表上的单元》《延河》2019 年第 2 期
　　　　《私访天台》《华夏散文》2019 年第 2 期
　　　　《花桥》《中国散文家》2019 年第 5 期
张林忠 《不逢知己不开花》《脊梁》2019 年第 5 期
陈富强 《西北三记》《国家电网报》2019 年 2 月 22 日
　　　　《乌镇是个地球村》《浙江日报》2019 年 4 月 21 日
　　　　《老舍的济南光阴》《散文百家》2019 年第 9 期
苏　敏 《我的流浪简史》《山西文学》2019 年第 7 期
　　　　《给石头和山取名字》《文艺报》2019 年 6 月 24 日
　　　　《滩涂雾境》《天津文学》2019 年第 11 期
赵　俊 《我的雪事》《雨花》2019 年第 8 期
蔡圣昌 《巴黎咖啡文学》《书屋》2019 年第 9 期
牧林铨 《洞霄名宫　凡间琼馆》《文化交流》2019 年第 8 期
陈　瑜 《越剧这条河流》《星火》2019 年第 4 期
阿　航 《码字地》《西湖》2019 年第 4 期
邢增尧 《初冬的觉思》《散文百家》2019 年第 9 期
陈利生 《老程的画家梦》《交通旅游导报》2019 年 1 月 30 日
　　　　《触摸春天》《劳动时报》2019 年 3 月 29 日
　　　　《乡村说书人》《湖州日报》2019 年 4 月 13 日

　　　　《婺源的底色》《东海岸》2019年第2期
　　　　《采桑葚》《联谊报》2019年5月18日
　　　　《温泉里流淌的"小镇故事"》《杭州（周刊）》2019年第25期
杨菊三　《草根父亲的文化教义》《联谊报》2019年4月13日
　　　　《春雨》《湖州日报》2019年3月1日
吕云祥　《横塘诗话》《绍兴日报》2019年3月4日
　　　　《春江花月夜》《联谊报》2019年4月2日
　　　　《乘凉》《联谊报》2019年8月6日
　　　　《人生如茶》《联谊报》2019年9月21日
陈荣力　《江南的春天》《人民日报》2019年3月27日
　　　　《江南且闻菜油香》《文汇报》2019年4月29日
　　　　《钓黄鳝》《解放日报》2019年6月6日
　　　　《天下食堂》《新民晚报》2019年6月28日
沈小玲　《自然的味道》《浙江日报》2019年11月24日
方向明　《陪床琐记》《人民文学》2019年第5期
　　　　《心事》《十月》2019年第4期
金春妙　《只能陪你到这里》《散文选刊》2019年第4期
　　　　《半个月亮爬上来》《联谊报》2019年3月23日
汪　群　《话说铁耙》《散文选刊·原创版》2019年第4期
　　　　《春溪如练》《人民日报》2019年4月20日
　　　　《雨与溪的许愿》《黄河文艺》2019年春夏卷
　　　　《竹海溪韵》《散文选刊·原创版》2019年第10期
　　　　《木槿秋韵》《海外文摘·文学版》2019年第12期
金阿根　《姚志中：今年春节不寻常》《杭州日报》2019年2月21日
赵悠燕　《海蜇飞上天》《散文选刊》下半月刊2019年第12期
　　　　《我们俩》《散文选刊》下半月刊2019年第2期
阿　剑　《老宅之三种美丽》《衢州日报》2019年11月25日
陆建立　《街头郎中》《当代人》2019年第4期

孙敏瑛　《在砚瓦岛上》《散文选刊》2019年第5期
　　　　《秋雨记》《散文》2019年第3期
　　　　《神迹》《青春》2019年第4期
苏沧桑　《月上龙坞》《光明日报》2019年4月5日
　　　　《日出泽雅》《十月》2019年第3期
　　　　《苍穹驿站》《散文》2019年第5期
　　　　《苍穹驿站》《散文选刊》2019年第7期
　　　　《蚕花记》《人民日报》2019年5月25日
　　　　《在河西走廊聆听》《人民日报》2019年11月18日
　　　　《夏履之履》《人民日报(海外版)》2019年11月23日
　　　　《渭水遇》《光明日报》2019年12月13日
陆　原　《凤凰的鸣唱》《中国作家·纪实》2019年第1期
　　　　《西湖水街如歌的行板》《中国作家·纪实》2019年第9期
徐惠林　《称一称文字的重量》《深圳晚报》2019年1月8日
　　　　《减肥》《山西日报》2019年1月23日
　　　　《雪落东城》《深圳晚报》2019年2月2日
　　　　《采菱图》《深圳晚报》2019年3月10日
　　　　《影子》《深圳晚报》2019年3月18日
　　　　《毛笔》《山西日报》2019年5月17日
　　　　《孔六庆治花鸟画史》《深圳晚报》2019年6月18日
　　　　《在故园喃喃低语》《山西日报》2019年7月19日
　　　　《留在村庄的记忆》《山西日报》2019年8月16日
　　　　《读之居所》《深圳晚报》2019年9月1日
　　　　《沾满星光与露水的鸟鸣》《清明》2019年第6期
　　　　《终归于大海》《深圳晚报》2019年12月10日
　　　　《打枣》《深圳晚报》2019年12月13日
　　　　《游园随想》《山西日报》2019年12月27日
陈　峰　《阿文婆的喜丧》《大观》2019年第1期
　　　　《一声惊雷》《大观》2019年第2期

	《风吹梧桐》《大观》2019年第5期
	《落在心上的羽毛》《散文百家》2019年第7期
王微微	《情浓种羊场(外一篇)》《天津文学》2019年第12期
林国强	《2019年,多为自己储备些阳光》《经济日报》2019年1月1日
	《糯米圆子江南的年》《经济日报》2019年2月8日
	《吃春》《天津日报》2019年2月21日
	《有所爱好》《经济日报》2019年2月24日
	《清明思双亲》《天津日报》2019年3月28日
	《江南端午记忆》《经济日报》2019年6月7日
	《被静美绿色浸润》《桂林日报》2019年7月16日
	《天香》《经济日报》2019年9月14日
	《你在哪个圈子里生活》《广州日报》2019年10月12日
杨新元	《麦田里的守望者》《浙江日报》2019年1月13日
	《红山印象》《浙江日报》2019年5月12日
	《拙政园印象》《联谊报》2019年7月2日
	《永不凋谢的红玉兰》《绍兴日报》2019年12月10日
	《日光岩的文化气息》《温州日报》2019年12月4日
骆正葵	《枣林》《散文百家》2019年第6期
刘从进	《养殖塘的光》《人民日报》2019年1月28日
	《春暖花开的海湾》《人民日报》2019年8月7日
	《日头佛》《散文》2019年第3期
	《观音手》《散文选刊·原创版》2019年第10期
	《村野动物志》《边疆文学》2019年第11期
	《失重的山村》《文学港》2019年第7期
	《振鹭于飞》《雪莲》2019年第10期
	《孤绝的身影》《太湖》2019年第2期
	《山容瘦》《大观》2019年第11期
陆士虎	《他是一首永恒的诗——怀念屠岸老师》《厦门文学》2019年第8期

	《一缕蚕丝"织就"的流金往事》 《新华每日电讯》2019年4月17日
董利荣	《多彩的遂昌》 《上饶日报》2019年5月18日
	《怅望在严滩的王阳明》 《人民日报(海外版)》2019年7月18日
	《油画般的桐君山》 《人民日报(海外版)》2019年11月27日
余弃水	《文昌胜景殊》等9篇 《中国报告文学》2019年第1—12期
	《水梦汪洋》 《生态文化》2019年第5期
王孝稽	《此世生息》 《文学港》2019年第10期
	《状元坊桃湖》 《散文选刊》下半月刊2019年第2期
张进发	《从投稿看时代的变迁》 《浙江工人日报》2019年8月24日
李振南	《绝品海味》 《西湖》2019年第12期
	《谦卑的番薯》 《中国散文家》2019年第1期
	《无锡印象》 《中国旅游报》2019年12月26日
	《桃花飞,泥螺肥》 《温州日报》2019年3月20日
	《海蜇,水做的骨肉》 《温州日报》2019年12月21日
	《行走楠溪江(节选)》 《江南游报》2019年11月21日
徐秀莉	《医院里的悲惨人生》 《散文选刊》2019年第5期
石志藏	《在祖国温暖的怀抱里成长》 《文学港》2019年第9期
	《梅雨,梅雨》 《散文百家》2019年第10期
阎受鹏	《黄梅雨》 《散文百家》2019年第6期
	《风物散鉴》 《文学港》2019年第8期
詹苗康	《扬州的柔情与刚性》 《江苏经济报》2019年9月23日
叶艳莉	《最抚人心烟火味》等19篇 《中国旅游报》2019年1—12月
柴　薪	《草木横斜在起伏的大地之间》 《佛山文艺》2019年第1期
	《青苔记》 《太湖》2019年第2期
	《秋声与流逝》 《湖北文学》2019年第1期
	《普陀山的梵音与潮音》 《群岛》2019年第3期
	《草木记》 《散文百家》2019年第6期

　　　　　《流水二章》《散文》2019年第7期
　　　　　《如在大地，如在天空》《广州文艺》2019年第9期
　　　　　《草木寂寂》《文学报》2019年9月5日
　　　　　《樟树记》《新民晚报》2019年10月29日
　　　　　《乌溪江边的风景》《浙江日报》2019年12月29日
戚子平　《知行合一圣贤路》《散文百家》下半月刊2019年第2期
　　　　　《穿越在历史的星空》《散文百家》下半月刊2019年第11期
王　群　《茅塘古村》《文化艺术报》2019年9月25日
　　　　　《三寸金莲》《华夏散文》2019年第8期
陈于晓　《烟雨深处是梅江》《梅州日报》2019年8月28日
　　　　　《岭上读桃花》《新安晚报》2019年11月30日
　　　　　《菜地》《洛阳晚报》2019年12月6日
程绍国　《父亲是程颐的后代》《人民文学》2019年第1期
高鹏程　《记忆之眼》《散文选刊》2019年第2期
哲　贵　《金乡风物》《山花》2019年第10期
帕蒂古丽　《我与你终有一会》《大家》2019年第1期
周吉敏　《纸在低处，灯在高处》《十月》2019年第3期
斯继东　《在温州的张嘉仪》《十月》2019年第3期
东　君　《向阳路的游荡者》《十月》2019年第4期
　　　　　《白鹭书院》《江南》2019年第1期
余　华　《爸爸出差时》《散文选刊》2019年第1期
林　森　《半梦半醒》《作家》2019年第10期
海　飞　《惊蛰：大雨滂沱，人世慌张》《山花》2019年第10期
陆春祥　《印加帝国陨落的隐喻》《天涯》2019年第5期
　　　　　《惊蛰》《北京文学》2019年第2期
　　　　　《富春江的灵魂深处》《散文选刊》2019年第10期
　　　　　《认真审视一棵树》《美文》2019年第5期
干亚群　《乡医小语》《上海文学》2019年第9期

	《看一副牌打完》《散文》2019 年第 6 期
	《番茄红》《散文选刊》2019 年第 5 期
	《半路无门》《美文》2019 年第 7 期
张　忌	《收藏记》《江南》2019 年第 3 期
王永胜	《我的口吃简史》《江南》2019 年第 4 期
	《林冲：胸中垒块，须劣酒浇之》《青年文学》2019 年第 2 期
赵柏田	《草台红颜劫》《上海文学》2019 年第 3 期
	《从迷雾到祭台》《中华文学选刊》2019 年第 8 期
张亦辉	《用叙述穿越死亡》《北京文学》2019 年第 3 期
张丽萍	《远去的足音响彻月夜》《北京文学》2019 年第 3 期
朱夏楠	《倏忽锋芒》《美文》2019 年第 7 期
周玲雅	《丁香空结雨中愁》《北京文学》2019 年第 7 期
林漱砚	《大江大河一个人》《散文》2019 年第 2 期
简　儿	《逐月》《散文》2019 年第 2 期
朱　峰	《舌尖上的汪曾祺》《团结报》2019 年 1 月 19 日
	《春到江南鲥鱼鲜》《联谊报》2019 年 4 月 23 日
苍　耳	《冬暮春初》《散文》2019 年第 4 期
但　及	《草木居》《散文》2019 年第 5 期
施立松	《春天的腔调》《散文》2019 年第 5 期
周华诚	《立夏杂志》《散文》2019 年第 7 期
郑亚洪	《电影书札》《散文》2019 年第 10 期
胡翠君	《小岛"信使"》《散文选刊》2019 年第 1 期
土海燕	《土陶记》《散文选刊》2019 年第 4 期

谁家新燕啄春泥
——2019年浙江杂文述评

| 朱国良 |

一

庚子年新春佳节,注定了与以往不同,一丝丝的不安,一阵阵的恐慌,写在人们脸上,袭上大家心头。在企盼、惶惑、焦灼等情感的纠结中,这一中国最传统、最隆重的节日,被生生涂上不一样的况味和色彩。

我读到了著名诗人黄亚洲先生的文章,他为杂文家徐迅雷为武汉捐款一万多元而喝彩:

> 他工薪有限,生活简朴,唯一的兴趣是球技不高的羽毛球,另一个习惯,则是经常捐钱,以便使自己的生活继续保持简朴,像一只羽毛球那样单纯并且发出生命的呼啸。昨天他又向红十字会捐了一万元,用途上,写着武汉,这个数字甚至超过了他一个月的收入。这让我想起了他一直流水不断的捐助,一到开学季他都要捐助贫困大学生,甚至,还长期资助过一个山区学子,他每年至少捐出自己一个月的工资,并且捐出全部的奖金,十几个春秋,年年如此。他在报纸上的絮絮叨叨与他在支出账本上的滴滴答答,声响频率是

一致的。

你绕不过我们杭州的一个文字写作者徐迅雷,他的名字,与武汉正在加速建造的雷神山医院有共同的轰响,其实他的声音也并不震耳欲聋,只是一种,清脆的呼啸。社会责任与个人良知,从两边击打着他,他很满意自己的羽毛,每天如此耗损。

这样充满人情人性的杂文家让人敬佩!于是我也这么写道:这是一次鲜有的举国举家的足不出户,欣慰守护着我们有浓浓的人间真情。一粒熬过冬天的种子,才会有一个关于春天的梦境!而即使到了繁花似锦的春天,也别忘了那个冬天朔风凛冽的寒冷!我们不能把号啕当成福音,不能把愤慨调换成赞歌,不能把愚昧偷换为勇武!

二

我每年写述评,自认是件苦差事。杂文难写,写述评的人也少佐料烹制呀!总想多挑一些报刊的作品,哪怕某些作品略逊一筹,也会点评一番,以示评者心有"五湖四海"。这时,我想到了杂文家吴营洲先生说的话:"我一直在想,杂文这种文学样式,还会有多大的发展空间呢?随着生活节奏的加快,写这类文字的人似乎越来越少了,而刊载这类文字的阵地也日见稀少。"对先生的话,我开始也没认真去想,当着手写这篇述评时,才突然感到这是现实,不是信口开河。

2019年,当然也有很多文章问世,不尽长江滚滚流,文章总是写不尽。但杂文大都是工作所需,应景为多。一些老将不知是年事已高,还是身体状况不佳,有的基本搁笔不写,有的则是灵活的，改写随笔散文，倒也造出了另一种风景。当然，坚持杂文创作的人，基本上还是以浙江省作家协会会员和报刊内部人员为主，以文化人和老将居多。我们耳熟能详的赵青云、俞剑明、姚振发、李烈钧、桑士达、徐迅雷、赵畅、赵健雄、董联军、赵宗彪、吴杭民、任炽明、金新、丁斌等人，还活跃在"杂坛"上，在省内知名，在全国闻名。过去的一年，时评式的杂文还是很有天地，《浙江日报》《杭州日报》《钱江晚报》《浙江工人日报》等报刊都辟有时评版面。都说浙江是杂文大师鲁迅的故乡，这一方热土理应传承鲁迅精神，作为文化大省，作为文学独特品种的杂文，理应在激浊扬清、革故鼎新的使命中担当更重的责任！这虽然是书生殷殷之言，迂迂之愿，但我还是热望"蓄芳待来年"，新老作者大家一起努力，让杂文有新的起色，新的变化，有新的土地，新的收成。

三

2019年，浙江省杂文学会在桑士达会长的主导下，在列位同好的倾力打造下，在围绕推进浙江省文化建设、继承弘扬鲁迅精神方面，还是可圈可点的。杂文学会认真抓学习，明方向，通过召开理事、会长会议和《浙江杂文界》刊文等形式，加强担当和责任意识，使得"杂文浙军"守正创新，为新时代杂文做出了新努力。

《浙江杂文界》平台举办了"绿水青山杯"杂文比赛，吸引国内杂文作者踊跃撰写杂文，收到5987篇"接地气"的主题文稿，评选出60篇优秀作品。

杂文学会配合浙江省纪委和绍兴市纪委举办第四届中国（浙江）"鲁迅故里杯"廉政杂文大赛，收到省内外参赛作品2000多件，评选出300多篇获奖作品，得到了浙江省纪委、绍兴市纪委的赞赏。

杂文学会与《河北日报》合作，举办以弘扬鲁迅杂文风骨、激浊扬清等为主题的杂文征文活动。这项已连续举办五届的反响颇大的征文活动收到了上万件佳作。

杂文学会在桑士达会长的倡议和带领下，与福建陈文龙研究会和莆田陈文龙纪念馆联合举办了"纪念西湖南宋忠烈陈文龙杂文征文"活动，收到180多篇精品力作，《浙江杂文界》连续4期专稿发表。

杂文学会还拓宽思路，组织杂文作者为优秀乡贤作传记。受荣膺中国建筑名镇、全国文明镇等桂冠的萧山党湾镇的委托，18位作家通过深入采访，以报告文学形式创作并由浙江工商大学出版社出版《初心——杭州党湾乡贤风采录》一书。

以桑士达、李烈钧、董联军先生为主编的《浙江杂文界》团结全国杂文家，至今已出刊24期，共计发表文章2000多篇，在全国文坛树起了浙江杂文的文化品牌。

2019年，浙江杂文协会成绩有目共睹，成就有例为证。对此，曾任浙江省委常委的王贺文少将说"浙江杂文在艰难中前行并收获硕果十分可观"；黄亚洲说"浙江杂文学会一路走来能被各省公认难能可贵"。的确，"杂文浙军"勇立潮头，在杂文界旗舞猎猎，鼓击声声。有作为，才有地位。自成立以来，浙江省杂文学会从来没有像现在这么活跃过，从来没有像现在这样在全国为人所瞩目。

四

2019年，我十分佩服我省杂文高手赵青云。他一改小舟捕鱼的形式，变成了编队出海的方式，减少了单篇文章的投稿频次，集中精力著书立说。他这一年的主要成就是出了三本书，经营好了一个专栏。三本书分别是：《画说全面从严治党》，洋洋洒洒74篇图文，7万字的篇幅；《清风劲雨——漫说正风肃纪》，42篇杂文，12万字的阵容；《青锋笔谈》，50篇杂文，14万字的规模。同时他朝耕晚锄，打理一个叫《清风阁》的专栏，每月一篇，桃李春风，秋月朗照，广获好评。

对于杂文这种表达思想喷涌和情怀、表现力量和修为的文体，赵青云先生已深得三昧，化文在胸。他以一份纯真的操守，以一种不懈的坚守，勤于思考，精于写作，让思想苏醒着，让文字跳动着。他的三部书收录的杂文篇章，刺贪刺虐，论理论人，在嬉笑怒骂中鞭辟入里，在评理论情里独出机杼。

杂文的生命力在于根植社会，笔随时代，洞察世事，激浊扬清。杂文作家之所以为文，之所以呐喊，或许有不同的视角，不同的取向，但能让读者明辨是非，让为官者深记使命责任，能为在社会上形成一种爱憎分明、良善为本的氛围推波助澜，这应该是有良心有良知的杂文作家的初衷。青云先生正是这样身体力行的。

读着他三本书中的一百多篇杂文，我心激荡，我情燃烧。因为读他的杂文，人们每每能获得思想上的启迪，道德上的涵养，认知上的共鸣，知识上的充实，因此就有网上数以万计的如潮好评。显然，青云先生是一位行文老辣老练的能手高手，因着他对事物的细微观察，对人事的细腻解剖，因着他博览群书、广闻博记、注重文采的活力魅力，注重评论的语气语调，所以他的文章与现实融合更紧，哲理性更强，文学味更浓，字里行间总是针砭时弊，有的放矢。能在一年中出版三本书，而且还是在业余空闲时完成的，真的是很了不起啊！人是要有一点精神的，青云先生著作等身，精神可嘉！这种精神促使着他不叫一日闲过，静心铸造思想，苦心面壁读书，劳心挥斥方遒，痴心为民执言。

文集中的诸多杂文，我感到其文出思想。杂文本是这个世界上最好写也是最难写的一种文体。而他站在高处，走在前沿，他的文章有着深刻的立意而无说教，有独特的表现形式而显自然，其中表现的政策理解、思想思考和哲学明辨，是十分让人信服的。青云先生的文章精练，宁要浓缩的短，不要稀释的长。他的文章都是千字文，纵观几部书稿，摄材丰富，涉猎广泛，言之有物，言之有理，其排兵布阵的安排的用心，其锻字炼句的功力，随处可见。青云先生的文章颇平和，对上不仰视，对下不俯视，总是持平视，这是做人处世的境界，也是为文者之真谛。先生作文总是以饱满的感情，交心的方式，平实的心态，平静的语气，从容不迫，侃侃而谈，不轻不慢，娓娓道来，不露霸气，不含杀气。想必这种解事析理，让很多人易于接受的。青云先生的文章内涵够丰厚。他本是多才高才，书法绘画属于一流水准，手谈人生也是高魁。他借鉴这些艺术，触类旁通，为我所用，他的文章不仅思想深刻，理念深邃，总有现实感和历史感的交互渗透，内中还有艺术的韵味和书香的弥漫。读着这样的文章，除了得到思想的照耀，哲理的照射，还能获取品质的滋养，知识的滋润。

五

我很喜欢北大才子陆步轩的一句话："读书不一定能改变命运，但是一定能改变思维。"思维一变天地宽，高层次的思维能让你和其他人有不一样的格局。在激变的年代，在躁动的岁月，改变思维或许比获得知识更为重要。在这里，我要说的是杂文老将俞剑明，他的文章，不仅有全新的思维，广博的知识，更有独到的思考，美妙的文字。

  我这人本事不大，但也多少有点心高气傲，一般的文章也难入我的法眼，而剑明先生的文章我是很高看几眼的，他的杂文是可以剪下来贴起来的那种，要不然他的作品为什么能够每登出一篇，《中国剪报》就差不多选载一篇呢！看看他的这份成绩单吧，真让我惊喜惊讶惊叹！剑明先生2019年共有135篇稿件被报刊刊载，其中《官箴与做戏》被《报刊文摘》和《杂文月刊》转载。被《中国剪报》转载的有18篇，其中有《崇祯本可不自缢》《高士奇如此"摸底"》《萧道成找吹鼓手》《古弼至死没明白》《陈叔宝没心没肺》《王晏那张"通行证"》等。剑明先生的文章不似时下有的时评，需要守株待兔般地候着新闻，然后急就章说热点讲难点，发议论做评论。他的文章钩沉历史，去伪存真，积淀纯厚，奋笔遒劲，迟发两天三日不要紧，留存五年十载味更纯，端的是"世事沧桑心事定，胸中海岳梦中飞"。那种读来的感觉，诚如名医孙思邈所言："心诚意正思虑清，顺理修身去烦恼。"剑明先生显赫的不仅是厚实的知识，丰赡的文字，更有珍贵的见地，独到的认知。在他秉烛前行的时光隧道里，时时跳跃着文化的光影；在他引流的历史长河里，往往跃动着奔腾的思想浪花。

六

  在花城出版社出版的《2019中国杂文年选》中，我省著名杂文家、散文家张林华的名篇《不多求什么》荣耀登榜，上榜的还有另一位个性独特、行文特立的文化人傅国涌的《当年的美德教育》一文。

  不以一时得意而自得其志，不以一时失意而自堕其志，这本是杂文家的胸襟和格局。人应该是有追求和信念的。而作为杂文家趣味，不必拔得太高，或走得太近人。衣食足、居无忧外还得有点想入非非、独出机杼或者有点奇思妙想、别出心裁。在这方面，林华先生做得机灵，写散文作杂文，或独立成章，或相互糅合借鉴，让文章说"软话"，但不说谎话、大话、空话、套话，只说人话，不说鬼话！

七

赵畅先生可谓是浙江杂文界的翘楚，他的文章常常在全国各地开花，总让我惊叹他的执着，佩服他的才华。杂文包罗万象，它可以是"投枪和匕首"，也可以是生活中的某一维度，知识中的某一精华，或大痛大哀，或感人至深，或长人见识，皆未尝不可。赵畅的文章如一高明的画家，可搜尽奇峰，抒写山水风貌，可关注世相，描绘各式人等；而几棵青葱，一碗菱角，或者是几只鸣虫，数个蝼蚁，也能作成饶有风趣、颇含意义的精妙文章来。长期注重读书和积累，注意观察和思考，使得他的杂文日臻丰厚，题材更见丰富，弥漫历史感，往往是见地独特，知识丰盈，文风朴灿，文采闪耀，旁征博引，促人深思。皆因他的杂文颇有儒风，更见文气，自成一体，别具一格，才为各家报纸看好，能受各位读者看重。

八

2019 年，我们依然看到浙江省杂文学会会长桑士达不懈的脚步，不倦的身影，不虚的行动，不俗的文字。他组织杂文学会搞笔会，办杂志，采用征文的方式，为英豪陈文龙立传，组织杂文家为地方乡贤立言，凡此种种，无不雁过留声，让人称好。他的文章当然也是声音宏亮、回声嘹亮的。他的一些大块文章，往往紧扣时代脉搏，紧跟形势潮流，关注社会热点，解剖生活难点。他写诗习字，善于艺术的融会贯通，使得他的杂文构思奇巧又不失本真，文字精练显出文化底蕴，不少篇章大气又显文气，语言出奇自成风格，记述了他对时事的独到见解，记录了他对世事的独立分析。他始终认为杂文家的责任就是要为在社会上形成一种激浊扬清、爱憎分明的氛围推波助澜、摇旗呐喊，这也是他作为浙江杂文领军人物奔忙着、写作着的动因和动力吧！

九

我注意到，大凡文风俊朗、文字俊雅的写作者，往往涉猎很广，善于从各种文体和艺术中汲取所长，融会贯通，巧妙嫁接，有机组合。杂文家董联军便是这样一位有心人。他读书习字，爱文吟诗，钟爱书画艺术，热爱传统文化，从中吸取营养，增加作文智慧。因忙于《浙江杂文界》《人文大地》等几本杂志的编务，他的文章不是很多，但他的杂文总是内藏文化的软实力，不仅涉及面广，而且厚实厚重，显得灵动灵气。"言而无文，行之不远"，因为深谙思想做靠山、文化为支撑之道，他的文章或采用政论与诗结合之法，或采用高屋建瓴和接受地气之法，往往是析文评理，述事论法，无不以社会的热点、难点和疑点作为靶子，论证于事实，佐证见史料，批判淋漓尽致，说理入木三分，行文干净利索，读来酒酣意浓。联军先生的《诚信比金钱更重要》一文，见诸《厦门日报》，入选了《2019中国杂文年选》。读他的文章让我感到，这不是一些无病呻吟的小矫情和风花雪月的小情调，其文字中的时代感和责任感往往比较重，在分析上也高人一筹，在评述上亦棋高一招，不像时下有些杂文，觅得一个新闻，贯之一番套话，辅之一个典故，看似热热闹闹，却是九纹龙史进当初学的花拳绣腿。联军先生的文章一扫无的放矢、泛泛而谈作文之大忌，磨掉了霸气和火气，显得有真味，有实感，有见地，有文采。他的那种善于将思想与知识有机结合，把认知和文采自然糅合的本事，还有博采众长、为我所用的技能，那见解的独特，行文的流畅，文风的俊雅，文字的老辣，为人啧啧称赞，津津乐道。

十

2019年中，浙江杂文写作队伍中还有一位厉害的人物：赵宗彪先生，一位典型的报人和文化人，在繁忙的编报办报事务中，还时不时地写社评时论，空闲之余，写杂文，搞绘画，不叫一日闲过。写着写着，他的杂文随笔竟冲进了中国四大晚报之一的《今晚报》，成了特约专栏作家，2019年他的两篇杂文入选《中国年度优秀杂文》一书。胸有浩然气，手有笔如刀。宗彪先生读书多，又能读破书，他善于从如丝千万缕中，获取爱恨美丑两三枝，拿来阐释点评，去伪存真。他的文章古风郁郁，弥漫沧桑感，充满书卷气，不少杂文随笔涉猎广泛，题材多样，无不从现实和史料中撷取，纵论历史文化、天下时势，一番妙论纵横，讲透一个道理。他的文章不是大叫大喊，而如一位学问深厚的师长授课，侃侃而谈，娓娓道来，给人以举一反三的启迪，让人留下隽永的回味。显然，宗彪先生的文章好读耐读，表明他是一位有情怀有追求有担当的人，落实到他的文章上，除了思想深邃，理念深刻，感应敏锐，分析得体，其中文采的力量、文字的运作，也富极强的魅力，显出自身的功力。

十一

浙江的杂文军旅中,不为吴杭民先生写上一笔,是无论如何说不过去的。他现在正是"诗酒趁年华"的最佳时期,文章的练达老辣也到了一定程度。他的杂文和时评,因时而起,闻风而动,点评方方面面,猎涉林林总总,总是有感而发,而且切中时弊,字里行间充溢着对社会的关怀,对弱势群体的关爱,在有的放矢、有理有据的评述和梳理中,始终跃动着奔涌不息的思想光芒和人文暖流。杭民的文章常常见诸报刊的重要位置,有着新闻的敏锐和针砭的尖锐,丝丝缕析如庖丁解牛般精到,层层递进似卖油郎注油入葫般精准。杭民为文,还以"笔不可无筋,文不可无骨"为旨,他针对时事热点、社会难点、生活亮点,针对一个事件、一种做法、一个观点,安排千红万紫,敢发春雷初声。因为直面现实,正视问题,加上他的杂文风格犀利,语言活泼,说的是真言清言,讲的是良言诤言,还有勉劝之言,弦外之言,因此他的杂文数次入选颇有盛名的《杂文月刊》,让读者获益良多。

十二

在浙江杂文界,殷爱成的人品有口皆碑——正直正派,豪气义气,厚道厚实。先生的文品也为人称道,多年来他一直以"准文化人"自居,闲来总是根植社会以情作笔写文绘章,贴近生活用真作墨寄托心境,浸润史书席地而挥抒发情感,敬重常识笔耕不辍叙述人生,且每个作品能够善于运用杂文创作独特变体样式,将多种文体等揉搓而合,坚持文风朴实,舒畅耐看,文采翩翩,耐人回味。以幽默、讽刺的文笔,鞭挞丑恶,针砭时弊,求索真理，剖析人生。

殷爱成先生始终相信洪荒时代必须做"开拓者"，幸福时代必须当"歌唱家"，文明时代必须成"批评人"。因此，他面对时事世态，表现出强烈的喜恶爱憎，褒贬扬抑，敢于"亮剑"，勇于"射箭"，泼辣犀利。既用官员的站位，又用草根的情怀；既用学者的泼辣，又用大众的刚毅；既用商人的眼光，又用文人的睿智，写下富有光华的文字，不时在省内外各大报刊崭露头角，既有反映民声的调研成果，又有体现人性的美文作品，偶有充满情感的诗歌问世。殷爱成先生的作品"路"道挺宽，无论文体何属，从一粒沙看世界，从一朵浪花见大海，总有融入杂文之精华，颇有匕首之"锋刃"，投枪之"利尖"，集浩然气概、刚正气节和锋芒逼人、直指痛点的气势于一体，通俗有趣、刮骨疗伤，不断传播启人醒世的文章，呼唤人们既要揭露丑恶，也要审视文明，提示社会不可套上"太平"的外衣，"唱着赞歌"昏昏然进入"梦乡"。

化繁奥为简明，拨深冗为淡易，贴近社会，根植生活，敬重史书，浸润常识，不求产量多，但求品质美，是殷爱成先生的写作格局。这使得他的文字内藏学养学问，足见学识学智，"厚重淳淳书卷气，行文常常接地气；话粗理不糙，言雅文不贱"，是许多杂文大咖对他的评说。尤其是《英雄别"哭"》等作品紧扣政治主题，把准时代脉搏，关切世事热点，文字诙谐，讽刺入目，评述暗喻字里藏刀，彰显真知灼见，顿觉儒风徐来，感悟致臻厚实，有很强的穿透力、感染力、吸引力，在章节中明显增加了厚实感和可信度。佐证材料有根有据，舞着文采，寓理于文，寓理于趣，点石成金，充满"杂"味，如睹旭日漏彩，犀利大气。投笔如枪，虽非"雷霆万钧"，但见"润物无声"。引用经典恰到好处，思想老辣纯熟，颇具风骨，无意"仰之弥高"，却求

"同频共振",足见其思想深邃。高扬时代之旗帜,嗅觉敏锐,仗义执言,功力积淀,视角独特,为国家强盛、人民富裕、政治民主、社会繁荣而摇旗呐喊!

十三

杂文家和散文家任炽明(宁白)先生不忘初心,老当益壮,不坠青云之志。他的精神我佩服,他的文笔我欣赏。他的杂文常常集记述追溯于一体,铸随笔小品于一炉,内中文散意不散,情浓味更浓,在叙事说理的最后,往往一拎一起,一个做人的道理、处世的准绳便跃然而出。宁白先生的文字往往不是急吼大叫,而总是细声慢语,显得从容不迫,娓娓道来。读完他的文章有个感觉,如同封拉丹的寓言中南风与北风比试,微微吹、慢慢拂的风才会让人有春的感觉。宁白先生看破世相,洞察世事,心自静,气尤和,他写的《像月光与玫瑰同时出现》《和谁在一起》《生命中的加与减》《岁月简语》等文,被不少报刊再转载。在这些文章中他谈生活生存,抒感受感慨,将思想和知识有机结合,把见识和文采自然融合,字里行间显出看问题的敏锐、剖世态的犀利、说事理的辩证。他的散文和杂文,如同几上焚香,清茶淡啜,友人促膝相谈,和气油然而生,往往在谈天说地和家长里短中,从小切口入手抒发真性情,提出大主题。宁白先生的行文风格是随笔式的漫谈,散文化的写意,往往别有一番韵味,别有一线洞天。

十四

金华市金东区乡村的邢世樟,也写散文、游记和杂感,他的文字也有功底，有思想。他写的《金东俊杰　洞源钟灵》——浅谈施复亮先生的"半耕半读"的文章，独辟蹊径，有些新意。文章从施复亮先生的革命生涯出发，从他的理想内容上理解，写出了先生的社会政治理想、道德理想和生活理想之分，体现了个人自我需要和社会整体需要的统一。文章还从"半耕半读"入手总结了先生的价值观和道德观，指出"耕读传家躬行久，诗书继世雅韵长"的精神是其思想不可分割的一部分。文章告诉我们，有志者，事竟成。施复亮先生的"半耕"基于广泛的群众基础，而他的"半读"则有"弃燕雀之小志，慕鸿鹄之高翔"的为人民谋利益的最终目的。邢世樟写艾青的杂文也值得一读。文章对艾青先生成就人生的基因、家庭背景、社会环境以及个人品德的修养，都写得比较中肯达意。此文的点睛之笔写道："艾青先生经历的那个年代里能够正确对待人生的挫折和来自各方面的压力，磨炼成熟，又在逆境里和困难中勇敢面对，意志、理想和信念得到加强，是艾青先生人生历程的最大成功。"正如著名作家巴尔扎克说的那样："世界上的事永远不是绝对的，结果完全因人而异。困难对人才是一块垫脚石，对于能干的人是一笔财富，对于弱者是一个万丈深渊。"

十五

新的一年启程，新的岁月展望，这时本要说些鼓励和期望的话语的，以热望杂文作者们多一些对社会的洞察和人生的思考，盼望他们的作品给读者更多的启迪和更深的思考，但我知道，作文难，作杂文更难，说说大话套话是容易的，出新知出思想总归是烦难的。此时我想到了一句话："山不过来，我就过去。"我又想到，随着新的形势新的变化，杂文写作也得有所变化和改革。

显然，杂文写作本属于散文随笔一类，天地也是广阔的，而新的杂文写作在今天也更多了些人文内容和知识内涵，更多了些思想认知和文化底蕴，"匕首和投枪"只是其中一路。有的杂文家感叹杂文是一种即将消失的文体，也正是局限于这一杂文功能的认知。茅盾先生曾热望为文者多几种笔法，我十分感佩，也是"虽不能至，心向往之"的。明鉴于此，认同此说，那么让我们与时俱进，顺势而为，去开辟新的阵地，写出美妙的华章吧！

2019年浙江杂文要目

一、书

赵青云 《画说全面从严治党》 党建读物出版社2019年5月版
《清风劲雨——漫说正风肃纪》 东方出版社2019年9月版
《青锋笔谈》 人民出版社2019年12月版
舒恩禹 《苏雨随笔》 中国文化出版社2019年10月版

二、文

赵青云 《秘书工作·清风阁》专栏2019年1—12月
俞剑明 《官箴与做戏》《报刊文摘》2019年2月25日
《崇祯本可不自缢》等18篇 《中国剪报》2019年转载
赵　畅 《做一颗永不生锈的螺丝钉》《中国政协》2019年第1期
《垃圾不分类，为何让人"不习惯了"》《解放日报》2019年2月17日
《看淡"资历"重"自律"》《解放日报》2019年3月27日
《质疑成就读书的境界》《学习时报》2019年4月19日

《"替科长留座"为哪般》《解放日报》2019年5月9日

《为何要"让年轻人敢于挑战权威"》《解放日报》2019年6月20日

《背熟台词，更要钻研好"潜台词"》《解放日报》2019年7月4日

《"自我检视"的力量》《解放日报》2019年7月7日

《"寻找红军英烈名字"的背后》《解放日报》2019年8月15日

《企业最烦的"三种服务"怎么改》《解放日报》2019年8月26日

《切莫被奢侈绑架》《群言》2019年第9期

《傍"名"逐"利"者戒》《中国政协》2019年第11期

吴杭民

《从源头遏制涉房腐败》《杂文月刊》2019年第1期

《他们，值得所有中国人的尊重！》《浙江工人日报》2019年1月12日

《在"三服务"中确保政策落地》《浙江工人日报》2019年1月29日

《权力为何如此任性？》《杂文月刊》2019年第2期

《欠薪"黑名单"里 还缺了啥？》《浙江工人日报》2019年3月27日

《"八会合一"一点都不难》《浙江工人日报》2019年4月10日

《逆天了！一份判决书惊现317处笔误！》《浙江工人日报》2019年4月15日

《为整治"指尖上的形式主义"点赞》《浙江工人日报》2019年4月23日

《让突击"清廉家访"成为全面从严治党的好"抓手"》《浙江工人日报》2019年5月8日

《惊闻企业负责人安全生产知识竟考了33分》《浙江工人日报》2019年5月9日

《还有多少"孙小果案"在挑战司法正义》《浙江工人日报》2019年6月3日

　　　　　《信风水的官员几个"心中无鬼"》《杂文月刊》2019 年第 6 期
赵宗彪　《霸座者说》《今晚报》2019 年 1 月 15 日
　　　　　《车轮之上说平等》《今晚报》2019 年 1 月 24 日
　　　　　《慈禧之魂》《今晚报》2019 年 2 月 22 日
　　　　　"西游杂谈系列" 7 篇　《今晚报》2019 年 4 月 24 日起每周一篇
　　　　　"水浒杂谈系列" 10 篇　《今晚报》2019 年 6 月 10 日起每周一篇
　　　　　"三国杂谈系列" 15 篇　《今晚报》2019 年 9 月 26 日起每周一篇
董联军　《诚信比金钱更重要》《厦门日报》2019 年 6 月 30 日
　　　　　《让为官不贪成为时代正音》《杂文月刊》2019 年第 9 期
　　　　　《黑白论英雄，丹青亦才俊》《江南游报》2019 年 10 月 17 日
任炽明　《打两份工的人》《新民晚报》2019 年 1 月 1 日
　　　　　《在多瑙河的船上》《钱江晚报》2019 年 1 月 6 日
　　　　　《弃之选知》《钱塘江文化》2019 年第 1 期
　　　　　《严》《新民晚报》2019 年 2 月 2 日
　　　　　《像月光与玫瑰同时出现》《文汇报》2019 年 2 月 15 日
　　　　　《和谁在一起》《新民晚报》2019 年 2 月 16 日
　　　　　《生命中的加与减》《中老年时报》2019 年 2 月 21 日
　　　　　《用诗写留言的女孩》《新民晚报》2019 年 4 月 27 日
　　　　　《七小时的人生》《中老年时报》2019 年 5 月 5 日
　　　　　《忘了含蓄》《新民晚报》2019 年 10 月 8 日
　　　　　《岁月简语》《新民晚报》2019 年 10 月 15 日
　　　　　《因为有爱》《中老年时报》2019 年 11 月 14 日
　　　　　《小路》《中老年时报》2019 年 12 月 12 日

构建时代奋进的精神家园
——2019年浙江报告文学创作综述

| 朱首献 | 张执中 |

不要人夸颜色好，只留清气满乾坤。2019年度，浙江省报告文学作家举精神之旗、立精神支柱、建精神家园，凭自己精湛的艺术才力呈现给广大读者一部又一部有思想、有生活、有精神、有真诚、有艺术的优秀作品。从整体上看，本年度中，浙江省报告文学在关注基层人物和生活上有着突出的体现，有多部作品分别将自己的视角聚焦在农村和农业的发展、农民的精神面貌的改变以及基层社会治理和服务的改进上，对于历史上的重大历史事件和历史人物的书写也是本年度浙江省报告文学创作的亮点。从艺术性上看，不少作品充分履行了为人民群众提供优秀精神食粮的责任，这些作品在艺术性上有突破，有创新，甚至刷新了浙江省报告文学创作的高度。陈坚、朱晓军、张国云、孙侃、陆原、陈富强、孙昌建、鲍志华、阎受鹏、陆士虎、赖赛飞、黄立轩、何恃坚、徐富荣、姚坚定、李华明、汪胜等新老作家均有佳作问世。他们的创作如实展现了浙江人民在实现中华民族伟大复兴、建设美丽浙江、践行"绿水青山就是金山银山"发展理念进程中的精神风采和时代气象，书写了新时代浙江人民内在的精神图式，共同构建了浙江人民激浪奋进的精神家园。

一

中国的农民,是一个具有无限可能性的群体,只要拥有一片天地,他们就能创造出无数的奇迹。朱晓军的《中国工匠》书写的一系列农民,就是这样一个群体,他们以敢闯敢干、精益求精、追求完美的创业意志成功地谱写了一段中国制造的传奇。与这群传奇农民企业家身上体现出来的精神一样,《中国工匠》追求着艺术上的臻美、极致和精湛,生动演绎了以沈幼生、沈百庆兄弟为代表的中国农民在振兴民族制造业的历史中执着、顽强的拼搏精神,尽情讴歌了中国农民绝处逢生的生命毅力和为推动中国从制造大国向制造强国奋进而殚精竭虑的家国情怀。

不少人都认为报告文学就是"报告+文学",客观地说,它对我们把握报告文学的基本特质确有一定的指导性。但同时,这个仅从字面出发的理解却极易误导人们把报告文学当成是报告和文学的拼贴,造成报告文学的报告与文学分离开来,最终其文学性和报告性都不能得到真正落实。所以,这种将报告文学简单化为"报告+文学"的做法无法真正把握报告文学的深层特质。严格地讲,报告文学不能简化为"报告+文学","报告文学"这四个字中,并非"文学"才体现着对报告文学文学性的要求,"报告"也同样包含着对报告文学文学性的诉求。质言之,报告文学的文学性不仅体现在"文学"这两个字上。它同时也体现在"报告"这两个字上,作为报告文学的"报告",一定要追求报告的文学化,否则它就与新闻报道意义上的"报告",没有什么根本性的区别。所以,作为报告文学中的"报告"的材料和事件,必须要经过作家的精心剪裁,巧设布局,精致提炼和加工。只有如此,材料和事件才会真正活起来,也才能真正成为报告文学的

"报告",否则,它们只能成为"报道"。因此,作家要想拿出真报告,就必须在材料的分析、剪裁、布局上下功夫,在材料背后意蕴的提炼上下功夫,这样才能拿出震撼读者、引领时代精神、凸显作品主旨、演绎材料诗意的真报告。所以,一个优秀的报告文学作家,首先就应该像一台高精度的数控机床一样,面对材料,哪个地方需要剪裁,哪个地方需要凝练,哪个地方需要调配,哪个地方需要黏合,必须心中有数,精确到一分一毫,这是报告文学创作的工艺,也是报告文学中的工匠精神。

正是在这种意义上,我们认为《中国工匠》是一部近年来少有的优秀之作、精品之作。具体言之,作品在"报告"上可谓做足了功夫,不仅精心裁断,而且巧设布局,精制提炼。清人李渔曾说过:"作剧如裁衣,其初以完全者剪碎,其后以剪碎者凑成。剪碎易,凑成难。凑成之难,全在于针线缜密。"李渔这里所说的凑成难很有道理,作家如何将凌乱、芜杂的材料组织成为一部有机的作品,确实很难,需要针线密缝,精心组织。但李渔说的"剪碎易"未必就是正确的。作家对材料的剪裁,并不是随意的,在某种意义上说,剪裁必须要根据表达、叙述的需要,在创作中,作家不能随意断裁材料,必须要剪裁得体,断截合度,否则不仅会给"凑成"造成很大的障碍,而且不当的断裁也会让材料自身的生气化为碎片,所以,作家在材料的裁断上必须技术纯熟,精心实施。《中国工匠》在这一点上就有着非凡的艺术表现。例如,作品第一章第一节从绍兴第二汽配厂沈幼生一行到日本索密克株式会社考察开篇,但这一章却在他们去索密克的途中参观樱花园而终止。第二节则直接越过日本考察,宕开一笔,从大阪与沈幼生老家地理的相似性上入手,转而叙述沈幼生贫穷困苦的童年和少年,这样两份材料之间的黏合严丝合缝,别有匠心。第三节则又接着第一章以樱花园赏樱开笔,继之叙述日本新干线,从滨松的"冒险家的乐园"精神出发,与沈幼生大胆尝试的创业品质无缝对接,转而回到对沈幼生的创业奋进史的叙述,展现了他在国家大气候的夹缝中把一个人心涣散、设备陈旧、无活可干的社队企业打造成一个效益可观的专业汽配厂的勇于挑战的精神。这一章也重点展现了沈幼生在市场的滚摸爬打中形成的骨子里对质量、对工艺和对高精尖技术等"工匠精神"的追求和重视。第二章第一节又继续沈幼生一行的索密克考察,但却在一个简短的开头之后,笔锋一转,回到对柯岩汽车配件厂的沈幼生时代的叙述,包括他发扬蚂蚁啃骨头的精神研发出悬架摆臂球头,填补国内市场空白,成功拿到国家"八五"技改项目。通过技改,他们也为企业购置了国际最尖端的设备。但也正是在这看似发展的黄金时期,绍兴第二汽配厂却面临着生存的危机,濒临倒闭。唯有技术和管理才能救厂,沈幼生深刻明白这一点,所以,他坚决拒绝了香港投资公司抛出的橄榄枝,选择与索密克进行合资,并接受日方邀请前往日本索密克公司进行考察。至此,作品的叙述峰回路转,又与开篇的第一节接上了头。由此我们看出,作品在叙述的断裂、黏合、控制上非常讲究,该停止的地方停止,该接的地方无缝对接,干脆利落,达到了很高的艺术水平,也形成了作品在叙述上环环紧扣、延宕铺张的艺术格调。此外,作品在材料时间的剪裁上也别有一番讲究。作品将索密克考察事件这一个在较短时间内持续的故事与绍兴第二汽配厂的发展历史这个在较长时间段内发生的故事进行重叠叙述。因为两个故事的时间长度并不完全相等,所以,就必须依据故事时间的节点将它们进行分割,但这种分割绝不可能随意。要想使它们在叙述时间上同步,必须进行精密的切割,所以,在作品中,作者对沈幼生一行日本考察这一故事进行了精准的切割,并成功地将其与绍兴第二汽配厂的发展历史节点进行精准对接,使这两条故事线索最终为两者的签约制造了一个水到渠成的叙述流。可以说，作者在对这两个事件的报告化上做足了功夫，从而使作品中报告的文学性得到了充分的体现。

孙侃的《从南湖出发》以嘉兴南湖区广大党员群众投身时代热潮、弘扬红船精神、传承红色种子、争当红船"护旗手"，在建设"富裕、美好、文明、自信"的和谐南湖中取得瞩目成就为对象，谱写了他们在新的历史时期继承红船精神的新担当，发扬红船精神的新意志，深化红船精神的新实践，讴歌了他们开天辟地、敢为人先、坚定理想、忠诚为民的创新精神、奋斗精神和奉献精神。报告文学写作很难，作者要下苦功夫、死功夫，对自己还要狠，要舍得用脚去跑材料、抓材料、挖材料，做足做尽材料的工作。所以，对报告文学来说，作品中的每一个人、每一件事，哪怕是最不起眼的，都代表着作者脚下一段漫长的路，而作品中的每一个引文，也都意味着作者数天艰辛的阅读。从这个方面来说，《从南湖出发》是一部极有脚力之作，作品中人物众多，事件云集，引经中外，据典古今，如果作者未曾下过苦功夫，没有勤奋的阅读，很显然无法做到这些。在艺术性上，作品在艺术架构上注重从历史、现实、文化、精神、思想等多个方位展现红船精神的多重内涵，事实上，也正是这种匠心架构，才使得作品既有历史方向的纵深叙述，又有时代切面的全景勾勒，也有文化层面的倾情讴歌，更有现实实践的动人展现，最终实现了集中、鲜明、细腻、深沉地对南湖广大干群生命深处流动着的红色精神的揭示。从整体上看，作品在历史层面，写出了红船精神的厚度；在文化层面，写出了红船精神的广度；在思想层面，写出了红船精神的深度；在现实层面，写出了红船精神的温度。该书实为一部有格调、有担当、有情怀、有脚力、有脑力、有笔力的上乘佳作。

阎受鹏和孙和军的《东极之光》是一部厚积薄发的作品。作品以翔实的史料和严肃的历史意识以及高度的人道主义情怀,讲述了第二次世界大战期间,押送英俘的日船"里斯本丸"在东极岛海域沉没,东极渔民在惊涛骇浪中冒死拼力营救和保护英俘的动人故事,彰显了中国渔民善良、朴实的心灵与东海渔民文化深邃的人道主义本质。作品对史料有一种严谨的态度,不盲从,敢质疑,纠正了不少历史细节。例如,作品对于三个英俘与营救人员合影所在地问题的论述、缪凯运营救转运护送英俘中的功劳的分析等,都是这种严谨性的体现。作品在史料的搜集上也下了很大的功夫,从英俘的赠品、遗物,救助人的回忆,救助的船只数量,参与人员数量,救起英俘的数量,乃至东极岛和英俘有关的山洞岩礁等,作者都进行了非常有功力的搜索、证实,这大大加强了作品的历史现场感和说服力。作者既有严谨的历史态度和尽力抓住事实真相的努力,对史料的分析也具有很强的历史穿透力,例如作品对遇难英军留赠严全民家的方形砖的考证,对刘竹定三代守护的那枚金戒指的主人可能是来自皇家海军添马舰的约翰逊·弗莱德里克·威廉的分析,都有很强的说服力。从整体上看,作品很有气象,有气势,结构纵横交错,叙述时空穿梭,具有强大的叙事张力和历史的还原力。作者对大海,对舟山渔民、舟山渔民文化非常熟悉,作品充分展现了东极渔民精神世界的丰富性和深度,作品中对东极民俗文化、精神信仰、独特的地理风貌等的展现,有效地展示了东极地域文化的特色,增强了作品的审美素质。例如,作品中写道:"每一座岛子都有安葬海上浮尸的坟墓区域,称'义冢地滩',有些岛子还建有'义火祠',清明时节,这些安息异乡之魂的坟头上也照样摇曳着一杆白幡,墓前也照样有人焚香点烛吊唁,摆几盘冷菜,烧一叠纸钱。"这充分展现了东极渔民超地域的博大胸怀。正是如上的优异表现,该作2019

年荣获浙江省第十四届精神文明建设"五个一工程"奖,实至名归。

二

乡村振兴是新时代我国农业、农村和农民工作的核心主题,作为时代旗手和号角的报告文学,紧扣时代主题,为乡村振兴摇旗呐喊、吹响乡村振兴的号角是其义不容辞的责任和文学担当。报告文学理所当然应积极投身于乡村振兴的热潮,紧跟乡村振兴的步伐,展现乡村振兴的伟大成就,思考乡村发展的蓝图,叩问乡村的时代命运。近年来,在浙江省乃至全国,以乡村振兴为主题的报告文学创作逐渐多了起来,其中更是不乏优秀之作。张国云的《"三农"深改——习近平联系点下姜村纪事》、赖赛飞的《嘱托》和孙昌建的《一湾到底是大道》就是其中的佼佼者。

《"三农"深改——习近平联系点下姜村纪事》是一篇书写"三农"深改的精彩文章。这部作品思想高澈,文笔豪荡,情深意邃,发于心著于声,将习总书记关心下姜村的发展的人民情怀书写得淋漓尽致。有一句话叫一花一天国,一沙一世界,一滴水可以折射出太阳的光辉。习近平总书记在谈到下姜村的历史巨变时曾这样说:"下姜村的发展,就好像一滴水,折射出全省农村发展的整体状况。"这是对下姜"三农"深改成就的最高的肯定。下姜村的"三农"深改不仅是浙江农村发展的样板,对于全国农村的发展也具有示范意义。作品通过对下姜村这样一个"三农"深改的"小麻雀"的成功之路的解剖,深入思考了中国"三农"深改的出路和方向。作者在经济学和社会学方面均有很深的造诣,这在很大程度上增添了这部作品的现实指导意义。春雨绵绵必有终,风和日丽定可期。作品通过对下姜村"三农"深改的深入思考，昭示着中国农村美好的明天指日可待。

《嘱托》以浙东革命根据地余姚市梁弄镇横坎头村15年来的历史巨变为题材，生动记录了浙东红村人民在以村支部书记张志灿为代表的村党委带领下，牢记习近平总书记"要把梁弄建设成为全国革命老区全面奔小康样板镇"的嘱托，坚守本色，不忘初心，在奔向小康之路上顽强拼搏、激流勇进的精神和取得的令人瞩目的成就，谱写了一部浙东红村振兴的奋进诗篇。

清人袁枚《随园诗话》言："着意画资妙选材，也须结构匠心裁。"所以，对一部优秀作品来说，不仅选材需要妙心，结构营造上也绝不能含糊。《嘱托》不仅重视结构营造上的匠心，而且将材料的剪裁运化和结构的审美营造有机结合在一起，使作品呈现出丰富的美学肌理和出众的文学效果。从整体上看，作品在结构架设上采取三条线索并置的方法：第一条也是最主要的一条是以张志灿为代表的横坎头村党委不忘初心、牢记使命、奋力前行，将革命老区建设成为全国文明村镇的辉煌历程，这是明线，也是主线；第二条是浙东老区人民在革命战争年代奋勇献身，追求自由、幸福、解放的历史和故事，这是辅线，是暗线；第三条是以王阳明为代表的浙东历史文化和人文精神，包括唐诗之路等，也是辅线，与第二条相比，这是更暗的线。三条线构成了作品内在结构布局上的三位一体，它们之间有张力，有映衬，更有交织、互现，将现实、历史和传统巧妙地糅合在一起，大大提升了作品内在结构纹理上的艺术魅力，也有力地凸显了作品的主题。与这种结构美学相适应，作品在材料剪裁上也颇费经营，除了关涉第一条线的材料始终贯穿首尾外，另两条辅线的材料则以继点相连的方式穿插于作品之中，这样的材料布局将断与续、虚与实、疏与密、张与弛、隐与显等复杂的叙事运动有效地统一在一起，既凸显了横坎头村继承红色基因、改变老区旧颜、谱写历史新篇章的光辉业绩,又穿梭了对革命先烈的缅怀、追忆以及对浙东历史文化传统的回溯,使作品的现实精神、革命激情和历史纵深得到了充分的实现。

诗有诗眼,文有文眼。文眼在作品中的艺术功能巨大,刘熙载曾用"开阖变化""一动万随"称之。在不同的作品中,文眼可以是句子,也可以是词语,更可以是意象。文眼是作品的思想意蕴和审美韵致的集结号,巧妙的文眼设置对于提升作品的艺术品格具有以一当百的效果。《嘱托》就选取了一系列能够凸显主旨和增强艺术效果的意象来担当作品的文眼。例如,作品选取了张志灿作为奥运火炬手奔跑的意象,以及红果意象、年轮意象、交通员意象等,这些精心择取的意象有的作为敲开人物内在精神世界的窗口,形象生动地传达出人物的内在精神品格,有的则成功凸显了浙东红村特有的精神内涵和革命历史的厚重。这些精心布局的意象在作品中交相辉映,为作品烙上了特殊的色泽和艺术底蕴,强化了作品的立意,提升了作品的主旨,深化了作品的诗意,起到了事半功倍的艺术效果。

《一湾到底是大道》以宁波鄞州区湾底村 40 年来持之以恒的乡村脱胎换骨建设为对象,生动展示了湾底村党员群众在吴祖楣书记的引领下穷而思变、艰苦创业、勇立潮头、激流勇进的时代变革精神和他们坚守乡村本色、文化基因的乡村振兴实践,讴歌了湾底村共产党员数十年如一日目标不变、靶心不散、频道不换、不忘初心、人民至上的优秀党性,实属抒写乡村振兴的典范之作。

作品有着非常独特的艺术素质和复杂的美学魅力。我们知道,报告文学在叙事技术上和所有的文学一样,要面临三个问题:讲什么,怎么讲,谁来讲。前两个问题常常会受到报告文学作家的普遍重视,第三个问题则不然,但它直接关涉到报告文学叙述主体的选择以及叙述视角的确立。报告文学创作选择谁来作为叙述对象,以及与对象保持何种距离,关涉的就是这第三个问题。当然,在具体的报告文学创作中,谁来讲和讲什么、怎么讲又是关联在一起的,而且它常常会直接决定着讲什么和怎么讲最终所能达到的艺术效果。《一湾到底是大道》在叙述上是非常成功的,作品叙述视角非常稳健,收放自如,叙述距离也控制得很恰当,作者不紧不慢地讲述湾底村的奋进史、创业史和村庄精神史,但其口吻是很冷静的,讲述视角也很客观,作者把自己的情感隐藏得很深、很成功,从叙事学上讲,这种视角叫作外视角,其特点用法国叙事学家托多罗夫的话说,就是作者"只从外部观察,不作任何解释",这种口吻和视角显然与作品要展现的湾底村40年振兴纪实这一题材高度契合。从结构美学上看,作者在作品结构空间的架设上巧妙、精心。从整体上看,作品主要选择了"穷则思变""创业万岁"和"人民第一"三个叙事的焦点,这三个叙事的焦点将湾底村的过往和当下巧妙地勾连在一起,清晰紧凑,构成作品的结构主体格局及内在的叙事线索。而且,这三个叙事焦点中,作者在主次上也是有讲究的,具体言之,前两个叙事焦点中无论是"思变"还是"创业",都是为了第三个叙事焦点"人民第一"服务的,这就是我们常说的百川归海式结构。这种结构的辐射力很强大,当前两个焦点的力量最终合拢在最后一个焦点上时,三力合一,这就造成作品在结构逻辑上的强大演绎力。如果说前两个叙事焦点在结构上属于"放",那么,这第三个叙事焦点就属于"收",这样的"一放一收"使作品在结构逻辑和结构美学上包含着更多的艺术复杂性内容。这样,"穷则思变""创业万岁"和"人民第一"作为作品的总线并不是直来直去的,其内部有迂回,有分流,有合力,一句话,有复杂的美学运动和构成。当然,这样的结构空间也有效地凸显了作品揭示湾底村党员以"人民至上"为核心的优秀党性这一主题。此外，诗性思维的介入也开拓了作品的艺术表现力。以上我们所述作品的精心结构布局，应该和作者丰富的诗歌经验和深厚的诗歌实践以及重视诗歌结构诗性的追求有一定的关联，作品中每一章标题的匠心独运，应该也是作者诗性思维的一种延伸。作品中对人物的勾勒多凝练其精神气质的重点，不细述，只勾勒，但却能以一句抵一万句，形神毕肖。例如对吴祖楣书记形象的描绘，"笑起来两只眼睛就像弯弯的小船"，朋克头，喝咖啡，爱西餐，抽烟斗，还有他掏烟斗的快乐似乎胜过抽烟以及颇有几分怀旧的手机铃声等，作者正是凝练了对象最具神韵的几个特征，离形得神，成功传达出了吴祖楣书记丰富的精神世界和内在的特殊气质。

黄立轩和其峥的《为了谁》站立在历史与现实交相辉映、革命激情与爱心传递交织互动、形象还原与艺术建构有机融合的制高点，成功塑造了积极投身革命、带领玉环民兵对敌斗争、挽救问题少年、救助困难家庭、禁毒帮教、党性原则坚定的杰出革命前辈郭口顺的形象。同时，以郭口顺形象为核心，作品也成功地描绘了一系列在新中国革命中甘于牺牲、机勇斗敌，在新的历史时期守护东海门户、尽心为群众服务的坎门民兵的光辉群像，讴歌了他们为大海所塑造的优秀精神品质和渔民文化博大、深沉的精神气质，是一部时代性、历史性、文化底蕴与艺术魅力俱佳的精品力作。在细节上，作品的刻画非常用心，成功地通过一系列关键性的细节描绘彰显了人物的性格气质，揭示了人物内在的精神风采。例如，在大鹿岛海难中，郭口顺父亲阻止船员放镇浪油自救以及当渔船撞上舍身崖后他又命令点火球给后行渔船发警告的细节，感人至深，同时也有力地呈现了坎门渔民在海难面前，首先关心的是他人这种博大的精神胸怀。东海渔民在世代同大海的角力中，在无数次的海难和丧亲之痛面前升华出的这种渔民兄弟相互呵护的朴素伦理，是东海渔民人性中闪光的部分，作品正是通过这些细节成功展现了他们精神世界中这种最优秀的素质。作品中不时点缀渔民拉网号子、渔谚、渔谣等，这些号子、渔谚、渔谣是渔民生产智慧和经验的总结，有着独特的地域文化的特色，作品对它们的巧妙化用，既准确地契合并推动了故事情节的展开，也强化了作品特殊的地域风味和文化特色，有力地烘托了作品的叙事，提升了作品的主题，在审美效果上也非常突出。

三

介入历史，是文学的一种重要职能，也是作家的一种历史担当。卓介庚的《中华英杰章太炎》是一部有着很高的历史价值、文学价值和现实意义的精品之作。章太炎的一生跌宕曲折，晚清至民初间的历史天空中的众多巨星，如俞樾、康有为、梁启超、李鸿章、张之洞、孙中山等都和他有过交集，不仅如此，他又学识渊博，经学、史学、辞章、文学等均涉足极深，同时，章太炎又有一种时代的清醒意识，他的识见卓出俗流，冠绝群儒。凡此均表明，章太炎是一块文学题材的硬骨头，但卓介庚知难而进，用自己深厚的学术素养和高超的艺术才力，写出了在重大的历史交会处章太炎身上的风骨、气节，彰显了他身上满满的家国情怀，精彩地展现了一代大师极不平凡的一生。在艺术上，作者秉持史传笔法，传人适如其人，述事适如其事，褒贬得体，讥刺有度。此外，作品巧妙地化用了中国传统史传文学的结构体式，择取重要的史料，一事一题，一线为主，以多头并进的方式从容驾驭，这样的艺术处理，使整部作品既泛着历史的波纹，又带着时代的体温，显示出作者高超的艺术才具。

《夏衍传》是著名学者陈坚和陈奇佳联袂完成的一部夏衍先生的传记。作品通过翔实的史料，刻画了我国现代剧作家、革命戏剧和电影运动的组织者和领导者夏衍从一个热血青年成长为无产阶级革命家的光辉一生，作品史料翔实，考订深入、严谨，例如对夏衍家世传言的考证、夏衍与香港的"两航起义"关系的辨析等，这种尊重历史事实的态度有效呈现了夏衍坚持真理、忠诚、坚定的革命意志和献身精神。这部作品树立了传记文学写作的典范。

陆士虎和马俊的《南风浔韵——门楼里的家风》是一部全景式展现江南古镇南浔千百年来名门望族家训家风的作品。这部作品既是一部文化纪实之作，也是一部南浔的精神地图。家有家规，族有族训，它们均是中华文化之精粹，发掘这些中华文化精粹的内在灵魂，具有重要的现实意义。作品文笔古雅，素净缠绵，在弘扬南浔传统文化以及寻求其与现代人的精神建构方面有着独特的价值。

徐富荣的《掘魔》以坚实的材料、生动的描绘以及对广大公安干警勇于担当精神的敬佩之情，全景式地反映了千岛湖"11·22"和"3·25"恶性案件专案组历时20余年艰苦卓绝的努力，成功侦破"11·22"和"3·25"案件的曲折历程，歌颂了淳安县公安干警20余年中一任接着一任干，勇于担当的奉献精神，可谓一部彰显广大公安干警时代气质和精神风采的力作。作品在材料上下了很大的功夫，千岛湖"11·22"和"3·25"案件的侦破历时20余年，专案组干警的排查工作涉及数百人，作品几乎对每一个人都有交代，不仅有名有姓，甚至他们的身份、住址、品行、血型、相貌，包括他们被排除的原因，均进行了如实反映，这样大面积的人物覆盖，在纪实类作品中是非常罕见的。同时，作品对于案发现场的还原，也呈现了非常具体的细节，甚至精确到厘米、毫米，这显然需要作者进行非常艰辛的调查，如此等等，都表明作者在材料上一定是做了极其充分的准备，真正做到了身入材料、心入材料、情入材料，也正是如此有心，作品才能起于三寸之坎而就万仞之深，成功地对千岛湖"11·22"和"3·25"案件及其侦破过程进行了深度挖掘和全景式反映。

王路的《谁持经编当空舞》通过对优秀乡镇领导沈顺年日常工作点滴和琐碎事务的记述，成功地塑造了一个务实廉洁、一心为民，耿直、能干，带领马桥群众困境中突围，大胆改革创新的基层干部的形象，讴歌了优秀基层工作者不忘初心的时代先锋精神和海宁人民勇立潮头的拼搏精神。作品在细节的处理上非常用心。例如作品选择沈顺年到马桥上任的第一次会议就给村干部们搬凳子、洗茶杯、端开水的细节，不仅真实，有生活气息，也很符合人物性格，而且，作者选择这个细节的最重要目的绝不只是为了突出沈顺年没有做官的架子，更重要的是要突出他的上任给马桥镇带来的清新的政治风气。作品将这个细节放在第一章，又有起势的效果，先声夺人，为整部作品定下基调。在材料的时空布局上，作品根据表达的需要，将不同时期的材料按照叙述的时间进行交错穿插，精心布局，体现出了艺术架构上的匠心。同时，因为作品所涉之人与其事并不驳杂，结构上不宜繁复、多线，所以，作品在构思上就紧紧围绕沈顺年的"能""勇""倔""谦""情"等为中心来统摄作品诸章，在整体结构上较为紧凑，也简练又充分地揭示了沈顺年的先进形象和内在的精神境界。

何恃坚、何建农的《义乌不能忘记——谢高华》分"天降大任于斯人""'鸡毛换糖'是一大优势""'一代市场'横空出世""'四个允许'的争议""南上北下取'真经'""新马路市场崛起""'兴商建县'战略推进"等12个章节，裁篇同传，规制綦密，全方位、多视角，成功展现了改革先锋、义乌县委书记谢高华心入人民、情入人民，走市场访商户、到工厂进车间、跑乡镇寻农家的勤政精神，以及敢闯敢干、大胆改革、勇于担当、解放思想、实事求是的拼搏精神，廉洁为公、忠于职守的公仆精神，作品从多角度、多层次立体展现了谢高华身上朴素的人民情怀，闪光的党性原则和为官一任、造福一方的共产党员的使命和初心，实属是一部再现浙江精神、弘扬浙江精神的厚重之作。

陈富强、潘玉毅所著的《燃烧自己——长篇报告文学〈点灯人〉（增订版）节选》逼真还原了慈溪电力人钱海军一心扑在工作上踏实为民服务的敬业精神，成功展现了基层电力工作者美好的精神世界和高尚的人格魅力。而陈富强的《光的速度》则以第一人称的视角书写了我国"八交十四直"特高压电网建设的历程，讴歌了我国电力工作者不断刷新世界纪录和创造中国电力科技创新奇迹的巨大科技成就。他的《国家动力》和《让电飞起来——中国特高压电网建设十年记》，前者是一部简明的中国电力发展史，后者则是中国特高压电网建设的纪念碑。两部作品均以精练、专业的笔调讴歌了我国电力事业从一穷二白到举世瞩目的伟大成就，充满着强烈的爱国主义精神和民族自豪感。

陆原的《看石头在岁月里行走》书写了常山县出台各种政策、采取各种有效措施不断促进发展观赏石产业，带领人民群众发家致富的故事。作品以"石痴"周建明、"毛毛虫"毛春财以及吴土金等用石头致富的典型，书写了常山人民顺应时代潮流，用"绿水青山就是金山银山"的理念为常山石头产业的发展壮大开源探路，并取得巨大成功的典型事例，歌颂了浙江新时代农民奋发进取的拼搏精神。作品文字抒情，文辞优雅，叙事性和艺术性俱佳。陆原、张光剑的《一个村党支部书记的情怀》记述了仙居县白塔镇上横街村党支部书记许子兵带着"就想为村里做点事情，全心全意为村民服务"的朴素愿望，放弃自己在外地经商挣钱的好机会，顶着重重困难，忍受不理解的村民的非议，造农家乐，整治环境，垃圾分类，将一个集体经济空白、环境脏乱差、人心不齐的落后村建设成为浙江省美丽宜居生态示范村，讴歌了一个村党支部书记公正做事、锐意进取、舍小家为大家、胸怀家国的人民情怀。作品细节生动，叙述缜密，语言朴实，刻画精准，堪称一部书写基层党员干部的典范之作。

口述史是报告文学的一种特殊的体裁。报告文学中的口述史是指报告文学作家利用人们对往事的口头回忆而写成的作品。口述史在历史学上具有重要的价值，被史学界誉为"活史料"。近年来，我省的报告文学创作中以口述史的写作而见长的非徐家骏莫属。他创作的《仙居无骨花灯口述史》以及与钱国丹合著的《峥嵘岁月稠——大陈岛垦荒精神口述史》等均为口述史中的佳作。前者对千手观音王汝兰、能工巧匠吴明岩、民间巧女陈彩平、省级非遗传承人李湘满等20余位仙居无骨花灯继承人为艺术奉献的人生进行了细致记录，从多视角立体地介绍了仙居无骨花灯的历史溯源与发展、制作技艺与传承、产业化与前景，为非遗传承事业做出了巨大的贡献，也书写了一部仙居无骨花灯的真实"档案"。后者记录了来自不同行业的大陈岛垦荒队员真实的心路历程，真实展现了大陈岛垦荒精神。

汪胜近年的创作以为名人作传为特色。2019年，他出版历时三年完成的《走在光荣的荆棘路上：蒋风传》，该作以翔实的史料和客观的笔触展现了我国儿童文学界的先行者和集大成者、中国首位国际格林奖获得者、著名教育家蒋风的不凡人生历程和思想轨迹。作品围绕蒋风先生的童年回忆，细致描绘了蒋风求学的历程与其专注儿童文学研究的始末，并且重点讲述了他带领浙江师范大学在学科建设、提出"唯实"校训、开拓与国内外交流、邀请名人来校讲座等重要业绩，讴歌了我国教育工作者披荆斩棘、艰苦开拓的爱国情怀。除此之外，汪胜2019年还发表了《洪汛涛的童话人生》《香港文学大师刘以鬯的花样百年》《自谦"写字匠"的香港新文学宗师》《何弢：走过紫荆花盛开的建筑艺术之路》等名人传记。

金华婺城区委宣传部编的《婺城情思——全国著名作家看婺城采风作品集》是一部由多位著名作家执笔的文集，其中朱晓军的《琴坛村的故事》、张国云的《为什么深爱着这片土地》、李英的《李清照的婺州时光》等从不同角度反映了婺城的历史、文化和美丽的现实，展现了新时代婺城的精神风采。台州市港航管理局编著的《史说·台州港航》是一部关于台州港的历史传记，这部作品分别从台州港的历史沧桑与现实新变两个层面，讴歌了台州港的历代建设者们追逐梦想的时代精神。

李华明的《白蛇为什么在断桥与许仙相会》延续了他一贯的知识考古的风格，作品思路纵横捭阖，联想丰富，对杭州宝石山的地理学出身进行了有趣味的解读。

鲍志华的《残疾人集邮名家李少华传奇》记录了集邮名家李少华顽强拼搏的人生。鲍志华创作的另一部报告文学作品《赵荣华：用"红船精神"铸造绚丽人生》，记录了著名企业家赵荣华践行红船精神，敢为天下先，忠诚为民，实现人生逆袭的创业故事。鲍志华的这些作品情感真挚，文字洗练，描绘生动，艺术效果突出。

老作家姚坚定依然情守故土、笔耕不辍，围绕自己的家乡大江东的历史、风土、人文发表了一系列作品，如《蜜蜂桥有太多太多的故事》《风雅韵味说长巷》《莫作官仓鼠甘为孺子牛》《我与〈浙江日报〉的故事说也说不完》《也谈送年货》《改革开放让家乡筑起了铜墙铁壁》等，继续为自己的家乡的历史、文化、现实与人文鼓与呼。

回望2019年浙江省的报告文学创作，在肯定优异成绩的同时，我们也应看到其中隐含的不足，主要体现在：第一，从目前我省报告文学作家的队伍来看，青年作家的表现不够理想，这不仅是2019年度存在的问题，在往年的创作中，青年作家队伍的建设也一直是需要重视的问题；第二，个别作家在创作中仍然有堆砌材料的问题，没有真正理解材料在报告文学的文学性实现上的重要性；第三，思想是文学的灵魂，而个别作家惰于进行思考，从而使其手中本来非常好的题材没有得到有效的开发。英国著名诗人柯勒律治曾这样说过："从来没有一个伟大的诗人，同时而不是一个渊深的哲学家。"报告文学也是如此，一个放弃思考的作家不可能是一个好的作家，而一个好的作家在叙事抒情的同时必须努力地去思想。能成大作之人，必得有成大作之心。草木蔓发，春山可望。2020年，期待在浙江省广大报告文学作家的共同努力下，浙江省的报告文学创作会有更为不俗的表现。

2019年浙江报告文学要目

一、书

阎受鹏　孙和军　《东极之光》　浙江大学出版社2019年4月版
孙　侃　《从南湖出发》　红旗出版社2019年6月版
赖赛飞　《嘱托》　浙江人民出版社2019年4月版
孙昌建　《一湾到底是大道》　红旗出版社2019年3月版
陈富强　潘玉毅　《点灯人(增订本)》　长江文艺出版社2019年5月版
黄立轩　其　峥　《为了谁》　浙江文艺出版社2019年8月版

卓介庚 《中华英杰章太炎》 红旗出版社2019年7月版
徐富荣 《掘魔》 浙江摄影出版社2019年4月版
陆士虎 马 俊 《南风浔韵——门楼里的家风》 浙江人民美术出版社2019年10月版
王 路 《谁持经编当空舞》 浙江人民出版社2019年3月版
徐家骏 钱国丹 《峥嵘岁月稠——大陈岛垦荒精神口述史》 浙江人民出版社2019年12月版
汪 胜 《走在光荣的荆棘路上:蒋风传》 浙江工商大学出版社2019年4月版
陈富强主编 《云上的光芒》 北京日报出版社2019年9月版
金华婺城区委宣传部编 《婺城情思——全国著名作家看婺城采风作品集》 光明日报出版社2019年11月版
台州市港航管理局编著 《史说·台州港航》 经济日报出版社2019年2月版

二、文

张国云 《"三农"深改——习近平联系点下姜村纪事》《中国报告文学》2019年第3期

陆 原 张光剑 《一个村党支部书记的情怀》《中国报告文学》2019年第7期

陆 原 《看石头在岁月里行走》《中国报告文学》2019年第10期

陈富强 潘玉毅 《燃烧自己——长篇报告文学〈点灯人〉(增订版)节选》《脊梁》2019年第1期

陈富强 《光的速度》《脊梁》2019年第4期
《让电飞起来——中国特高压电网建设十年记》《当代电力文化》2019年第7期
《国家动力》《中国电力企业管理》2019年第9期

汪 胜 《洪汛涛的童话人生》《名人传记》2019年第1期

	《香港文学大师刘以鬯的花样百年》《名人传记》2019年第3期
	《自谦"写字匠"的香港新文学宗师》《中华读书报》2019年3月6日
	《何弢:走过紫荆花盛开的建筑艺术之路》《名人传记》2019年第8期
李华明	《白蛇为什么在断桥与许仙相会》《钱江晚报》2019年9月2日
鲍志华	《赵荣华:用"红船精神"铸造绚丽人生》《沃土》2019年第8期
姚坚定	《风雅韵味说长巷》《联谊报》2019年11月12日
	《也谈送年货》《浙江工人报》2019年2月13日
	《蜜蜂桥有太多太多的故事》《中国农村报》2019年10月15日
	《钱塘板盐流光溢彩的衙前》《今日浙江》2019年12月30日

三、补遗

徐家骏	《仙居无骨花灯口述史》 中国文史出版社2015年11月版
朱晓军	《中国工匠》 浙江摄影出版社2018年12月版
陈　坚　陈奇佳	《夏衍传》浙江大学出版社2018年12月版
何恃坚　何建农	《义乌不能忘记——谢高华》 上海社会科学院出版社2018年12月版
鲍志华	《残疾人集邮名家李少华传奇》《北欧时报》2018年12月5日

小小说的讲究：作家的发现和人物的表现
——2019年浙江小小说述评

|谢志强|

阅读2019年度浙江小小说，如撑小舟，顺流而下，不带预设的理论渔网，渐渐地，有一个词浮出水面：讲究。小小说是螺蛳壳里做道场，无论外在形态（组织系列的格局），还是内在运行（人物作为的独特），都有所讲究：作家发现什么？人物如何表现？

2019年，浙江小小说创作最为显著的特点是三多：表现城镇题材多，作品被选载多，涌现新作者多。捷克作家赫拉巴尔着力写"饱含着诗意和抒情内涵的普通人的生活"，他将此种表达称为"存在的指令"。浙江小小说表现日常生活中的普通人，也多含诗意和抒情，使作品得以升华，同时又对时代做出灵敏的反应。这决定了作品的成色和品质。

鉴于小小说的文体特征，还要讲究一定数量基础上的质量，但好比筷子中拔旗杆，精品可遇而不可求。2019年度创作上活跃的作家有：赵淑萍、岑燮钧、蒋静波、徐均生、许仙、汪菊珍、赵悠燕、沈海清、谢根林、赵雨等。列出精品排行榜为：《梨花白》（赵淑萍）、《阳光少年》（许仙）、《蛋盲》（蒋静波）、《哑子婆婆》（赵雨）、《厨师的书法》（周华诚）、《嵇康与驴》（苏平）、《摇篮》（陈炜）、《一朵云可以有多美》（金晓磊）、《抚琴》（岑燮钧）、《门槛》（汪菊珍）、《一个很特别的人》（谢根林)、《沉默的鸭子》(王秋珍)。

一、城镇与乡村的题材：融合、映照

以《小小说选刊》2019年度24期所选载的浙江作家的小小说为例，全年共计选载54篇，有五分之二在金秋档被选载。如果将《小小说选刊》视为一片沃土的话，农民的时间观念是循环的，与季节相关，那么，选载的浙江作家的小小说，暗合了春种秋收的生长曲线。

2019年是城镇化稳步推进的重要年份。城镇和乡村的题材以什么样的比例在浙江小小说创作中呈现？被选载的54篇作品（含两篇论文）中，城镇题材42篇，乡村题材12篇。

2019年是一个重要的历史节点：新中国文学70周年（小小说界重点回顾改革开放以来的40年）。在过去、现在、未来的时间维度上，2019年度文学有若干关键词（或热点话题），比如现实主义和城市文学。小小说也在这种空间茁壮生长：现实主义的主流，城市题材的拓展。

写城市，赵淑萍有江城系列。写江南，笔记体小小说不失为一种妥帖的表达方式。这样拔出萝卜带出泥，所谓的泥，就是江南特有的风俗、民情等文化。这种文化，使得人物有讲究，人物怎么做有着文化的含量。《默兰先生》中，默兰先生的生活都特别讲究，尤其是对不满意的画，裱了，还烧掉；满意的画，先欣赏，再售出。要他的画，就得耐心等待，这种讲究的内里，隐着人物的平静、平和之心。他被邀请参加研讨会，就要赖，因为说坏话不忍心，好话又说不出口——表面圆熟，缺乏锐利的个性（为了强化没个性，还写了画室的动物：八哥、哈巴狗，写动物是反衬人物）。然后，笔锋一转，他一笑：没有个性也是个性。

赵淑萍写出了江南文人的"这一个"。旗袍作为中国传统文化中服装的象征,《旗袍》中的旗袍凝聚着三代人,聚焦母女关系的冲突与融合。小小说的开端就切入母亲对着装的讲究,女儿叛逆,结尾却背着母亲穿旗袍,而且是母亲最爱穿的那件。旗袍贯穿并连接人物的命运,又与时代变迁有机地结合,人物、旗袍在漫长的时间中形成了轮回。

徐均生和许仙,擅长运用假定和悬疑的表现手法,还常有话题。徐均生的《如果》《如果那是假如》,均为"话题节目",但前提是"如果",内容是同一对夫妻的两次"如果"。前一篇是"如果我也突然走了",后一篇是"假如我有了钱",丈夫追问妻子的反应,用对话推进和交代情节。纠结、缠绕,而且执着,将"如果"进行到底,然后又绕回起点,表现出小人物可怕的想象力,做白日梦,又被自己的"梦"迷惑,以假当真,也传达出夫妻之间微妙的隔膜。《詹一刀》充满悬疑感,作为医生的詹一刀,酒量惊人,却不肯喝酒。最后抖出包袱:不喝是因为可能突然有病人要做手术。作者把詹一刀的不喝酒落实在职业操守上。其实,读者更期待见识人性之光。

许仙的三篇小小说,用力经营悬疑。《致命的东西》两题,《痕》和《血》主题为虐待。前者是他虐,争取他者的虐待;后者是自虐,弄破手指,还将伤口的血诗化。二者都是寻求和体验痛感,在灵与肉的关系上,体现的是灵魂的缺席,死亡与诞生相互替换。《阳光少年》中,那个窗口的悬疑有讲究。颜文是女生的暗恋对象,其母亲是疯子,一次次来,从窗口看儿子。与其说颜文是女生的阳光,倒不如说母亲是颜文的阳光。写出了母爱的独特性:疯子生下儿子,却只认识儿子。那窗,透进来的不正是一束母爱的阳光吗?

《小小说选刊》主编秦俑对我说过:"2019年,蒋静波的系列是我看到的最好的闪小说。"世界上就两类人：男人和女人。蒋静波的这个系列里，将人物简约为他和她的关系（人物无名无姓，有趣的是给鸡命名）。她在日常生活中发现荒诞、魔幻的意味，却用扎实的写实，在日常生活中展开。《来碗尿泡牛杂面》，尿泡牛杂面是蒋静波文学的发明，以假为真，由此展开，以致出现像孔乙己的穿长衫而站着喝酒的身份尴尬，吃尿泡牛杂面标志着身份，却又与乡愁结合，为了品尝家乡的味道。《蛋盲》开头一句：妻子突然提出，要养鸡。妻子有脸盲，不认人，却识鸡——每只鸡都认识，还用一句14个字的李商隐的古诗，给14只鸡分别取了名字，给枯燥的生活平添了诗意。有一个细节，写妻子的讲究：丈夫劝，鸡不是人，随便喂喂算了，妻子却不马虎，因为给鸡吃，也等于给人吃。进而，她竟然认蛋，但丈夫却是"蛋盲"。人物与动物形成陌生与熟悉的荒诞的辨识关系。

彭素虹《花镇蓝颜》两题，是继《花镇红颜》之后的又一个系列，"红颜"写女人，"蓝颜"写男人。《雪桐》《风桐》中，两个兄弟，一个是镇政府的秘书，另一个是业余诗人，都有强烈的表达欲望。雪桐是镇上的一支笔，写与说，喜与愁，反差很大，有婚礼就有他出现，借婚礼的平台，逮住一个说起来就不停。雪桐的嘴，风桐的手，不同的表达通道。难以忘怀的是风桐的手，作者的比喻贴切，那伸来的手，做出的动作，"就像一只被囚禁的鸟儿"，转而又"像一只秃鹫的双翼在扑闪"，而且，"下意识地把手藏了起来，生怕这手一激动……"手与诗形成一种相通的意象。用手的细节写人物的尴尬，手获得独特性，又生成了寓意。洛华的《原来你也在这里》，一对恋人不被家人接受，作者交代了这个过程，然后，在婚礼上，女主人公唱了刘若英的《原来你也在这里》，是爱情的宣言，也是理解的载体。

卡尔维诺在《未来千年备忘录》里预言小说未来的趋势，其中之一是：利用库存资源。所谓的库存，就是童话、神话、民间传说和历史典籍。我把作家分为两类：一是把书籍转化为作品的作家，二是将经历转化为作品的作家。岑燮钧和苏平都对史籍产生了兴趣，将视角转向古代人物。

岑燮钧《抚琴》中的琴、苏平《嵇康与驴》中的驴、陈国凡《看杀》中的目光、赵淑萍《稻香楼》中的楼、虞欣颖《江东》中的樱花，均为人物的"知音"，都超越了人物。我想到博尔赫斯小小说《相遇》中的那把超越人物敌对的刀。小小说写人物与物件的关系，能表现出人生的沧桑、多变。正如《江东》最后的一句作者介入发出的感慨：如此，便是一生一世了。

《抚琴》是岑燮钧古典人物系列之一，写了离开庙堂的院士张翰，而他的两位"知音"，身居高位，高处不胜寒。琴结成了三人的缘，作者出色运用了琴这一物件的细节。岑燮钧写人物相知，为后来的"隐"埋下伏笔。张翰本该走陆路，却随兴随缘搭船，可见他是个散淡之人。作者把人物放在战乱的背景里。张翰悼念病逝的顾荣，其方式独特：在灵堂面对逝者抚琴，已分不清弹者为谁，听者为谁。琴超越了人。而闻知贺循出山接替顾荣，张翰放弃了去拜访的打算，弹了一夜的琴。作者夸张地写出琴的超越，人的孤寂：直弹到月落乌啼，藤枯树老。琴声贯穿并响彻全篇，表达了隐者微妙的情感。

《嵇康与驴》，始终存在着标志庙堂的城，如同阴影笼罩着隐者嵇康。中国有隐士传统，有多种"隐"。嵇康的"隐"带着人间烟火，写诗和打铁，一柔一刚，一冷一热，交集于一身。为官的钟会不敢再交诗给嵇康，恭敬却又胆怯，而嵇康说这是"偷偷摸摸往我家扔包驴屎，臭不可闻"。爱转为恨，钟会得到重用，就送一头驴，羞辱嵇康。此作的核心是嵇康怎么对待象征着恨的驴，到了嵇康这里，驴就恢复了自然的属性，与"隐"契合了。

苏平向读者展示了嵇康活的状态,生活的规律:早晨抚琴,午后打铁,晚上制药。还有一个项目:和驴对话。驴改变他的生活,驴叫、驴摇头是对话的方式。朝廷来人,不知驴对嵇康说了什么话。嵇康门前的枣树拴着驴,不顺从就斩杀。苏平省略了嵇康的去处。驴在人隐,以驴在的方式表明人在。

陈国凡的《看杀》,着重渲染、铺垫魏晋时代洛阳璧人卫玠的倾城美貌,他被粉丝神化了。即使是战乱,他所到之处也是万人空巷——粉丝们追随着他,他又反过来用唱、跳、讲等技艺满足粉丝,终于,年仅27岁病逝——捧杀,他死于众人的目光。此作异常"热闹"。但"粉丝"毕竟是当下的新词。

虞欣颖的《江东》写了一对地位悬殊的男女的爱情故事,对比着写人物的外貌,词语华丽,颇有武侠小说的味道,但展开人物命运时,却语言简约,节奏明快。孙权幼妹阿香遇见伯言时,只有花瓣坠落在泥土中的声音,写出两个人彼此相遇的现场,又预示着阿香的命运。阿香成了孙权与刘备结盟的牺牲品——政治联姻,个人的命运与盟约联系在一起,作者锁定了象征爱情的秋千和樱花。阿香的不幸,如同樱花那样绚丽而易逝。那个前后呼应的摇荡的秋千,不正是人物由不得自己的命运的象征吗?江东大,秋千小,若此作题为"秋千",则更有象征意味。小小说以小示大,题目也有讲究。

现实主义不限于题材的当下性。古代题材的现实性,表现在当下的阳光照亮过去,这一束阳光就是当代意识:平等,万物平等。于是,过去的人物就获得超越。《小小说选刊》总编任晓燕认为此类小小说是"从老题材中寻找到自己的新切口,从旧时光里扒出来的老故事"。有时,写当下的题材,作者却用没落的意识,那就有悖于现实主义。现实主义更重要的是一种精神。

进入老龄化社会,老人怎么活?方再红的《突然想起你》

中，80岁的刘富贵在乡下种四亩地，突然昏厥，住进城里医院，城里工作的儿女们"一窝蜂来，一阵风走"，然后就是电话联系。寂寞的他看18床的中风老人，像植物人，受老伴的悉心照料。刘富贵听那老太婆的唠叨——与没反应的老人说话，突然想起了自己老伴的唠叨——以前总嫌她嘴碎。看老太婆用一根管子给老伴喂食，刘富贵接到儿子应酬式的送饭电话，他回绝了，然后，突然走出医院，去陵园：那里是他老伴长眠的地方。作者贴着刘富贵的视角，交替着写听和看，引出对死去老伴的想念，想了就行动。听、看、想、走等，核心动词，构成了此作的节奏，写出了孤寂老人的生存境况。

周华诚是写散文的好手，其《厨师的书法》里，厨师老余开"途中"小饭店。介于城与村之间的镇，也是城镇化中的一部分，而且是大山深处的镇。开首有一句："老余炖的汤瓶鸡，一绝。"正是此"一绝"，吸引着食客从都市迢迢慕名前来。照理说，小饭店该往城里靠，老余却往山里挪。这一挪，仿佛牵着食客的嘴，离城渐行渐远。小小说在此，与其说是小小的"说"，倒不如说是慢慢的"聊"，把四十年的友谊、三十年的开店"聊"了出来，聊得收放自如。老余与其说是做生意，倒不如说是为活法。通常，要着重写厨艺，却写起小饭店的文化：厨师聊天的天赋和书法的地道，且着重写了厨师的书法。店名"途中"，实为引领着食客走。于是，物质生活转为精神境界——慢慢往上升。碎片化的"聊"无意之中粘在境界上了，还将物质与精神（锅铲与毛笔）在意象上打通。好比喊山，山不过来，那么，就向山里走。老余就有如此的定力和自信。有一个细节很妙：县城有人预约二十个汤瓶鸡，他决定不送，宁愿不做这一单生意，因为汤瓶鸡，在山高林密的小店，味道才能正宗。这就是老余的讲究。想必周华诚没想到在写小小说，精短散文与小小说，不必强行界定。小小说自有包容性和可能性，但又不可缺失小小说的基本元素。小饭店、汤瓶鸡、聊天、书法，都环绕着老余"这一个"。写好人物就是好功夫。不妨起个"非虚构小小说"的名字吧。

金晓磊的《一朵云可以有多美》，主人公魏明远这类人，其特点：行动具有随意性，由着性子和兴致，突然说走就走，说动就动。开头的切入，符合人物行动的随意性：高速公路入口的横杆刚抬起，魏明远就后悔了。于是，牵扯出过去、现在、未来的心游：一早在办公室，为了稿子，他一反常态，不给主编面子，他"被自己惊到了"；高速公路，他鬼使神差给五六年没联系的初恋女友打电话，约了相见的地点，想说说话又憋回；告别后，又记起二十年前的梦想（由绍兴的鲁迅雕像引发）。人物的行动带出心动——动因是排遣郁闷，构成了明朗的因果链，寻找灵魂的寄存，由地转为天：一朵很特别的云，但又落地，下高速，可见他的心有了着落，在朋友圈发了"一朵云可以有多美"，终于给妻子发短信：晚上，我们好好聊聊。金晓磊把这对夫妻的故事在结尾放空了，作品由此获得了空灵，否则就嫌沉重了。身游、心游、云游，重与轻处理得当。可以或不可以，要看终究是否发现自己，完善自我。

赵悠燕的《南向街》中，女儿是傻子，作为富商的父亲很精明，房子和女儿配套出嫁。年轻男人因母亲患病，除了房子，还加医疗费。男人娶了富商的傻女儿。最后，男人老了，死了，女店长承担了照顾富商傻女儿的"义务"。作者省略了婚外情的故事，可见男人对妻子无言的承诺：娶她为了给娘治病，不抛弃恩人，有恩必报。

吴鲁言的《发小》，写了发小的命运，前后反差，判若两人。两代人的关系，两个母亲的敌对到两个孩子的友谊，可见记忆的奇妙：敌对被友谊置换了。

刘会然的《大卫出书》里，主人公公费出书，又喜又忧，其讲究：书店里，把冷僻位子的书放在显眼处，仅进了三本。一个谎言：同事声称买下一本，而书店里仍保持着三本。另一个真情：主人公欣慰三本被读者买走，却是妻子所为。最后，落在对可怜的丈夫的爱上，可哀的是书的命运。

创作系列小小说，作家可以细水长流。赵淑萍的小小说，人物都很讲究。小周村系列中的《梨花白》给小小说贡献了一个有意味的人物：绰号梨花白，他与汪曾祺的陈小手有个共同点：手白且巧，以及讲究穿戴。不过，他专门给死人穿衣服。因为他的讲究，使得外村人慕名来请。人们说他盼人死。通常写这样的人物，会写怎么给死人穿衣，作者偏偏"避重就轻"，不写死人而写活人，梨花白热心对待活人（一位年高的老婆子，富有但多病的李三），由此表现了对生命的敬畏。结尾仍"放空"着，点出他的后顾之忧：给那么多人穿了寿衣，谁又给我穿呢？他的孤独在于没人像他这么讲究。《馒头王》里的王小四也靠一双灵巧的手，做的是南北糕点，也相当讲究。待客之道，相互信任，让顾客自己投钱、找钱。王小四安守本分，传授手艺。他认为做得多不如做得精，拒绝雇人做馒头，以保证做出的馒头让人放心。《弹花匠和他的女人》，全篇不直接写手，但处处见手。爱情故事，有独特的讲究，小弹花匠怎样引出姑娘莲莲？他故意说不会盘花，请来莲莲，盘花的线盘出的花，那线那花，有了诗性的象征意味。赵淑萍的小小说，无论写城镇，还是乡村，呈现人性微妙的同时，有着温暖的基底。

就题材而言，多"城镇"，少"乡村"，这与浙江的城镇化进程相吻合。若从国内整个小小说创作状况来看，还存在简单化处理的倾向：要么写失落的挽歌，要么写田园的牧歌，其中的思维是二元对立。2019年浙江小小说有可喜的转变，在城镇与乡村关系处理上，表达为融合一体，相互映照。多篇小小说中，写城镇，会延伸到乡村；写乡村，有城镇的背影。不是对立，而是融合。这是现实在滋养着文学吧（其中包含着小说反应的灵敏）。因为，浙江写小小说的大都是业余作家，基本上生活在"城镇"里，除了去"乡村"亲戚那走动，就只有童年的乡村记忆了。

二、老作家和新作者的热情

赵雨、汪菊珍不约而同地锁定"小镇"，追溯童年的记忆。那时称"乡镇"，当今谓"城镇"。镇是连接城与村的中转枢纽。两位作家记忆中的镇，骨子里其实是"乡村"，因为时代已拉开农业社会转变的序幕。其中，传统的伦理道德维系着人际关系，风俗习惯体现在人物的行为之中，即乡土意识。

"80后"赵雨的《邻人》五题，织成了一张人物关系网，篇与篇之间有讲究，人物"串门"，此篇是主角，彼篇为配角，你中有我，我中有你，甚至穿插补充情节，形成自给自足的"世界"。以童年的"我"穿珠为链，童年的视角获知成人世界的有限性，留出了一个一个难解未解的"谜"，使得作品很自然变得空灵。童年的"我"调动各种感官，创造了颇为讲究的声音、气味和颜色的"世界"。《女疯子》里的霉味和"斩一刀"的喊声；《哑子婆婆》里的食品好闻的气味，"咿咿呀呀"的声音；《杀牛老汪》里，浓烈的腥味，其妻"哇哇"的叫声；《陈老头》里的水汽，麻雀"叽叽喳喳"的叫声；《建华和尚》（可与赵淑萍《梨花白》对比，看这个行当的讲究）里的香火气味却是人间烟火，以及办丧事、做道场的喊声。人物不能正常发声，却通过物件（刀、食品等）表达，就笼上了一层存在的迷雾。

《哑子婆婆》里，孤寡的哑子婆婆被"魔化"，用来制止小孩的夜哭。"再哭就让哑子婆婆把你抓去",因为传说哑子婆婆会把小孩当点心吃掉。赵雨扣住这个"点心",一转,将恐惧转为亲近,哑子婆婆给"我"吃很多点心,还让"我"穿她亲手织的小孩毛衣。前后对比,构成了反差,"我"在发现中成熟起来,这颠覆了成人的"魔化"。二元对立、黑白截然分明是成人的思维定式。现实的真相里,我们发现哑子婆婆爱小孩的原因,缺失什么则关爱什么。隐掉的是哑子婆婆的失去的故事。这是一个慈爱的故事。

想到一个词:格局。《邻人》五题,是赵雨的小镇故人系列小小说的一部分。我联想到匈牙利的长篇小说《垃圾日》(由系列小小说构成的长篇)和日本作家向田邦子的《隔壁女人》,汪曾祺的故乡旧人系列。所谓的格局,与阅读背景有关,赵雨也读得"大"。作家心中容纳了"大",落笔的"小"还会"小"吗?他的小镇故事系列,虽然是童年视角的小小说,但是,有大格局,若将一定数量组织起来,不就成"长篇"了吗?此为系列小小说的一种可能性。

汪菊珍写古镇的东河沿人家系列十一篇,构建文学世界的方法跟赵雨不谋而合,特别之处在于,所写街道、住宅的方位、走向,属于明清建筑,依据作者文学的重建,能够复制出一幅人物活动和关系的图谱。人物与建筑的关系,有气息有温度。作者善于从细节切入。《门槛》的开头,写住宅格局的讲究,甚至门里门外的称谓也有讲究。通过三代的三个女人的婆媳关系,写了传统的生育观念,在内心深处起着微妙的作用。其中,着重塑造了连婆这一角色,其媳妇生了女孩,接着,又生一个女孩。连婆对外说"男女平等",而心里盼着有孙子。有心思,不说破。表面的情感如平静的流水,内心深处却是波澜起伏。紧扣"门槛"这一细节道具,一个坐门槛的动作,贯穿三代的三个女人。媳妇抱着女儿坐门槛,连婆提醒:这个门槛不结实,当心摔了小毛头。随着门槛被一代一代女人坐,其内涵逐渐丰富,所谓"不结实",暗示出一种觉醒和希望。门槛自然而然派生出象征意味。

王秋珍的《沉默的鸭子》写了童年记忆中的村庄的养鸭户:齐大志和老陈。齐大志的讲究是给每一只鸭子起名字,还剪毛,以示与老陈的鸭子有区别。一只叫木鱼的鸭子失踪了,偏偏老陈家杀了一只鸭子。齐大志"顺手"赶回老陈家的一只鸭子,而且给它剪了毛,还告诉鸭子,是一家子了。那只外貌已是齐家的鸭子竟叛逃,不但往老陈家走,归队后还不停地叫。齐大志转而发现,木鱼死在池塘里了。作者将鸭子的羽毛和儿子的头发并置,形成有意味的映照,透露出农民的意识和幽默。读者记住的是那只自觉回归的鸭子,就像小小说里的人物,有时,还由不得作家。鸭子并没有"沉默",鸭子执着的灵性,反衬人的难以掌控。

徐水法的《恒记肉铺》,店主赵大海的生意、人生平稳如流水,叙述语言也如水流。恒记肉铺有两项遗产:祖产(物质)和祖训(精神)。然而,为了发财,赵大海违背祖训(不以次充好,不准缺斤短两,不准欺老凌幼),境况随即突转:儿女同时发病。作者将发财与发病勾连成紧密的因果关系,背后的观念是传统的因果报应。这是对现实的警示,还是对人物命运的设计?可引出关于作家的观念与形象的呈现两者关系的思考。

李慧慧的《晒太阳的年轻人》,表现了当下的村庄。主人公阿浩带着城里人对乡村"世外桃源"的好奇,决定在只有一个年轻人的星河村修建一个民宿。在希望与现实、陌生与熟悉的关系中,作品写了修建民宿的过程,这个过程仿佛是小小说的搭建过程。作品穿透民宿的修建,深入人心的内里。

陈国炯的《一句话的影响力》里的小虎也在乡村建了个休闲山庄,他邀请过去的老板"我"来剪彩。这是个感恩的故事。当今时代，人的角色变化频繁，行业的兴衰难料。"我"仿佛见证了一个打工者的"进步史"。"我"原是老板，小虎在"我"手下打工；现在，小虎成了老板，"我"却给别人打工。小虎请"我"去剪彩，就是为了当初那句话：一个人不能只凭勤劳苦干，更要用头脑去思考问题，要巧干。作者省略了小虎"思考""巧干"的故事。而"我"已忘了当年讲了什么话。一个动作、一句话能改变人物的一生，这是作家的发现。我想到卡佛《毁了我父亲的第三件事》，写了两件事，卡佛却不说"第三件事"，放空了。如果小虎继续"卖关子"，不透露那一句话呢？连"我"也会思考，因为"我"讲过许多话，已忘了。说出了就"坐实"了，若不说出，作品就空灵。陈国炯的三篇小小说，都安插了一个道理，使小小说的意蕴"收窄"。

郭金勇的《老牛握手》，开头一句"老牛不老，也不姓牛。他喜欢握手"，否定的同时又肯定。老牛握手有讲究：在握手中占上风，得到乐趣。反感与喜爱，对立与和谐，失与得，均在那握手之中。作者安置了一个巧合的爱情故事，消解了小小说的品质。作者将握手的动作与时代的变迁勾连在一起。

王中华的《战马》，是中华人民共和国 70 年英雄叙事的回响。故事发生在西部戈壁大漠。一个迷失的故事。是人迷失，还是马迷失？迷路带出了饥饿，饥饿引出了杀马，战士舍不得杀马——马曾救过人命。接二连三发生战马惨死的怪事，在悬疑中，终于解谜，是其他的马踊跃"自杀"，以保全排长的枣红马——传奇的种马。作者还可以加强战马有灵性的细节，增强作品的文学真实性。

吕品的《金戒指的故事》，一个金戒指引出了许多焦急的人。与其说是写人物的命运，倒不如说是写金戒指的命运，金戒指超越了人物、时间，结尾终于抖出包袱：管家做了手脚，金戒指害死了二太太。

沈海清和吕品写故事,也写小小说。其小小说的故事性、传奇性都显著。沈海清的《破"套"》,日常中暗藏玄机。主人公当了局长,当晚来了许多大老板,只是祝贺,没带礼物。三更时分,却发现卫生间躲藏着一个人,出示一枚脸盆大的铜钱。平常中引出神奇,现实转为神话。三次看"钱眼"——这个细节在递进中有玄机,钱眼是财和色,是个绳套。笔锋一转,竟然是局长做了一个梦。作者巧妙地处理了梦幻与现实的关系。所谓的破"套",是局长把"钻钱眼"的故事讲给上门的老板听,接着是人物的宣言,也是故事的训诫:设套嘛,是人家的事,钻不钻,是自己的事。

红墨的《生死电话》,存在着情境与语言如何协调的问题。女友与"我"的生死电话,生命危急的关头,作为男孩的"我",竟像个诗兴大发的诗人,开头部分(占全篇的三分之一),按部就班地先写环境,再写人物,表达的语言是浪潮般两组规整的排比句,像散文诗。转而写她,用两个接力赛似的比喻,却抽空了具体的形象细节。可见作者探索新的表达方式之执着。红墨显然试图往诗意上靠,却解构了人物生死危急中的爱情。我期待他继续2018年的《梯子爱情》那样落地的写法,语言与人物相匹配。

多年前,我在一家刊物开设了一个专栏《小小说茶馆》。喝茶、品茶是中国人的生活习惯。茶馆的特点:老客、新客,进进出出,不敢怠慢。2019年出现多位新茶客:谢根林、吴亚原、范永海、王晓红、车厘子、吴贤林、徐豪壮、陈炜、范伟才,以及前面的洛华、虞欣颖等。我像个迎客的跑堂,不敢怠慢。

谢根林发表了9篇小小说,写了各种各样的人。《一个很特别的人》中,除了开头点出事情发生的时间为"2068年11月底"之外,描写的城市公交运行都与当下一样。未来小说的外套里，装着当下现实的生活。作者由天空写到地上，然后写到公交车厢里，强调情景的重复，唯有新上来的学生打破了模式化的生活。第三人称的视角，先缩小为众人的目光，目光"塑造"了新上来的学生的全面的外形，然后再缩小为胖学生的目光：发现有点与众不同，但又弄不清不同在哪里。胖学生用手机将新上来的学生的照片与自己的合成在一起，竟然成了第二天报纸的头版重要新闻。不戴眼镜的学生，成了特例。手机和纸媒为现在的物件，作者用未来的光芒照亮了当下的教育。情节顺便推进，一直纳入了科学研究。"特别"夸张的手法写"很特别"的人。

吴亚原的《朗月在心》，让人想起博尔赫斯的《双梦记》。外国人到中国，中国人到外国。主人公"我"从国外回国探亲，同学聚会，炫耀自己在国外的生活，要面子，不提打工的艰辛。但重要的是"里子"，团圆是其心结。王晓红的《风儿轻轻吹》里的女人素珍也有个心结，她喜欢风吹楼下的物件，似乎唤醒了她收集的欲望，那个钩子的细节，是她心的延伸。最后放弃钩子，楼下的小女孩却送回了钩子。以物写人，写出了都市女人的孤寂。徐豪壮的《包二的女人》有点噱头，女人包男人，其实是村庄里的孤男寡女的爱情故事。女人招包二入赘，男人窝囊，身体有病，且不会管店，挨了打，还要女人出面。形象的反差中，写了一个有自主意识的女人。范永海的《背手》中，新兵汪大军有背手情结，因为背手是身份、地位的标志。该文写了他过去、现在、未来一系列羡慕、模仿别人的背手的故事。而小小说的情节走向，要内化，况且，军营里班长、排长、连长都背手就失真了（作者设计的"背手"过度）。结尾仍是外在的背手，班长模仿当了连长的汪大军背手，此为制造意外。车厢子的《谭师母》写人物的方法很独特，在情节展开的过程中写形象：一是借炊事员之口（"大字不识一个，长得跟高中生似的"）；二是谭老师教妻子写自己的名字（还念"秀禾、秀禾、王秀禾"，自然地交代人物姓名）；三是以弱镇强（炊事员要动武时，眼见她的脸和奶水浸湿的前襟，就主动结束冲突）；四是她挨饿却拒绝粮票（农村女人朴素的道德意识）。在人与人之间的关系中写活了谭师母。谭师母嫁给了老师，却没文化。谭师母身处家暴中，尽管结尾时儿子欣喜地说"妈，你终于开口说话了"，但是，我仍然不能接受漫长岁月中谭师母沉默和忍受的贤惠，她的反应被作者省略了。吴贤林的《书法家》中，主人公老魏充其量是个村里喜爱练习书法的农民，开始他还明白自己是谁。然而，被村民口头夸了，他就要去争取个名分。通过请客，他加入了县书法家协会，就以"家"的名头往城里跑，放弃了农事。那个"家"的执念，使他沉湎于幻觉，忘了自己是谁，为名所累。范伟才的《栀子花开》，写了一段流逝的爱情。女人、花香、气味形成意象，凝结在爱情上，但缺失了应有的生活底气。在花朵与土壤的关系中，土壤显得粗糙、虚化了。

陈炜的《摇篮》写了异域题材。兰多思子爵与兄争夺王位，其母有决定权。于是，兰多思投其所好，给母亲送"世界上最好的礼物"，煞费苦心地研究如何把贫民窟恢复为庄园，因为那能勾起母亲的美好回忆。当然，也会使母亲想起摇篮中幼年的他。所有的物件都恢复了"旧"，兰多思却被穿旧长裙的女子刺死。结尾揭谜：兰多思购贫民窟时，手下的人使女子摇篮中的幼子身亡。同为摇篮、婴儿，时间错位，展现了人物的喜与悲，权力的得与失。摇篮的细节意味悠长。

浙江小小说骨干作家已形成了可观的群体，有实力，有影响。2019年冒出的新作者如雨后春笋，起点高，题材广。据悉，还有许多文学爱好者积极从事小小说创作，气氛好，热情高。有理由相信，浙江小小说作为文学大花园里的一朵小花，2020年必能开出更加鲜艳夺目的花朵。

2019 年浙江小小说要目

赵淑萍 《梨花白》（外五题） 《文学港》2019 年第 2 期 《小说选刊》2019 年第 4 期、《小小说选刊》2019 年第 4 期、《微型小说选刊》2019 年第 5 期选载

《弹花匠和他的女人》 《安徽文学》2019 年第 6 期 《小小说选刊》2019 年第 13 期、《微型小说选刊》2019 年第 16 期选载

徐均生 《如果》 《天池小小说》2019 年第 8 期 《小小说选刊》2019 年第 17 期、《微型小说选刊》2019 年第 14 期选载

《如果那是假如》 《南方农村报》2019 年 3 月 9 日 《小小说选刊》2019 年第 12 期选载

许　仙 《致命的东西》 《广西文学》2019 年第 10 期 《小小说选刊》2019 年第 24 期选载

《阳光少年》 《百花园》2019 年第 7 期 《小说选刊》2019 年第 17 期、《小小说选刊》2019 年第 17 期、《微型小说选刊》2019 年第 18 期选载

蒋静波 《突然来的电话》（十四题） 《文学港》2019 年第 11 期 《小小说选刊》2019 年第 22 期选载

彭素虹 《花镇蓝颜》（两题） 《小小说选刊》2019 年第 8 期

洛　华 《原来你也在这里》 《安徽文学》2019 年第 9 期 《小小说选刊》2019 年第 19 期选载

岑燮钧 《抚琴》 《小小说月刊》2019 年第 1 期 《小小说选刊》2019 年第 10 期、《微型小说选刊》2019 年第 23 期选载

《猫眼》 《北方文学》2019 年第 2 期 《小说选刊》2019 年第 4

	期、《小小说选刊》2019年第9期、《微型小说选刊》2019年第10期选载
苏　平	《嵇康与驴》《大观》2019年第7期　《小小说选刊》2019年第17期选载
陈国凡	《看杀》《小小说选刊》2019年第17期
虞欣颖	《江东》《小小说月刊》2019年第11期　《小小说选刊》2019年第13期选载
方再红	《突然想起你》《天池小小说》2019年第5期　《小小说选刊》2019年第19期选载
周华诚	《厨师的书法》《人民日报》2019年8月14日　《小小说选刊》2019年第20期选载
金晓磊	《一朵云可以有多美》《绍兴日报》2019年8月29日　《小小说选刊》2019年第20期选载
赵悠燕	《南向街》《山西晚报》2019年2月14日　《小小说选刊》2019年第6期选载
	《亲爱的生活》（六题）《文学港》2019年第3期
吴鲁言	《发小》《海燕》2019年第7期　《小小说选刊》2019年第20期选载
刘会然	《大卫出书》《小小说选刊》2019年第7期
赵　雨	《邻人》（五题）《湖南文学》2019年第2期
汪菊珍	《门槛》《百花园》2019年第3期
	《六坊宅》（六题）《文学港》2019年第11期
王秋珍	《沉默的鸭子》《天池小小说》2019年第11期
徐水法	《恒记肉铺》《山西文学》2019年第11期
李慧慧	《晒太阳的年轻人》《微型小说月报》2019年第9期
陈国炯	《施舍》（三题）《潮声》2019年第4期
郭金勇	《老牛握手》《山西文学》2019年第10期
王中华	《战马》《天池小小说》2019年第10期

吕　品　《金戒指的故事》《小小说月刊》2019 年第 8 期

沈海清　《破"套"》《上海故事》2019 年第 11 期

红　墨　《生死电话》《小说月报·大家版》2019 年第 7 期

谢根林　《一个很特别的人》《湖州晚报》2019 年 1 月 5 日

吴亚原　《朗月在心》《宁波日报》2019 年 9 月 10 日

王晓红　《风儿轻轻吹》《金山》2019 年第 2 期

徐豪壮　《包二的女人》《小小说大世界》2019 年第 3 期

范永海　《背手》《小小说大世界》2019 年第 5 期

车厘子　《谭师母》《微型小说选刊》2019 年第 5 期

吴贤林　《书法家》《小小说月刊》2019 年第 8 期

陈　炜　《摇篮》《小说月刊》2019 年第 4 期

范伟才　《栀子花开》《今古传奇》2019 年第 12 期

吴宝华　《潇湘竹石图》《小小说选刊》2019 年第 18 期

枝间时见子初成
——2019年浙江戏剧文学综述

严 迟

2019年，是浙江戏剧创作的大年。这一年，浙江省第十四届戏剧节隆重举行，这是继2016年浙江省第十三届戏剧节后的又一次戏剧盛会，全省有50多台新创作剧目进入角逐，最后有20台大型剧目进入决赛。与此同时，浙江省第三十届戏剧小戏小品大奖赛也成功举行，全省范围的30多个各具特色的小品小戏相继亮相，12个小戏小品获得金奖、银奖。另外，一年一度的浙江省文联、浙江省戏剧家协会举行的全省戏剧创作年会，再一次集中展示了浙江省专业和业余剧作者的整体创作作品和不凡实力。全省有70多个剧本报名参会，这是一个非常了不起的数据，可以看出浙江戏剧创作的勃勃生机。令人欣喜的是浙江戏剧编剧队伍的年轻化、知识化，他们的剧作视野开阔、思维敏锐、个性突出，假以时日，必然将给浙江戏剧创作带来全新的景象。

2019年，浙江戏剧创作有两个重大改变。其一，浙江戏剧正在加速从它最擅长的古装戏、新编历史剧题材的传统上实现向现实题材的大幅度改变。在进入第十四届戏剧节决赛阶段的20台剧目中，现代戏和近现代戏占了18台，这与历来提倡的在题材上古装戏、新编历史剧、现代戏三足鼎立的剧目选择标准有了极大的区别。事实上，这几年来，浙江省几乎所有的剧种，包括一些以继承保护为主的稀有剧种和声腔艺术团体也在努力创造条件排演现代戏,主旋律作品适逢其时,大行其道。其二,浙江戏剧正在穷尽当地地域题材的情况下向虚构型近现代题材改变。这类虚构型题材的作品,不强调以历史上的真人真事为依据,而是借近现代出现过的一个人物或者一个事件,予以重新虚构,从观赏性、娱乐性上下功夫,最典型的是那些"潜伏"型的谍战剧,以及故事性很强的情节剧,比较成功的有浙江越剧团和浙江小百花越剧团联合演出的《枫叶如花》、杭州越剧院的《黎明新娘》、宁波甬剧团的《红杜鹃》,等等。

浙江这几年成了对现代题材作品正面攻坚的主阵地,这不仅使浙江戏剧现代近现代题材的数量有了激增的可能性,也使这类作品的艺术质量的提升成为可能。参加省戏剧节选拔的现代近现代剧目中,就出现了一些有思想内涵、有历史深度、有艺术特色的好作品。这些作品,或正面描写改革开放、思想碰撞,如浙江话剧团的《青青余村》、温州越剧团的《风乍起》、浙江婺剧团的《基石》、乐清越剧团的《柳市故事》、衢州婺剧团的《江霞的婚事》等;或正面描写观念更新、社会巨变,如浙江绍剧团的《美好家园》、浙江京剧团的《生如夏花》、建德婺剧团的《紫金滩》、台州乱弹剧团的《我的大陈岛》等;或正面描写中国共产党革命先辈们为追求信仰、寻求真理而流血牺牲、前赴后继,如浙江话剧团的《雄关漫道》、金华婺剧团的《信仰的味道》、松阳高腔剧团的《箬寮风雷》;还有正面描写砥砺奋进、为国分忧的风云人物,如浙江歌舞剧院的《在希望的田野上》、宁波演艺集团的《呦呦鹿鸣》、温州瓯剧团的《兰小草》等。平心而论,以传统戏创作为强项的浙江,能够在短短几年中华丽转身,写出这么多有一定影响力的现代近现代题材作品,是一件特别值得关注的事情。

一

话剧《青青余村》以湖州市安吉县余村探索生态发展道路的真实故事为原型，讲述了一个山间乡村不同寻常的发展模式。余村在20世纪八九十年代，依靠着挖矿山、建水泥厂，生活富裕了起来，却付出了山体大面积破坏、环境污染严重的代价。2003年到2005年间，村里关停了矿山和水泥厂，开始封山育林、保护环境。2005年，时任中共浙江省委书记的习近平来到余村考察，充分肯定了村里关停矿山、水泥厂的做法，并首次提出了"绿水青山就是金山银山"的发展理念，为余村指明了绿色发展之路。从"石头经济"到"生态经济"转型，余村依托"竹海"资源优势，着力发展生态休闲旅游，开农家乐、民宿、办漂流。经过十多年不懈努力，余村从一个污染村完美蜕变成了国家4A级景区。2019年，全村实现农村经济总收入2.796亿元，农民人均收入49598元，村集体经济收入达到521万元，是远近闻名的全面小康建设示范村。这个剧目的成功有许多经验。例如作者对题材典型性、示范性、指导性以及特殊政治内涵的敏感，例如作者对题材本身具有的普遍意义和永恒意义的把握，例如作者对题材赋予的极强的可塑性和极大的合理虚构。剧本聚焦石灰窑老板吴阿桂与村支书余浩林就美丽乡村规划导致吴阿桂房屋拆迁一事的矛盾展开。这两位曾经的乡亲乡邻，在个人利益和集体公益面前针锋相对、剑拔弩张，两人关系转变的过程也是乡村变化的历程。在解决问题的过程中，他们回忆了少小的友情，回忆了吴阿桂夫妇动人的恋爱故事。剧情的高潮发生在除夕夜，村支书和村委会主任上门与女主角阿桂嫂拼酒打赌，想说服她同意拆迁，镇党委书记则专程从外地接来了女主角的父母，想打"亲情牌"，却不料老岳父也成了"反对派"……剧本的一半故事几乎围绕着喝酒展开,喝得别出心裁,妙趣横生,喝得各显各形,原形毕露。不同的价值理念伴随着喝酒相互激荡,角色人物经历了不胜酒力和赌约失败的痛苦,最终的结局却出人意料而妙笔生花,一个思想工作做不进,喝酒谁也喝不过,嘴上得理不饶人,嬉笑怒骂样样精的阿桂嫂,其实内心里有着中国农民最善良最柔软的一面,在所有人因为斗不过她而失望时,她却留给了大家同意拆迁的惊喜。情节一波三折,人物性格立体,提升了整个剧本的格局。

越剧《风乍起》以两代温州商人海外维权的故事展开,堪称戏曲版《温州一家人》。这部戏曲作品根据温州著名企业家陈伍胜先生海外维权的真实事迹作为素材改编而成,为打破美国行业巨头公司的垄断,温州智周公司两代人自主创新、呕心沥血研发技术专利,却遭到美国巨鳄恶意诉讼,总经理林雪梅与丈夫智周董事长周方平为是否迎接诉讼而激烈争执。面对新的一轮垄断性恶意诉讼,新一代温州商人如何应对?困境面前该如何选择?企业的出路在哪里?有没有希望?是生还是死?又该何去何从?剧作家李涛是浙江省著名的文学家,他以作家特有的观察生活的角度,以擅长的心理描写和场景渲染,构置了一组组扣人心弦、引人入胜的戏剧冲突,准确地刻画了新时代经济大潮中各个企业、各式人等的追求、奋进、挫折、拼搏,展示了波澜壮阔的社会变革的绚丽画卷。

现代婺剧《基石》,老革命谷峰带着刚大学毕业的孙女谷岚岚走进自己工作过的山区,将亲身经历的那段难忘岁月娓娓道来。20世纪40年代末,老区群众石根夫妇救起受伤的游击队队长谷峰,并在天寒地冻、弹尽粮绝的情况下,帮助谷峰完成重要任务。剧中的一件虎皮背心,见证了谷峰与老区群众石根一家三代人几十年血火相交、生死相托的感人故事，深刻体现了党和人民血肉相连、鱼水相依的情感，传递出人民才是奠定共和国大厦的"基石"的深刻内蕴。超长的时间跨度，以细节见长，以情感为主线，使这个剧本无论在构思立意、情节设计，还是风格确定等诸多方面，都具有与众不同的特有个性，难能可贵。

二

从《青青余村》《风乍起》《基石》，到乐清越剧团的《柳市故事》、衢州婺剧团的《江霞的婚事》、桐庐越剧团的《通达天下》等，清晰记录和正面描写了浙江改革开放的坚实脚步和不凡印迹，而绍剧《美好家园》、婺剧《紫金滩》、台州乱弹剧《我的大陈岛》等剧目，则记录了浙江在建设美好家园中的重大事件和傲人成就。《紫金滩》取材于中国自行设计制造的第一座水电站——新安江水电站的真实故事。1957年，为了解决我国社会主义建设面临的电力不足的问题，由周恩来总理亲自领导和组织的新安江水电站建设拉开帷幕。来自五湖四海的十万水电大军，住草棚，点油灯，头顶青天，脚踩荒滩，历经三年艰苦卓绝的寒暑奋战，在付出了淹没两座千年古城、几十个乡镇、几百个村庄，还有迁移三十多万居民的代价下，大坝建成，新中国建设伟业基石初定，涉及水电站建设的方方面面，合作奏响了一曲气壮山河荡气回肠的爱国之歌。剧本紧紧围绕水库居民舍家迁徙，大坝建设者战天斗地的一个个故事设计情节，来自生活，有感而发，激情饱满，感人至深。《我的大陈岛》则重新回顾了20世纪50年代人民解放、战后重建的峥嵘岁月。大陈岛位于台州近海，与一江山岛遥相呼应，是新中国最后解放的岛屿。国民党在撤走时，带走了几乎所有的随岛原住民，大陈岛一片荒芜，满目疮痍。为响应"建设伟大祖国的大陈岛"的号召,从1956年2月到1960年7月,共有5批467名垦荒队员到大陈岛志愿垦荒,在一片废墟上,垦荒队员硬是用青春和汗水,用奉献和牺牲,让荒芜的海岛重现勃勃生机。《我的大陈岛》描写的就是一群以年轻的女团支部书记叶青青为首的垦荒队员艰苦创业的故事,面对困难,抉择与考验,爱情与希望,艰苦与挑战,在这美丽的海岛上轮番上演。剧本准确地抓住中国社会主义建设最核心的内在力量作为立意,以一种精神层面的信仰、情操、坚毅、勇敢、前赴后继等作为主线,精心设计情节来展现一代垦荒人的精神面貌,写得内在饱满,激情充沛。和《我的大陈岛》内在精神相近的是京剧《生如夏花》。新中国建立之初,为了迅速摸清我国西部地区地质矿藏的家底,尽快找到紧缺的石油等战略物资,国家在一穷二白的艰难条件下,集中力量组建了一支西北地质勘探大队,而其中的一支女子勘探队格外引人注目,队员大多是来自华中、华东等城市的知识青年,风华正茂,青春烂漫,誓以自己的双脚丈量祖国的万里河山。1954年,年轻的共和国正澎湃着英雄主义、理想主义的热潮,那一年的7月正是激情燃烧的夏日,柴达木盆地迎来了这支女子勘探队。勘探队一共8人,平均年龄22岁,正如花儿一般灿烂。她们一路高歌进入盆地深处的无人区——雅丹魔鬼城,并首次发现了储量巨大的石油区。而就在此刻,一场前所未有的沙尘暴突然来袭,8名女子勘探队员在无道路、无水源、无植被、平均海拔3000多米的茫茫戈壁上,迷失了方向,陷入了绝境。在此危难之际,全体队员只有一个心愿,誓以生命保护好石油勘探资料,并以超乎想象的勇气和毅力,积极开展自救,顽强求生。与此同时,各级党委政府以及解放军驻军部队,投入大量人力物力,在出事区域,开展拉网式搜救,自7月7日失事起,至7月下旬,历时半个多月,搜救终告失败。8名女子勘探队员,在柴达木伟大的石油勘探事业中,牢记责任,不辱使命,生如夏花之绚烂,死如秋叶之静美,用自己为国奉献的年轻生命证明了她们追求的强国梦!这是一个洋溢着浓烈爱国主义、英雄主义、集体主义的题材,也是一个令人痛惜的悲剧题材。剧本用了大量的反衬手法,以壮丽描写荒凉,用乐观代替悲苦。大漠孤烟直,长河落日圆,剧中用浪漫的情景交融的大色调,展示了这群姑娘绝境求生的顽强不屈,作者自始至终给予笔下本身悲剧式的人物以崇高的底色,使这个悲剧群体的牺牲具有了信仰、理想的力量以及人道、人性、人格的柔美,感人至深,余韵悠长。绍剧《美好家园》是一部充满着城市烟火味的写实风格的轻喜剧。城市建设突飞猛进的绍兴将进入地铁时代。为建造地铁,绍兴老台门沈水发的小吃店面临拆迁。小店内有个工作了17年的女佣工梅玉婷,她不但把小店经营得红红火火,还抚养了沈水发的女儿沈柳烟。时光流逝,沈水发对勤劳善良且端庄清雅的梅玉婷产生了感情,几次提出婚事,却遭梅玉婷拒绝。拆迁决定了梅玉婷的留与走,沈水发想趁这个机会,恳求梅玉婷答应婚事。为了把城市建设成山清水秀的大花园,沈水发女儿沈柳烟的印染厂被要求限期整改。沈柳烟想拿父亲小店拆迁的赔偿款作为她工厂转型升级的启动资金。是留住梅玉婷另开小店,还是用赔偿款支持女儿印染厂转型升级,沈水发一筹莫展,而梅玉婷仍不答应结婚。沈水发在挽留梅玉婷的过程中,发现了天大的秘密……剧本以话剧式写实主义的手法来结构情节,一方面将读者和观众耳熟能详的绍兴元素巧妙地融合在了一个个有看点的情节里,剧中的每一个细节都是绍兴的,都是我们眼前能看到的,耳朵能听到的,比如支付宝、拆迁、地铁2号线、印染企业转型升级、最多跑一次等;另一方面,剧本注重的是邻舍隔壁家长里短式人物情感的养成、叩击、间离、陶冶和碰撞,造成心与心的喜剧式冲突,剧本妙趣横生，人物栩栩如生，娓娓道来，亲切自然，别具一格。

三

话剧《雄关漫道》、婺剧《信仰的味道》、松阳高腔《箬寮风雷》这三个近现代戏剧，是对为了新中国追求真理而不惜牺牲的革命前辈们的一次致敬。《雄关漫道》以当代人的视角和当代人的戏剧方式，浓缩了中国红军"湘江—遵义"这一段长征中极为独特与严峻的历史，展述了以毛泽东、周恩来等一大批红军先驱在遭遇湘江惨败、强敌围追堵截的境况下，先面临"路在何方"的迷惘、困惑、焦灼、痛苦，而后在血海尸山中爬起，坚定住信仰、真理和人民的力量，一往无前，最终走向中国共产党和中国革命事业的伟大转折。不同于传统的话剧体式，该剧打破了惯常的台词对话式结构，采用了叙述体形式。演员们从典型的叙事模式中解脱出来，或介绍自己，或叙述事件，或发表意见，处处有话说，言必由衷，言必及中。可以说，观众观看的不仅仅是戏剧，更是从对戏本身的观看走向了思辨的深层。《信仰的味道》紧紧围绕陈望道翻译、传播、实践《共产党宣言》的传奇故事，呈现了"一个人翻译了一本书，一本书武装了一群人，一群人改变了中国的命运"的主题。五四运动爆发后，留学国外的陈望道返回祖国，任教于杭州浙江第一师范学校，与进步师生一起积极投身于五四新文化运动，却被革职查办。回到家乡，他反对旧礼乡俗，摒弃包办婚姻，勇敢打破那吃人的乡规民约，寻求和主张人间正义。而在众多的外来文化中，他选择了翻译《共产党宣言》，使得马克思主义有了有力的传播载体，率先按下了《共产党宣言》与百年中国命运紧密联系的按钮。《箬寮风雷》演绎了陈凤生、陈丹山、卢子敬等松阳籍革命先驱在安岱后等浙西南革命根据地率领农军,在腥风血雨、硝烟弥漫中,弥天烽火举红旗、矢志不渝跟党走的坚定信仰和甘洒热血救中华的英雄气概,用鲜血和生命谱写了浙西南大地上可歌可泣、恢宏壮丽的革命史诗,充分展示了"忠诚使命、求是挺进、植根人民"的浙西南革命精神。这三个剧本题材不同,创作手法不同,语言风格不同,但其中有着很多的统一点,例如三个剧本都有着一条红线,即共产主义信仰,推翻反动统治,代表人民大众浴血奋斗;三个剧本不约而同选择了早期中国革命的历史阶段,人物和故事带有启蒙状态,是现代"知行合一"理念的实践,有利于开展和叙述故事;再例如三个剧本真实再现了当年风雨如磐的典型环境,各种创作手段造势而形成的环境的真实,使剧本的内涵有了呼应和载体,也使剧本更加具有真实性,从而使观者如临其境,体验真切;另外,这三个剧本都用了悲剧正写的手法,减弱悲情,放大悲壮,以危为机,以苦为乐,用以突出主要人物的高尚情操和精神品格,等等。在这些方面,三个剧本都取得了不俗的成绩。

四

在近现代题材中,歌剧《在希望的田野上》、瓯剧《兰小草》、宁波演艺集团的音乐剧《呦呦鹿鸣》、浙江歌舞剧院的《青春之歌》等也各有出色的表现,尤其是舞台艺术相对吃重、技术难度高、演出容量大、场面恢宏的歌剧和音乐剧,在这几年的浙江有了长足的进步,无论是《呦呦鹿鸣》还是《青春之歌》《在希望的田野上》,以及宁波演艺集团的舞剧《花木兰》,都实现了"一剧一台阶,一剧一荣誉"的目标,不仅在浙江,甚至在全国都有一席之地,获得了歌舞音乐界的高度评价,非常不易。《在希望的田野上》讲述了人民音乐家施光南为人民书写创作的一生。他的音乐作品除了具有强烈的时代感,还具有朗朗上口、容易传播、风格多样、地域特色鲜明等艺术特点,具有情感浓烈、旋律欢快、节奏鲜明的理想主义艺术风格,可惜他49岁时英年早逝,即使如此,他的作品成就和作品高度,仍然是一座令人仰视的高峰。这样一个传奇人物,他的内心如此充沛的情感,如此多维的音乐积累,到底从何而来?他能够与他人不同,排除种种干扰,留下不世作品的动力又来自何处?他面对家庭,面对爱情,面对祖国,面对事业,究竟交出了怎样的一份答案?所有这些,《在希望的田野上》通过完美的人物塑造、强烈的情感渲染、熟悉的音乐旋律以及大布局大制作的震撼给出了动人难忘的回答。《兰小草》也是以人物原型为模本的一次创作。生活中的温州确实有这么一个传说中的人,从2002年开始就以"兰小草"的名义连续15年向社会捐助善款,做好事不留名的事迹家喻户晓,并带动"兰小草"爱心宣传日、"兰小草"爱心驿站、"兰小草"志愿者服务队等先后设立,直到默默坚守公益梦想的乡村医生王珏因病去世,"兰小草"的真实身份才为世人知晓,并被列入"感动中国2017年度人物"。正因为取材于真人真事,所以创作虚构的空间有限,剧本在精心设计各人物前史以及准确的人物关系的基础上,强化了多侧面、立体化的矛盾冲突,剧情铺垫自然,一波三折,因而蓄势饱满,张力十足,故事有四两拨千斤的巧功,编剧很是老到,对这一类题材的创作有很好的借鉴作用。

五

为适应现代审美观念的变化,增强戏剧特别是近现代作品自身的竞争力,近现代题材的创作,这几年越来越打开门户,向包括影视艺术在内的各艺术门类旁征博引,学习借鉴。浙江省第十四届戏剧节出现的《枫叶如花》《黎明新娘》以及宁波的甬剧《红杜鹃》等几个剧目,我认为在结构、叙述、卖点布局等方面,有与影视剧创作相通的地方,取他人之长,补自己之短,从长远来看,这应该是一个带方向性的变化,是一种有益的尝试。

《枫叶如花》是一部谍战题材的戏剧,号称越剧版的《潜伏》。华枫的原型朱枫,1905年出生在浙江镇海的一个富裕家庭。1949年,就在新中国成立的前夕,她完成了上级的任务,正准备由香港回上海与家人团聚,却突然接到中共华东局指令:赴台湾与紧急启用的中共地下特工"密使一号"——国民党"国防部"参谋次长吴石中将接头,传达重要情报。1950年,因叛徒出卖,朱枫不幸被捕。面对敌人的酷刑拷打和威逼利诱,她始终坚贞不屈,最终于1950年6月在台北马场町刑场被杀害,终年45岁。《黎明新娘》则反映了一段紧张惊险的地下斗争。剧本以著名爱国人士茅丽瑛为原型,在茅丽瑛逝世80周年之际,为纪念这位著名的孤岛抗战女杰而创作。茅丽瑛作为共产党员,在上海孤岛时期,曾多次组织劝募寒衣、筹措资金等活动援助抗战,1939年惨遭特务杀害,年仅29岁。该剧讲述了秦凤英为了完成组织交代的为新四军筹备冬衣的任务,举办义卖,向社会筹款,因此被特务盯上,送款当日是她的婚期,特务头子杜金光发现款项去向后,秦凤英毅然英勇就义,与爱人元乔从此诀别。《红杜鹃》讲述了新中国成立前夕,国民党上将副司令兼东海某城警备司令曾远正在家中为外孙女庆祝周岁生日,国民党军统特派员为了抓捕一名地下党员下令包围曾府,要曾远在12小时内交出躲藏在府中的地下党员。一家人被困家中,每个人怀揣各自的秘密,一场巨大的危机一触即发。看得出,这三个剧本在题材选择上、故事结构上、细节设计上,甚至语言表达上都有异曲同工之妙:都是国共斗争,都是女地下党员,都是以死保密,都是为党"潜伏",

都是重任在肩，都是家有大爱，等等。剧本都选择了一件重大事件来展开故事。相对来讲，这种结构，戏核集中而有张力，容易制造戏剧动势，非常接近潜伏类影视剧的创作路子，也具有了更加灵活的虚构余地，具有了更加强烈的戏剧冲突。从完全真人真事的框架中拉开距离，保持一种旁观和俯视的清醒，我以为将是一般地域题材尤其是主旋律题材增强观赏性艺术性，改变这一类题材普遍容易陷入的刻板、说教、干涩、概念化的必由之路。

六

在现代题材的创作方面，小戏小品向来作为一支反应快、形式简易、战斗力强的轻骑兵，冲在祖国建设和社会变革的最前沿，为人民大众带去欢乐、感动和祥和。浙江的小戏小品创作，随着浙江文化大省、文化强省战略的推进而得到了长足的发展。至今已经举办30届的小戏小品大奖赛，涌现出了一大批人民群众喜闻乐见的好作品，有的作品还登上了央视春晚的舞台，浙江成为名副其实的小戏小品大省。2019年举办的第三十届小戏小品大奖赛，有16个作品进入决赛，12个作品获得金奖和银奖，其中有：母亲操劳的手在女儿的眼里是最美的——反映母爱的《手心》（於佳编剧）；50年前后不同人物追债与躲债之间的区别——反映诚信的《雨过天晴》（陈国明、严旻操编剧）；19岁牺牲的新四军战士和2019年在伍军人的对话——用朗诵形式表现两代军人传承的《我的四明山》（胡勇编剧）；两个中层国企干部抢着拍马屁弄巧成拙推诿给临时工——批评临时工"背锅"现象的讽刺小品《一蚊不值》（蔡海滨、万玲编剧）；误读字条的父亲采用一贯的粗暴方式行使家长权利得到教训——讲述家庭教育问题的《叫家长》（顾颖编剧）；父亲们在孩子的教育问题上有着相同的烦恼——试看"父愁者"们如何走出困境的《父愁者联盟》(黄凯伟、叶翼鹏编剧);老奶奶爱心早餐摊引来心态各异的承包人——提倡做人做事要有好的动机的《阿婆的早餐店》(吴月姣编剧);70岁阿婆在继承蚕猫工艺时重逢年轻时的恋人——反映对过去纯真的回归呼唤的《蚕猫》(李斌编剧);女人怂恿,男人斗狠,心里有垃圾,恶果难逃——显示每个人心里需要阳光的《你是什么垃圾》(余德江编剧);根据北仑林晓亚、洞头兰小草真人真事改编的《听见美丽》(黄平、郑琳编剧)、《生命的奇迹》(蔡海滨、王子震编剧),等等。另外还有:反映反侵权主题的《窗外不只明月光》(杨佳佳编剧);老人互帮成为恋人的《门外汉》(杨惠芳等编剧);鞭挞以貌取人陋习的《另一只鞋》(金丽娜编剧);批评戴有色眼镜看人导致真假颠倒的《吉他声声》(舒恒兴、罗超琪编剧),以及描写65岁老人上大学,活到老学到老的《睡在我下铺的兄弟》等。这些作品,绝大多数只有短短十几分钟的篇幅,但内涵却非常厚实,每个作品表现的往往是一个大课题。在树立人物形象方面,小戏小品更是别有一功。其一,人物色调分明,每个人有不同于第二人的个性语言和个性特征;其二,人物进展快,几句话进入正题,几分钟交代清楚,再几分钟进入反转、高潮,快节奏带来人物色彩的丰富多变;其三,小戏小品人物夸张,表演诙谐,语不惊人死不休,事非有趣不入戏,可看性特别强。因此,小戏小品在戏剧大环境遇到困难的情况下,不仅没有随着产生危机,在一定程度上反而越来越得到观众的青睐,这无疑是一个值得肯定的好现象。

七

2019年,浙江的传统戏、新编历史剧等古装剧相对数量较少，进入戏剧节的有著名剧作家郑朝阳编剧、绍兴小百花越剧团演出的越剧《苏秦》（又名《寒门摘印》），还有一个是宁波演艺集团的舞剧《花木兰》。《苏秦》是老戏新编，原来已有几十个苏秦悬梁刺股挂六国相印题材的戏曲版本，主题、情节大同小异，大抵都是批评人情凉薄，主张个人奋斗的。趋炎附势的不仅仅是路人，还有自己至亲至爱的亲人。主人翁苏秦前半场落魄，后半场发达。一旦苏秦六国封相得意扬扬衣锦还乡，以前对他冷眼相对不屑一顾的那些亲人，一个个前倨后恭，在权势面前成为名副其实的变色龙。编剧的高明之处在于，敢于对这一素材进行重新梳理，尝试着将原本讽刺性质的世态炎凉的主题进行大胆调整：当苏秦衣锦还乡时，那些曾经耻笑他，侮辱他，赶其出门，断其衣食的势利小人，羞惭不敢相见，惶惶不可终日，出乎意料的是，苏秦不计前嫌，不但将满面春风留给每个人，而且还诚恳地感谢，感谢他们的成全之德，一家人悲欣交集。伟大的宽恕，光明的尾巴，理想主义的人设，成了这个剧本推陈出新的注解。

除了戏剧节参演剧目，浙江还有一些古装戏由于种种原因没有进入评奖演出，其中东阳婺剧团的《东阳马生》、宁海平调剧团的《葛洪》等，都具有较好的基础，有望通过不断的加工提高，打出自己的影响。《东阳马生》根据明初著名文学家宋濂的名篇《送东阳马生序》演绎成戏：东阳马生——马君则在少年求学期间，和同窗好友陈英义结金兰。后来，二人都考中了进士，陈英仕途顺利，做了开封知府，马君则担任开封府知事，给陈英当副手，兄弟同心，其利断金，陈英的妹妹也对马君则芳心暗许。不想上任三个月后，马君则意外发现了陈英贪赃枉法的秘密。他诚恳规劝拜弟，陈英不听，毁灭证据，追杀知情者，最后设局举行晚宴，意图用毒酒谋害马君则。马君则面临生死大劫，在拜弟的自我堕落面前，金兰之义、爱慕之情、是非之争、正邪之战、前途之利、生死之搏，演绎成催人泪下的传奇悲喜剧。剧本脱离了概念叙述生硬拔高的弊病，设置层层悬念，用封闭式、半封闭式结构，制造出强烈的戏剧效果，人物性格步步展开，峰峦迭起，引人入胜。《葛洪》讲述了东晋时期宁海当地疟疾频发，葛洪与妻子鲍姑不计个人安危，以百姓利益为重，与奸商斗争，发现青蒿汁并作为有效药物使用，最终击退瘟疫的故事。葛洪是东晋时期著名道教学者、医药学家，其所著的《肘后备急方》被誉为我国第一部"急救手册"，其中包含对青蒿疗效的记载。2015年获得诺贝尔医学奖的药学家屠呦呦在发表获奖感言时提到，她正是从该记载中获得灵感和启发。这个剧目除了葛洪本身半仙半道的传奇吸引观众，神秘青蒿引人眼球以外，题材聚焦的救死扶伤所蕴含所表现出的深刻的社会属性、人文因素、逆天精神以及仁术力量，更是一次次叩击人们心灵的金锤子，呼唤人性之善，良知之美，产生出不同凡响的艺术效果。

五月榴花照眼明，枝间时见子初成，2019年的浙江戏剧，留给人们满眼的青翠和芬芳。而现代戏、近现代作品创作蔚然成风，无疑给满目繁华的浙江戏剧添上新的色彩，从枝间时见子初成到枝间多见子已成，或许只是一步之遥，我们抱以殷切的期待。

2019年浙江戏剧创作要目

郑朝阳　《苏秦》
周　慧　《生如夏花》

喻荣军 《在希望的田野上》
李　涛 《风乍起》
陈国峰 《青青余村》
李宝群　王　宏　肖　力 《雄关漫道》
张思聪　李　涛 《兰小草》
莫　霞 《黎明新娘》
陈涌泉 《我的大陈岛》
邵建伟 《箬寮风雷》
韩剑光 《信仰的味道》
黄先钢 《紫金滩》
陈伟龙　夏　强 《美好家园》
姜朝皋 《基石》
王　宏 《枫叶如花》
杨东标　孙仰芳 《葛洪》
陈国峰 《东阳马生》
王道诚　马　敏 《红杜鹃》

犹有花枝俏
——2019年浙江影视文学札记

|张子帆|

2019年的中国影视产业的境况犹如过山车,有起有落,有热有寒,有喜有忧。

2019年中国电影产业链末端的票房表现抢眼,全年累计票房超过了2018年,全产业链都在朝着更加理性的方向发展。对于2019年的中国电影、电视剧以及网络剧,可以参考《中国文艺报》(2019年12月28日)给出的评价。电影方面:口碑与票房双赢,主旋律和类型片双丰收。《哪吒之魔童降世》《流浪地球》《我和我的祖国》《中国机长》《疯狂的外星人》《飞驰人生》《烈火英雄》《少年的你》等八部中国影片名列年度票房前十,消费市场表现出尊崇制作质量、回归艺术本体的发展趋势,而其中,《我和我的祖国》《中国机长》《烈火英雄》等影片都是优秀的主旋律献礼片。《哪吒之魔童降世》《流浪地球》《疯狂的外星人》《飞驰人生》《少年的你》等影片则体现了中国类型影片的日益成熟和工业水平的不断提升。电视剧方面:现实主义创作精品迭出,守正创新多题材开花。其中有宏大革命叙事的《伟大的转折》《外交风云》《特赦1959》《谍战深海之惊蛰》《河山》《光荣时代》等,也有情感叙事直击人心的《都挺好》《小欢喜》《老酒馆》《带着爸爸去留学》等,还有献礼新中国建设征程的《在远方》《激情的岁月》《奔腾的年代》《乔安你好》等,更有以《破冰行动》《长安十二时辰》《庆余年》《陈情令》为代表的网络剧精品。对 2019 年影视产业的总体评价是：减量提质，佳作不断。

"减量"二字道出的是 2019 年中国影视产业的另一面。由于政策严控，平台调整，资金退潮，不啻是影视制作业的一场"地震"，与前一年相比，这场"地震"在 2019 年终于传导到影视实体，数以千计的影视公司关停，无戏可拍几乎是整个影视圈 2019 年面临的状况。在此情形之下，许多制作公司收缩投产规模，项目报备数下滑，开机率锐减，同时更加注重规避投资的风险，注重项目的选择，精选剧本，许多项目暂时封存，且做观望，再做打算，制作生产环境一时肃杀萧条。很多浙江编剧也一样在观望等待，判断抉择自己未来的选题和创作方向，还有一些浙江编剧的作品被"密钥"锁在合作公司手中，如蒋胜男的电视连续剧剧本《燕云台》，沈乐静的电视连续剧剧本《输赢》，因而在 2019 年年末，能够读到的完成投拍发行放映或发表的浙江影视文学作品，在笔者看来，就犹如寒风冰雪中的梅花，尤为可贵。

2019 年是中华人民共和国成立 70 周年，为此征集相关主题的影视作品也是各大媒体策划组稿的题中之义。《中国作家》杂志"庆祝中华人民共和国成立 70 周年暨'英雄儿女'杯电影剧本征文作品"就收入我省作家柴红兵创作的电影剧本《生死堵口》以及张国云创作的电影剧本《特科英雄》。

电影剧本《生死堵口》是以 1998 年夏季长江抗洪斗争的真实事件为蓝本进行创作的，以灾难片的类型样式以及报告文学的纪实风格，全景式地将这一罕见的特大自然灾害的抗争救援壮举呈现在银幕上。应该说，这样的抗灾斗争和方式展现的是具有中国特色社会主义的社会力量，尤其是人民军队的力量，他们的英勇无畏甚至牺牲，都令全世界刮目相看，尊重致敬。这是中国共产党领导下的人民军队一往无前、敢于斗争、敢于胜利的精神在和平时期的宏大展现,无愧于"铁军"的称誉和荣耀。剧本《生死堵口》也是基于这样的事实进行的一次宏大叙事,人民军队是这次抗洪斗争的绝对主角。在叙事上,作品可谓大处泼墨挥洒,小处细笔勾勒,"大处"控制了整个作品的结构与节奏,以灾难片的样式将即将到来的危险和灾害逐渐累积、层层推进,不断展示灾情等级的提升、堵口难度的提升,增加了影片情节的悬念、焦虑与紧迫感,这是灾难片样式所需要的,也是影片内容所需要的,因为"洪灾"已然成为影片最大的矛盾冲突方,是人与大自然的剧烈冲突;而"小处"则在于通过捕捉催人泪下的细节、塑造生动鲜活的英雄人物,来彰显作品的主题。这是一部主旋律影片应有的功能和担当。应该说,1998年的抗洪救灾本身就是一曲可歌可泣、感人肺腑的凯歌,但在字里行间,仍可以看出作者笔下涌动的创作激情。

电影剧本《特科英雄》的主人公卢志英是我党早期第一批特工人员,也是一位有着传奇色彩的特工。剧本以讲述人讲述的方式,以线性的结构,记述了我党派遣的第一批特工卢志英跨越三个革命时期(土地革命时期、抗战时期、解放战争时期)出生入死、出神入化,最终因叛徒出卖被捕而壮烈牺牲的特工生涯。卢志英是我党一位有着传奇色彩的优秀特工,他心怀信仰,对党忠诚,根据党组织的需要和安排,不断改换身份,乔装打扮,以不同的形象在不同的战线上为党工作,可以说能文能武,足智多谋,既可以胜任运筹帷幄、指挥若定的军事指挥员,也可以担任秘密工作的情报专家,唯有心中的初心不变,对组织的表态永远是"我一定完成任务"。从剧本可以看出,主人公参加革命斗争经历之漫长,斗争领域和方式之丰富,个人生活之变幻坎坷,这样的IP可以演绎成为像电视剧《悬崖》那样以主人公最终牺牲悲剧结尾的电视连续剧。这是无数中国共产党人为新中国的建立生死奉献的缩影,也可以看出,编剧基本上是忠实于原型的历史事迹编写的。也正因为如此,从编剧艺术的角度而言,作品囿于史实罗列铺陈,情节对话设计略显粗疏简约,尚有很大的提升空间,若有更加戏剧性的精细的艺术处理,作品会更加完满。

同样歌颂中国共产党员为民族解放而抗争牺牲的还有电视连续剧《谍战深海之惊蛰》。这是海飞的又一部以抗日战争为背景的谍战类型的电视剧(前一部是《麻雀》)。可以说,《谍战深海之惊蛰》是2019年度中国屏幕上不多见的观赏性较强的抗日题材剧作,也是中国共产党在完成自己历史使命的征程中的一段腥风血雨的过往。在笔者看来,在此剧中,海飞有自己的探索和突破,其关键就在于主人公形象塑造上,海飞给予了他一段成长史,而不是一个事先设定固化了的形象。在这段成长史中,在主人公的身上,作者道出了中国历史发展的必然,中国共产党夺取最终胜利的必然。一如既往,海飞创作的此类作品都有浓郁强烈的故事性和传奇色彩。《谍战深海之惊蛰》讲述在抗战时期,混迹上海街头小巷的小混混陈山,他天赋异禀,因为与某军统特务长相极为相似,在妹妹被扣为人质的情况下,被迫成为日本间谍,打入国民党军统特务系统,从此进入一段疑窦丛生、险象连连的命运之中,进而成为双面间谍。因为良知未泯,也因为亲眼见证,陈山被身边的中共地下工作者的所作所为感召,逐渐变化成长,树立起自己的信仰,坚决地选择了中国共产党,跻身共产主义阵营,成为一名真正的革命战士,为信仰出生入死。由于故事情节的铺陈演绎,主人公的选择令人信服,主人公以及身边中共地下党员的行为动作,契合了作品主题宣示的:唯祖国与信仰不可辜负。诚如有关评论所言:该剧将谍战传奇与生活气息融合在一起,营造出一种既陌生又熟悉的环境氛围,剧情反转曲折,人物关系扑朔迷离，始终保持着饱满的张力（参见浙江文艺评论家协会《2019浙产舞台艺术、影视、网络文艺作品哪家强？专家带你盘一盘》）。笔者注意到，《谍战深海之惊蛰》的人物关系承接了部分《麻雀》中的人物和相关情节，这种将笔下人物联网成片的谱系化做法，可以看出海飞创作的一种雄心和规划。

电影《一路百花开》几经打磨修改，终于在2019年拍摄制作完成。"几经打磨修改"是在意料之中的，因为这部以浙江"越剧小百花"选拔培育成长为背景的影片显然有着现实故事的依据，这就是浙江越剧在改革开放初期大胆创新的重振之举：选拔培养年轻一代越剧演员尖子，形成轰动一时的"越剧小百花"现象，并涌现了以茅威涛为首的"五朵金花"，在舞台上演绎了《五女拜寿》等经典剧目，是浙江本土的IP。越剧作为浙江地方剧种，饱含浓郁的浙江地域文化，包括文化景观、文化气质以及文化性格，是浙江影视编剧不应回避和忽视的领域。所以说，在题材选择上，《一路百花开》是先人一步的；但同时因为题材涉及戏曲专业以及行业的特殊性，其策划伊始就面临巨大的挑战。戏曲作为中国文化艺术的一大门类和行业，一直有着自己独有的文化特色和行业传承。现实中演员自身的人生以及在舞台上所演绎的人生永远在互动穿越，"做人"和"演戏"永远是这个行业的挑战问答，也一直是这个行业的一个利益权衡，是这个行业的一个恒久的话题。1965年，著名导演谢晋曾经就此拍摄过影片《舞台姐妹》（2006年又被翻拍成同名电视连续剧）诠释此中的关系，其主题就是"认认真真唱戏，清清白白做人"。虽说《一路百花开》属于青春校园剧，但这个主题仍然具有现实的意义和挑战的价值，它所含的矛盾冲突仍在新时代的故事中延续，名利场的诱惑与自身专业的坚守，仍旧是戏曲演员在新时期面临的一对矛盾与抉择。故事的叙述充满青春浪漫的气息，节奏流畅明快，内容突出了艺术学院教学生活的特殊性，代际传承的前尘往事增加了故事的厚度，当年"小百花"的事迹已经成为典故出现在作品中，显然，剧本对故事中校园内情感关系的演绎做了抑制和弱化，这是明智的，也显得更为含蓄和真实。但文蝶、王小明以及刘行长之间的关系显然是梁祝故事的现实版，从中也可以看出经典剧目中情感关系构架的经典性。剧本在故事时间上做了后移，让代表着中国新时期越剧艺术发展新坐标的茅威涛真人出演，不仅宣示着作品对戏曲艺术魅力包括明星文化的追求和崇敬，更是表达对传统经典文化的传承守望以及创新延续的理想。可以说，"几经打磨修改"后的《一路百花开》在内容上，不仅没有躲避既有的矛盾冲突和挑战，又有着在新时期环境下的新的突围与探索。

电影剧本《真的好想你》看名字是一部流行言情剧，却有着相当沉重的情节内容。故事主题是反贪腐，以简约的情节线条刻画出一个胸怀大志、才华出众的年轻干部如何在一路升迁过程中逐渐偏离轨道，表现了两代基层领导干部的为官之道，涉及中国共产党干部梯队建设，表达出作者深深的担忧，题材意义不可谓不大。故事主人公之一、老一辈干部显然以浙江义乌小商品市场的开辟建设发展的决策者、促进者为原型，有着现实生活的影子，作品表达了对改革开放初期有胆魄、有担当、有远见、为官清廉的干部的赞扬。同时也对社会转型期人们思想观念转变带来行为的转变，尤其是对一些年轻干部的"三观"蜕变现象以及求官之道进行了揭示和鞭挞。故事主人公之一，年轻的干部采用不正常、不正确的行为手段为自己的官职晋升搭桥铺路，他的所作所为有很强的现实的"代入感"。故事带有较为鲜明的时代与地方特色。两代干部前后有承接续替的关系，也有前后任之间的教育培养，但年轻干部却被异化的思想理念控制左右了自己的执政决策和行为。在剧中，两代人之间渐行渐远，剧情最终的结果是可以预见的。但是，该剧的情节相对简单，老书记与年轻干部之间的交集较少，看不出两人（其实也是两代干部）之间实际的观念冲突与交锋，让作品应有的张力有所减弱。"真的好想你"是一首流行歌曲中的一句歌词，在剧中却是一个蜕化变质的年轻干部内心深深的忏悔之意，后悔当初不听前辈的谆谆教诲，因为曾经的并肩，因为而今身陷囹圄的阻隔，因为未能挽回的惨痛教训，真的好想念当年。作品表现了一个创作者的社会责任和情感愿望。

戏曲影视剧作为视频艺术的一个类别，浙江有其优势，因为作为戏曲大省，浙江拥有大量的戏曲题材以及既成作品，也有一定的消费市场。事实上，对这个领域的实践与理论研究从20世纪60年代至今一直在探索和发展中，但相对于商业性的影视剧产品而言，戏曲影视作品一直处于边缘地位，所以对仍在坚持戏曲影视剧生产制作的从业人员来说，用"守望"一词可能较为准确。就笔者所知，近年来浙江尚有一些影视工作者在延续拓展这项艺术，比如编导钱勇、熊颖莉等。2019年，笔者就读到熊颖莉编剧的戏曲电影剧本《钗头凤》。

仅看名字，就可大致知道电影剧本《钗头凤》讲述的是陆游与唐琬的爱情悲剧，这也是戏曲舞台上的经典题材。经典故事，经典人物，经过从史实到文学作品，再到舞台剧目的不断提炼、塑造、传播，已经基本成型并被认可，再要从中发掘出更多内容，是有难度的，不啻一种挑战。作者着力塑造了酿成这段爱情悲剧的关键人物——集"姑母"与"婆婆"于一身的陆夫人强悍霸道的形象，她对儿子功名成就（恰恰陆游科举落第）、子嗣传宗的要求成为悲剧发生（具体而言就是休妻）的导火索，而她轻信僧人的言辞成为悲剧的催化剂，造成了一朝分别、八年离索的爱情悲剧。陆游在母亲面前的懦弱被极度放大，与之后"莫莫莫""错错错"的泣血悔恨形成呼应，但与剧中表现陆游渴望金戈铁马、精忠报国的抱负和情怀有所落差。剧本着墨于"分离"与"重逢"，把这一段旷世情缘演绎得一波三折、一唱三叹，充分发挥了传统戏曲在"咏叹"方面的优势。舞台剧与影视剧相比，前者叙事空间受限而集中，多由台词和唱词间接呈现，而后者则更为宽松和自由灵活。目前MV等视频创作生产消费的经验，给了创作者极为丰富的实践可能性，让舞台剧移植为视频作品时有了更大的想象构思的空间和途径。在该剧"咏叹"部分，可以发现，作者做了努力和尝试，铺陈更多的细节，让戏曲内容在影视的语言体系中的表达更加游刃有余。

作为一位导演，陆建光数年来一直坚持自己编剧，实属难能可贵。他一直致力于自己的创作领域即儿童题材的创作耕耘，近年来，又极力将儿童题材的故事与当地的自然人文风光以及"非遗"项目做融合。2019年，他完成了两部相关内容的电影：《画乡萤火虫》和《夏至廊桥》。

《画乡萤火虫》讲述了一对年轻人在楠溪江畔开办民宿的创业故事，展现了现实与情怀、生存与理想之间的矛盾与冲突，彰显了主人公脚踏实地勤劳务实的精神，风格较为清新，属于爱情故事类型。主要的情节以及反转在于女主人公因病失忆并在后悔的男主人公启发引导下逐渐恢复记忆的过程，类似美国影片《鸳梦重温》（1942），歌颂了人性的美好、爱情的美好、小镇生活的美好。作品把楠溪江畔古堰画乡的自然风景、民俗风情、传统美食以及文创产品等包容在故事中，尤其是在主人公旧地重游恢复记忆的过程中将其一一展现，可以看出作者为获得当地有关部门支持的良苦用心。

将一部影片的故事内容与拍摄地点的各种资源做充分的结

合，是陆建光剧本构思的一个显著特点。这种创作方式的原因是显而易见的，也是可以理解的，因为可能是一种双赢的模式：制片方获得当地的支持和资助，而影片有可能成为地方宣传的一张名片。这样的影片因为这样的原因就被赋予了一个功能：介绍、宣传当地资源。要做到恰如其分、浑然天成是不容易的，弄不好就会变得"掉书袋"而受人诟病。在笔者看来，《画乡萤火虫》有这样的现象，而在《夏至廊桥》中则更为明显。

《夏至廊桥》讲述的是一个城里孩子佳懿在老家泰顺爷爷家度过一个不寻常的暑假的故事，关键词还是融入和认同。城里的孩子来到家乡（往往是乡村），如何融入以及融洽，自觉成为当地环境中的一分子，这样的故事近年来不断有人讲述，比如近期浙江出品的影片《地瓜味的冰激凌》，就讲述来自台湾的孩子如何在大陆外婆家度过一个暑假的经历，讲述的是两岸孩子的交流，也是一个有关成长的主题。《夏至廊桥》也和这样的故事一样，采用层层递进的线性叙事方式，经过情节和细节的不断积累而达到转折的高潮点。其中，物质文化的差异是一个很重要的冲突起因，但这却是表象，孩子内在的善良纯真才是彼此融洽的催化剂。除了展示泰顺当地的百家宴、药发木偶、禳神节等文化风俗外，《夏至廊桥》的小主人公佳懿和爷爷以及虎子的关系是围绕着泰顺当地的古廊桥展开的。这个夏天的夏至，佳懿目睹了爷爷和乡亲们如何为保护廊桥与洪水做殊死的拼搏。爷爷是古廊桥的守护人，假期中，佳懿在爷爷的指导和影响下，不仅逐渐学会独立料理生活，还和爷爷一起走访了周边的各式廊桥。但爷爷对廊桥知识的介绍屡屡与故事情景格格不入，显得生硬突兀，话语缺乏对象感，那些知识超越了孩童的认知理解限度，即使是成年人也较难理解。

浙江的影视剧编剧队伍近年来一直在发展壮大，陆续有新鲜力量加入浙江影视剧编剧的阵营，这和浙江影视生产发展环境和态势相符合。除之前浙江传媒学院的老师高华和陈咏之外，今年又读到入行近十年的编剧钱晶晶的作品。钱晶晶以前的作品有《偏偏喜欢你》《放弃我，抓紧我》等。最近看到的作品是2018年热播的电视连续剧《一千零一夜》。

该剧显然是一部青春时尚偶像剧，带有轻喜剧的风格，讲述当下年轻人的职场历练和情感世界，是一个关于青春梦想的故事，带有《灰姑娘》《睡美人》等童话故事的内核和桥段，叙事和人物塑造显得夸张，人设也相对单纯单一，但近似二次元的动漫风格是表象，青春励志是内核，编剧通过一个道具——共振波好梦手环——巧妙地找到了一条"通道"，让彼此的梦境得以穿越，让故事因为青春期的梦想，有了无限的想象空间以及抵达的途径，现实中的彼此和梦境中的彼此形成平行蒙太奇结构，人物关系以及随之而来的情节都变得复杂而纠结。笔者将此剧看作对日韩风格的类似剧目的借鉴，显然在中国有其消费的市场和人群。

大热大寒大喜大忧的2019年过去了，希望接踵而来的2020年，浙江影视文学创作能有新的动力和新的局面。本文以《犹有花枝俏》为题，是有感于影视编剧的现状。此句摘自毛泽东词《卜算子·咏梅》，有前后文，前文是"风雨送春归，飞雪迎春到，已是悬崖百丈冰，犹有花枝俏"，这大约是当下浙江编剧的生存现状，即使环境困厄，寒流来袭，优秀的作者和作品还是会凌寒盛放、俏绽花枝。"俏也不争春，只把春来报，待到山花烂漫时，她在丛中笑"，这既是编剧的一种位置，它属于生产链前端的工作，也是"报春"的，同时也是编剧在影视生产链中的地位，因为影视生产是团队工作的结果，不可偏废，花不争春，不是花不存在。然而遗憾的是，许多影片海报中独独不见编剧的名字，这让理论界一再高呼重视影视编剧在形式上就变得很滑稽，故以此为题作为对浙江编剧们的鼓励和致敬。

2019年浙江影视文学要目

海　飞　电视连续剧《谍战深海之惊蛰》
柴红兵　电影剧本《生死堵口》
张国云　周荣广　电影剧本《特科英雄》
孙　强　薛家柱　陈剑冰　电影剧本《一路百花开》
熊颖俐　电影剧本《钗头凤》
傅红耀　电影剧本《真的好想你》
陆建光　电影剧本《画乡萤火虫》
　　　　电影剧本《夏至廊桥》

补遗
钱晶晶　电视连续剧《一千零一夜》

寓言、图画书及其他
——2019 年浙江儿童文学述评

| 孙建江 |

一

2019 年适逢中华人民共和国成立 70 周年,本年度中的诸多文化活动和项目均围绕着中华人民共和国成立 70 周年庆典、纪念这一主题而展开。

这一年,诸多出版社出版了以纪念中华人民共和国成立 70 周年为主题的各类儿童文学丛书。

我省学者方卫平以选评的方式在中国少年儿童新闻出版总社出版了《共和国 70 年儿童文学短篇精选集》,选集共 3 册:《永远天真,永远爱》《一直好奇,一直跑》和《看你成长,看你笑》。每册均以不同主题进行编排,精选了 1949—2019 年中国儿童文学具有代表性的作家作品。诚如出版方所言:"70 篇短篇经典,呈现了共和国成立 70 年来中国儿童文学的历史轨迹和文学成就,让孩子在有限的时间内了解中国儿童文学发展脉络。70 篇历经时光淘洗的作品,包含了作家对童年、生命和自然的理解,这些永恒如新的价值探索,给予不同时代的孩子成长之力。"其中,选评有浙江作家彭文席、谢华、孙建江、冰波、小河丁丁、汤汤的作品。

"儿童文学光荣榜丛书"(新中国成立70周年献礼图书),由现代出版社组编出版,包括浙江作家冰波的短篇童话集《阿笨猫和外星人小贩》、汤汤的短篇童话集《小耳有秘密》。

由中国寓言文学研究会和中共温州市委宣传部共同主办的"新时代 新思考 新作为——寓言文学温州论坛暨2019中国寓言文学研究会年会"在温州举行。来自全国各地的近70位寓言作家、学者与会。中国寓言文学研究会会长孙建江主持会议,副会长肖惊鸿作主旨报告,副会长余途做年度工作报告,吴其南等众多学者做主题发言。这次会议得到了中共温州市委宣传部高度重视,温州市委常委、宣传部部长胡剑谨到会祝贺并致辞。"中国寓言看浙江,浙江寓言看温州",《小马过河》《白头翁的故事》《乌鸦兄弟》等出自温州的寓言名篇,家喻户晓,影响了几代读者的成长。中共温州市委宣传部高度重视寓言创作和以寓言为抓手的文化发展,正着手进行创建中国寓言文学馆的可行性研究。年会期间还举办了理事会扩大会议和多场寓言文学温州论坛、寓言文学创作与研究恳谈会,并与当地寓言文学教学特色学校小读者进行面对面的交流。

一年一度的浙江儿童文学年会在杭州如期举办。近百名来自浙江、上海、山东等地的儿童文学作家、学者、编辑等参加了会议。这次年会的主题为"70年:浙江儿童文学的历史、现状与未来"。2019年是中华人民共和国成立70周年,也是新中国儿童文学茁壮成长的70年,浙江儿童文学始终与新中国共同成长。年会分别就"辉煌70年,浙江儿童文学与新中国共成长""儿童文学道路上永不停步的开拓者和探索者""面对'新时代'和'新儿童'保持姿态和品格,建立新高度",以及儿童文学创作和阅读、儿童文学出版和传播、儿童文学理论批评等话题进行了切磋探讨。与会者们对70年来浙江儿童文学所取得的成就给予了总结，对新时代儿童文学的发展和未来作了展望。70年后，浙江儿童文学再出发，我们需要有更高的追求。期待新时代通过作家、学者和出版界的共同努力，浙江儿童文学更上层楼，给孩子们带来更精彩的作品。

首届"温泉杯"全国短篇童话大赛在武义落下帷幕，颁奖典礼期间还举办了"气质、格局与境界——中国当下原创童话艺术探寻"研讨会。大赛和研讨会由《儿童文学》杂志社和武义县人民政府联合主办。大赛设金奖、银奖、铜奖和优秀作品奖，来自全国13个省市的作者获奖。浙江有三人荣获优秀作品奖。据悉，这项全国性短篇童话赛事将每年举办。

蒋风儿童文学奖由浙江师范大学和武义县人民政府主办。蒋风儿童文学奖"理论贡献奖"每两年举办一届，此前已举办过两届。自2019年，开始增设"青年作家奖"，即逢双年评选"理论贡献奖"，逢单年评选"青年作家奖"。2019年"青年作家奖"获奖作者为黑龙江作家格日勒其木格·黑鹤。

全国原创图画书的理论建构和批评标准学术研讨会在金华浙江师范大学举行，研讨会由中国儿童文学研究会和浙江师范大学联合主办。

汤汤长篇童话新作《绿珍珠》批评前置研讨会在北京中国现代文学馆举行。《绿珍珠》是汤汤孕育多年的童话新作。故事以"绿珍珠"森林的消失与重生为原点，两条线索分头并进，讲述了一个关于人类儿童与代表自然力量的树精女孩之间从相识，到对峙与挣扎，最后达成和解的故事。本次研讨会由中国作协儿童文学委员会、浙江少年儿童出版社和浙江师范大学儿童文学研究中心联合主办，二十余位学者、作家参与研讨。对一部尚未出版的作品进行"批评前置研讨"，这样的形式过去虽有，但毕竟不多。采取这种形式，意味着作者和出版方需要直面更多的批评意见,而这些批评意见,很大程度上也意味着作者和出版方后期需要进行增删、修改和完善。事实上,也确实如此。据作者汤汤反馈,她会后对原稿进行了"大刀阔斧"的修订。这一精益求精的写作态度值得嘉许。

据不完全统计,2019年度浙江省作家获得的有影响的奖项和荣誉有:

谢华的《外婆家的马》(文字作者),荣获第六届丰子恺儿童图画书奖首奖、德国国际青少年图书馆颁发的白乌鸦奖、第三届小凉帽国际绘本奖全场大奖。

小河丁丁的《糊粮酒·酒葫芦》,荣获第三届青铜葵花儿童小说奖银葵花奖。

孙玉虎的《真好吃呀真好吃》、李俏红的《魔法师和星星蛋》、何晓宁《小羊的星草原》荣获首届"温泉杯"全国短篇童话大赛优秀作品。

方卫平、赵霞合著的《儿童文学的中国想象——新世纪儿童文学艺术发展研究》获浙江省人民政府颁发的"浙江省第二十届哲学社会科学优秀成果奖"三等奖。

孙建江作品集《闲聊也是正经事》、吴新星长篇小说《锦绣芙蓉》获国家出版基金专项资助。

方卫平主编的《幼儿文学精品赏读》获列全国学前教育专业"十三五"规划教材。

二

寓言作为浙江文学大家庭中的一员,一直以来,不事声张,默默存在,又不可或缺。鲁迅、周作人、茅盾、冯雪峰等浙江籍文学大家,既是中国现代文学的引领者和推动者,也是寓言文学的亲历者和建设者。现代文学意义上的中国第一本寓言集《中国寓言初编》就出自浙江人之手。在中国作家协会主办的全国优秀儿童文学奖中,亦有浙江寓言获奖(孙建江《美食家狩猎》)。浙江寓言成果丰硕,整体实力十分突出,在国内尚无其他省市能出其右。中国寓言文学研究会原会长凡夫认为:"浙江的寓言文学,在全国出类拔萃,独领风骚,是当之无愧的高峰。"

浙江寓言的整体实力至少体现在以下几个方面:

其一,厚重的历史积淀。在元代,《中国寓言文学史》上提及的邓牧(《二戒》)、王恽(《鱼叹》)、白珽(《湛渊静语》)、虞韶(《铁杵磨针》)四人中,邓牧、白珽两位出自浙江。明代是中国寓言发展史上重要的"复兴"(郑振铎语)时期,人才辈出,刘基、宋濂、刘元卿、江盈科和冯梦龙这五位重要作家中,刘基、宋濂两位出自浙江。自明代末年开始,西方寓言开始陆续译介入中国。中国最早的伊索寓言译本《况义》,就与浙江有关。1625年,由法国耶稣会士金尼阁和中国天主教徒张赓译介的《况义》问世。伊索寓言和其他西方寓言的陆续译介引进,为中国寓言日后的发展提供了重要参照。而译介者之一的张赓即是在浙江做官的福建人。浙江寓言的历史积淀由此也可见一斑。

其二,现当代寓言连绵不断,文脉清晰。作为中国新文学的奠基人之一,鲁迅对中国现代寓言发展同样贡献良多。他虽没有专门标明"寓言"创作,但他的一些作品,比如《桃花》《螃蟹》《古城》《立论》《狗的驳诘》《聪明人和傻子和奴才》《他们的花园》《人与时》《影的告别》《战士和苍蝇》等,不乏寓言要素。这些无意间的寓言式创作,为中国现代寓言提供了最早的纯粹白话文寓言式作品,这无疑是对中国现代寓言文学的一大贡献。鲁迅还曾捐资刊刻佛经寓言集《痴华曼》(即《百喻经》),由于鲁迅在文学上的地位和影响力,这对中国现代寓言的发展自然也是不小的助力。五四时期的另一位重要人物周作人，对寓言亦曾推广、介绍，在其"茶话"中，就有《明译伊索寓言》《再关于伊索》等作。茅盾、郑振铎是中国现代寓言的开创者。1917年，茅盾从27种先秦诸子、两汉经史子部等典籍中，搜集整理编写了中国文学史上第一部专供少年儿童阅读的寓言集《中国寓言初编》（白话寓言），开中国现代儿童寓言之先河。郑振铎（生于浙江永嘉，原籍福建长乐）在《儿童世界宣言》（1921）里，明确把寓言列为儿童文学的主要文体，将寓言这一古老文学样式引进到儿童文学领域。郑振铎特别强调童话特质和寓言特质相互交融，也即童话寓言。如今这一样式已经成为中国寓言文学的最大支脉。作为作家的冯雪峰，20世纪40年代末即出版有《雪峰寓言三百篇》，新中国成立后又出版了《雪峰寓言》，他也因此成为共和国成立前后中国最重要的寓言作家之一。20世纪50年代至今，浙江寓言迎来全面、持续、品质发展的黄金时期。其中，代表性人物是金江、彭文席。除此之外，还涌现出了一大批寓言作家，徐强华、白忠懋、解普定、倪树根、李燕昌、柯益列、陈必铮、夏矛、朱锵、瞿光辉、郑钦南、张鹤鸣、崔宝珏、楼飞甫、邱国鹰、洪善新、邱来根、梁临芳、孙建江、张一成、周冰冰、老强、阿童、谢炳其、俞春江、邹海鹏、谢尚江等均以各自的创作丰富并推动了浙江寓言文学，乃至中国寓言文学的发展。

其三，寓言创作土壤丰沃。厚重的寓言文学历史积淀和连绵不断的现当代寓言传承接力，形成了浙江独有的寓言文化。在浙江，寓言文学创作氛围浓郁，寓言教育教学（特别是中小学寓言教育教学）实践基础坚固，这在其他省市实不多见。就全国范围看，称得上"现象"的寓言作家群有湖北襄阳寓言作家群，贵州的贵阳寓言作家群也不乏亮点，除此之外，似乎很难一一列举。而浙江，寓言作家群至少可以列出三个。一是温州寓言作家群，这个创作群落有：金江、彭文席、徐强华、朱锵、瞿光辉、张鹤鸣、崔宝珏、邱国鹰、洪善新、老强、鲍海春、李爱眉、谢炳其、倪亮、邹海鹏、谢尚江等。二是台州寓言作家群，这个创作群落有：陈必铮、解普定、夏矛、郑钦南、邱来根、梁临芳、林海蓓等。三是杭州寓言作家群，这个创作群落有：倪树根、孙建江、周冰冰、俞春江、陆生作等。中小学寓言教育教学实践基地，其他省市当然有，但规模和影响力远不及浙江。浙江中小学寓言教育教学，特别是温州、台州的中小学寓言教育，基础牢固，布点众多，各具特色，比如被中国寓言文学研究会授牌"全国优秀寓言文学创作基地"的温州白鹿外国语学校和台州黄岩北城街道中心小学。白鹿外国语学校以寓言文学为教学抓手，从寓言课堂、寓言戏剧社、寓言文学社，到2018年新开设的寓言沙龙、寓言节、寓言作家进校园，该校在几年内深挖"寓言课题"，将寓言作为支点，撬动整体语文素质学科建设，如今成果渐显，650余篇文学作品在全国各类寓言大赛上获奖，其中，50余位同学荣获中国寓言文学学生创作特等奖。正因为业绩突出，中国寓言文学研究会授牌该校"全国优秀寓言文学创作基地"，并邀专家与该校小读者进行了面对面的交流。台州黄岩北城街道中心小学多年来倡导以寓言筑校，以"寓言与学科教学相整合、寓言与校园文化相结合、寓言与校园德育相融合"为实践方向，让孩子们感受寓言的魅力，学会求真向善。该校20余年前就成立有翠屏山文学社，主推寓言文学，发表学生创作的寓言作品数千篇，出版有学生寓言集《在翠屏山下起飞》《在翠屏山下成长》《在翠屏山下长大》等。

其四，寓言出版高效及时。浙江拥有全国知名出版社——浙江少年儿童出版社，该社是全国童书市场的领头羊，曾创十余年全国童书市场占有率第一的骄人业绩。该社一直重视寓言文学的出版，出版有众多寓言图书。早在建社之初就出版有全国唯一的《寓言》辑刊。《寓言》由严文井和陈伯吹担任顾问，金江担任特约编辑，孙建江担任责任编辑。1984年3月创刊，至1987年12月，共出版九辑。《寓言》辑刊的创刊，是中国当代寓言文学发展史上一个标志性的事件。它的出现，聚集了一大批寓言作家和他们的寓言佳作，如今众多寓言作家的代表作有不少就出自《寓言》。《寓言》在中国寓言文学发展史的作用是无可替代的。2014年，该社推出《中国当代寓言》，共计三卷，凡夫主编，收入当代200余位寓言作家近900篇新中国成立后的优秀作品，特别是1989年以来的佳作。一如该书提要所言，该书"全面记录和展现了中国当代寓言的发展历程和面貌，希冀其成为中国寓言史上具有历史价值的传世之作"。中国第一本适宜儿童阅读的寓言集《中国寓言初编》出版于1917年，由茅盾收集整理编写，一百年后，浙江少年儿童出版社出版了由周冰冰主编的《1917—2017百年浙江寓言精选》。本书收入67位作者的230余篇作品。作者分为三类：一是出生、工作于浙江；二是在外省工作的浙江人；三是在浙江工作的外省人。本书入选作者，最早的生于1881年，最晚的生于2001年。本书主编在后记中感言："全书的编辑过程，是一个重新梳理和认识浙江寓言作家群及其历史地位的过程。作品中鲜明的时代烙印和批判精神，浓郁的地域特色，若智慧的清风扑面而来。以鲁迅、茅盾、冯雪峰、艾青等现代文学大师为旗帜，以金江、金近、叶永烈、彭文席、孙建江等为引领的浙江寓言作家群，无论是作者数量还是作品质量，均为全国榜首，这个群像构成了一幅鲜活的浙江寓言文学版图，何其壮哉！本书首次将浙江现当代寓言作家的作品结集出版，也是浙江寓言作家群的集体亮相。"的确，以"百年"为时间跨度的寓言精选，此前国内从未有过；而以一省之力启动百年寓言精选工程，别无他选，唯有浙江。这说明，浙江在中国寓言文学格局中占有非比寻常的特殊地位。百年浙江寓言，煌煌巨制。可以说，百年浙江寓言，无论是作家队伍、作品质量数量，还是整体实力，都是其他省市无法企及的。2019年，浙江少年儿童出版社出版了《中国寓言研究》辑刊，这是中国迄今为止唯一的寓言理论辑刊，对中国寓言文学的发展意义重大。

三

图画书在中国大陆的集中发力，不过二十来年的时间，却发展迅猛。从对图画书这一特殊文类的陌生、跟随、模仿，到倾心原创、特色发展、奋力追赶，近年来，陆续涌现出了一批优秀图画书创作者和图画书作品，其中，有的中国原创图画书已开始进入欧美主流图画书市场。浙江图画书创作同样是中国图画书发展中的一支重要力量，王晓明、冰波就是其中的代表性人物。

中国图画书的发展虽存在着这样或那样的问题，但成果初显，后劲十足，发展前景看好。无论是作者的创作热情，还是读者的阅读期待，专门图书推广机构的全力推介，中小学、幼儿园的大力举荐，出版机构的深度参与……多重合力呈正向前行态势。这样的图画书生态，值得珍惜，希望中国的图画书发展越来越好。

图画书《外婆家的马》的文字故事改写自作家谢华若干年前创作的一篇生活随笔，其写作灵感源于她和小外孙的真实日常生活。全书以马为梦，从五匹马到四十五匹马，甚至把外婆挤出了屋子。小东西看到那根竹竿已经明白了，这根竹竿就是一大群马。当然，这都是在外婆的配合下完成的。因为外婆不怒反笑，出门买菜也骑着小东西的马。可是，真的有这样一匹马、一群马吗？谢华以精准、简练的文字讲述了一个沉浸于幻想世界、物我不分、主客莫辨的幼儿与现实生活中的成人养育者之间的冲突、互动与和解。谢华的图画书文字叙述，为画家介入创作提供了良好的阐释、发挥和再创造的空间。也正是有了谢华的文字，画家黄丽才得以充分展示自己绘画创作的才华，比如，幻想的强弱，幻想空间的大小，幻想实物（马）的多少，幻想与实现的对接，等等。在这本图画书中，文字和图画可谓珠联璧合。"丰子恺奖"颁奖词如是说："故事从男孩子的想象游戏入手，细腻地刻画了慈祥的外婆和调皮又可爱的小外孙形象，生活的点点滴滴无不展示出祖孙之间浓浓的爱的陪伴与关怀。特有的养育方式，特有的亲情表达，展现出当代儿童的生活，真实、朴素、感人。"

那么，为什么偏偏是谢华这位年过七旬、此前从未曾涉足过图画书创作的作家获奖？其实，只要我们了解谢华的创作历程，个中缘由就不难知晓。

谢华（本名谢嫒嫒）属于典型的"老三届"和"新三级"。1969年，谢华高中毕业赴农村插队，后任民办教师。1977年恢复高考后，考入浙江师范学院（现浙江师范大学）中文系，是恢复高考后的第一批大学生。在校期间，谢华开始尝试儿童文学创作，属于浙江新时期最早一批青年儿童文学作者。20世纪80年代初，她创作的儿童故事《小桥吱呀吱呀》是她公开发表的第一篇作品。作品讲述的是有关竹子村孩子天天往返一座小桥求学的故事，虽不乏稚嫩，但其间"吱呀吱呀"的抒情意味是显见的。80年代末，谢华开始了幼儿文学尝试，发表了让人为之一震的《岩石上的小蝌蚪》。在此之前，我们的幼儿文学创作多以温馨、甜美、明快为基调，而谢华的《岩石上的小蝌蚪》却没有回避死亡（在太阳的照晒下，两只小蝌蚪"已经变成两个小黑点了"），直面悲剧，直面生命的沉重。这在当时可谓突破之举，曾引发不小的争议，所幸人们渐渐接受并认可了这样的幼儿文学尝试。也正是因为作者的大胆尝试，该作一举荣获中国作家协会第二届全国优秀儿童文学奖。90年代，谢华又开始了多种尝试，创作了针对少年读者的一批现实主义题材小说，如《钢的塔》《楼阁》《木吉有事》《油桶上的玫瑰》，还以中国传统小说笔调创作了《校园笔记二则》。与此同时，她又针对小学生读者，创作了风趣幽默的系列故事《快乐的老提》。进入21世纪后，谢华宝刀不老，艺术追求依旧，创作了长篇少年小说《谁在那里歌唱》、长篇纪实文学《江南驿——下营街三十八号》等。从以上简单的梳理中我们不难发现，在谢华的身上，有一种十分难得和宝贵的素质，即不为既有成就所困，也不为既有名声所累，不断探求、不断尝试、不断自我地超越。而作为一位作家，还有什么比不断超越自我来得更重要和更快乐呢？

因此，谢华涉足图画书创作，荣获图画书大奖，一点也不意外，可谓实至名归。

此外，谢华不仅是一位作家，同时还是一位热心的"助产士"和提携后进的文学导师。许多当时默默无闻、不知写作为何物的年轻人，都曾得到过她无私的帮助。她总是不厌其烦地为青年作者问诊把脉、修改稿件、提出建议；乐于发现、发掘和鼓励儿童文学新人；关心青年作者，为青年作者争取参加专业会议的机会，争取待遇，向重要报纸杂志推荐青年作者的作品。现在的知名作家汤汤、毛芦芦，以及李生卫、胡万川、闻婷、阿娅等都曾有幸得到过她的帮助。如今，衢州儿童文学风生水起，开始整体发力，愈来愈受到人们的关注。这与谢华数十年来身体力行、笔耕不辍，与谢华数十年来一以贯之提携、培养、呵护文学新人，不无关系。谢华的投入和付出，正结出累累果实。

2019 年浙江儿童文学创作和理论要目

一、作品单行本与论著

创作部分：

王　路　《每个人都有秘密》（长篇小说）　浙江少年儿童出版社 2019 年 1 月版
　　　　《你是我永远的朋友》（长篇小说）　浙江少年儿童出版社 2019 年 1 月版
　　　　《那些阳光灿烂的日子》（长篇小说）　浙江少年儿童出版社 2019 年 1 月版

袁晓君　《星星的孩子》（长篇小说）　浙江少年儿童出版社 2019 年 1 月版
　　　　《朱妞妞的春天》（长篇小说）　浙江少年儿童出版社 2019 年 6 月版

吴新星　《锦绣芙蓉》（长篇小说）　新蕾出版社 2019 年 6 月版

吴洲星　《棉棉花开》（长篇小说）　浙江少年儿童出版社 2019 年 7 月版
　　　　《少女小蛮》（长篇小说）　浙江少年儿童出版社 2019 年 7 月版
　　　　《香椿树下》（长篇小说）　浙江少年儿童出版社 2019 年 7 月版
　　　　《等你回家》（长篇小说）　安徽少年儿童出版社 2019 年 9 月版

郁旭峰　《光·影》（诗集）　宁波出版社 2019 年 5 月版

李永春　《响应太阳号召》（诗集）　黑龙江少年儿童出版社 2019 年 1 月版
　　　　《红裙子绿裙子》（童话集）　黑龙江少年儿童出版社 2019 年 6 月版
　　　　《雷坞村的童年》（散文集）　黑龙江少年儿童出版社 2019 年 6 月版

汤　汤　《寻找淡玉的锅》（童话集）　浙江少年儿童出版社 2019 年 8 月版
　　　　《暖暖莲》（童话集）　浙江少年儿童出版社 2019 年 8 月版
　　　　《守着十八个鸡蛋等你》（童话集）　浙江少年儿童出版社 2019 年 8 月版
　　　　《青草国的鹅》（童话集）　浙江少年儿童出版社 2019 年 10 月版

	《小耳有秘密》（童话集，注音版）等 4 册　浙江少年儿童出版社 2019 年 10 月版
	《小野兽学堂》（中篇童话）　浙江少年儿童出版社 2019 年 11 月版
冰　波	《小孩识字》（童话集）　晨光出版社 2019 年 9 月版
小河丁丁	《葱王》（长篇小说）　江苏少年儿童出版社 2019 年 3 月版
孙玉虎	《真好吃呀真好吃》（童话）　明天出版社 2019 年 5 月版
郭　强	《树假装不动》（诗集）　广西师范大学出版社 2019 年 10 月版
李爱眉	《蝴蝶守家》（作品集）　团结出版社 2019 年 10 月版
蘅　若	《舞勺之年》（作品集）　中国文史出版社 2019 年 6 月版
毛芦芦	《大地上最亮的星》（散文集）　少年儿童出版社 2019 年 3 月版
	《小轮的鸟窝》（散文集）　天地出版社 2019 年 4 月版
	《春篱花开》（长篇小说）　辽宁师范大学出版社 2019 年 5 月版
	《我想永远快乐如孩童》（小说集）　中国纺织出版社 2019 年 7 月版
	《哒哒作响的冬天》（散文集）　北京少年儿童出版社 2019 年 8 月版
	《毛芦芦的童心花园》（拼音读本，3 册）　湖南少年儿童出版社 2019 年 9 月版
	《点街女孩儿》（长篇散文）　河北少年儿童出版社 2019 年 9 月版
常　立	《谁请我们吃大餐》（剧本）　明天出版社 2019 年 5 月版
	《如何让大象从秋千上下来》（图画书）　接力出版社 2019 年 10 月版
	《我有一个梦》（图画书）　浙江大学出版社 2019 年 11 月版
孙　昱	《奇趣怪兽城》（童话集，4 册）　浙江少年儿童出版社 2019 年 3 月版
屠再华	《卖花小鹿》（童话集）　辽宁少年儿童出版社 2019 年 11 月版
孙建江	《闲聊也是正经事》（作品集，与孙雪晴合著）　新世纪出版社 2019 年 6 月版
	《全国优秀儿童文学奖·幼儿诗歌、寓言卷》（与樊发稼、李少白合著）　江西美术出版社 2019 年 6 月版

理论部分:

方卫平 《什么是好的童年书写》（论文集） 甘肃少年儿童出版社 2019 年 11 月版

赵　霞 《2009—2019：儿童文学观察》（论文集） 明天出版社 2019 年 8 月版

其他部分:

常　立 《冬日花园》（图画书，翻译） 广西师范大学出版社 2019 年 1 月版

《叶限：中国的"灰姑娘"故事》（图画书，翻译） 新世纪出版社 2019 年 4 月版

《布鲁斯大搬家》（图画书，翻译） 重庆出版社 2019 年 3 月版

《走出荒园》（图画书，翻译）等 2 册 北京联合出版公司 2019 年 6 月版

《小不点想当大骑士》（图画书，翻译）等 2 册 复旦大学出版社 2019 年 7 月版

《蝉》（图画书，翻译） 上海人民出版社 2019 年 10 月版

《梦想地图》（图画书，翻译） 接力出版社 2019 年 10 月版

《夜的声响：欢迎来到夜晚》（图画书等 4 册，翻译） 贵州人民出版社 2019 年 12 月版

方卫平 《2018 中国年度儿童文学》（主编，合作） 漓江出版社 2019 年 1 月版

《2018 中国年度童话》（主编，合作） 漓江出版社 2019 年 1 月版

《童诗三百首》（共 3 册，选评） 福建少年儿童出版社 2019 年 3 月版

《给孩子的阅读课·明年和你一样高》（选评） 明天出版社 2019 年 5 月版

《幼儿文学精品赏读》（主编） 复旦大学出版社 2019 年 6 月版

《2017 年浙江儿童文学作品精选》（主编，合作） 浙江少年儿童出版社 2019 年 9 月版

	《2018年浙江儿童文学作品精选》（主编，合作） 浙江少年儿童出版社2019年9月版
	《共和国70年儿童文学短篇精选集》（共3册，选评） 中国少年儿童新闻出版总社2019年10月版
孙建江	《中国寓言研究（第一辑）》（主编） 浙江少年儿童出版社2019年5月版
	《2018年中国儿童文学精选·小说卷·角落里的千纸鹤》（主编，合作） 希望出版社2019年5月版
	《2018年中国儿童文学精选·散文等卷·好想长成一棵树》（主编，合作） 希望出版社2019年5月版
	《2018年中国儿童文学精选·童话等卷·捉迷藏的风》（主编，合作） 希望出版社2019年5月版
	《2018年中国幼儿文学精选·乌龟快递公司》（主编） 二十一世纪出版社2019年11月版
	《2017年浙江儿童文学作品精选》（主编，合作） 浙江少年儿童出版社2019年9月版
	《2018年浙江儿童文学作品精选》（主编，合作） 浙江少年儿童出版社2019年9月版

补遗

谢　华　《外婆家的马》（图画书，文字） 海燕出版社2018年12月版
郁旭峰　《呼噜是一支歌》（童诗集） 宁波出版社2018年12月版

二、文
童话

吴新星　《阿三的决定》《童话王国》2019年第1—2期合刊
　　　　《翡翠珠》《童话王国》2019年第10期
小河丁丁　《最国王》 上海《少年文艺》2019年第2期
　　　　《山中图书馆》《故事作文》2019年第2期

	《诗经植物》 江苏《少年文艺》2019年第6期
	《沉默的萤火虫》 江苏《少年文艺》2019年第7—8期合刊
	《小麂子买妈妈》 江苏《少年文艺》2019年第9期
	《蔷薇岗的小麂子》 《意林》少年版2019年第7—17期连载
孙玉虎	《真好吃啊真好吃》 《儿童文学》经典2019年第4期
	《毛衣上的小狗》 《童话世界》2019年第1—2期合刊
应　璐	《树林里的集市》 《故事大王》2019年第11期
李俏红	《魔法师和星星蛋》 《儿童文学》经典2019年第3期
汤　汤	《大风吹走太爷爷》 《儿童文学》经典2019年第7期
刘　滢	《月亮掉进北冰洋》 《小星星》2019年第1—2期合刊
	《微光信使》 江苏《少年文艺》2019年第1—2期合刊
	《眯先生的童话》 《小溪流》2019年第1—2期合刊
	《春的祭礼》 《童话世界》2019年第1—2期合刊
	《夏长夏长》 《儿童文学》经典2019年第5期
	《怪物巴的画像》 《山海经》2019年第7期
	《哈凹的星星》 《山海经》2019年第8期
	《我们摘下面具吧》 《故事大王》2019年第7—8期合刊
	《三个傻骑兵》 江苏《少年文艺》2019年第7—8期合刊
	《鹤的舞蹈》 《小溪流》2019年第9期
	《穿绿蓑衣的小人儿》 《小溪流》2019年第12期
常　立	《虎妹》 《十月·少年文学》2019年第11期
陈巧莉	《哑小蛇》 《小学生天地》高年级2019年第1—2期合刊
	《会跑的画》 《小学生天地》低年级2019年第3期
	《谁是小偷》 《小学生世界》2019年第6期

小说

吴新星	《水瓶座女孩的夏天》 《儿童文学》故事2019年第3期
	《别叫我丫头》 《意林》少年版2019年第5期
	《琉璃灯》 《意林》少年版2019年第6期
	《绿宝》 《读友》2019年第8期

《银项圈》《十月·少年文学》2019年第9期
《薄荷凉》《2018年中国儿童文学精选·小说卷·角落里的千纸鹤》 希望出版社2019年5月版

小河丁丁 《百里挑一的小豹子》《读友》清雅版2019年第1期
《大山里的小猴子》《中国校园文学》少年号2019年第3期
《美猴王》《中国校园文学》青春号2019年第5期
《跆拳道女生》 江苏《少年文艺》2019年第3期
《梦根》 上海《少年文艺》2019年第5期
《花衫》 上海《少年文艺》2019年第10期
《牛耳草啊，牛耳草》《儿童时代》2019年第2期
《我的爸爸很矮》《甘肃日报》2019年5月31日
《拿云歌》《读友》中长篇版2019年第7—12期连载
《蛇宝石》《2018年中国儿童文学精选·小说卷·角落里的千纸鹤》 希望出版社2019年5月版
《法桐树下的男生》《2018年中国校园文学精选》 长江文艺出版社2019年1月版
《金木水火土》《儿童文学选刊》2019年2月刊
《丑婆》《2018年儿童文学选粹》 北岳文艺出版社2019年1月版

小　桥 《蓝色白杨林》 上海《少年文艺》2019年第1期
郑成南 《小诗人》 上海《少年文艺》2019年第7期
吴洲星 《暮春时节》《儿童文学选刊》2019年第2期
《水巷人家之草生》《儿童文学》经典2019年第5期
方晟欢 《角落里的千纸鹤》《2018年中国儿童文学精选·小说卷·角落里的千纸鹤》 希望出版社2019年5月版
毛芦芦 《萧蚕的奇遇》《读友》清雅版2019年第9—10期
陈巧莉 《谁被青春撞了一下腰》《中学生》2019年第7期
《长塘寻仙记》《2018年浙江儿童文学精选》 浙江少年儿童出版社2019年9月版

诗歌

小河丁丁　《栀子花六度开》《读友》清雅版 2019 年第 3 期

《白骏马（外一首）》《儿童文学》经典 2019 年第 6 期

《在梦里，我们都是小孩子》《文学少年》2019 年 5 月中

《黑宝石》《儿童时代》2019 年第 6 期

《一句诗迷路了》《2018 年中国儿童文学精选·散文等卷·好想长成一棵树》希望出版社 2019 年 5 月版

林杰荣　《颜色的秘密》（组诗）《儿童文学》经典 2019 年第 8 期

谢丙其　《糯米酒》（外一首）《澳华文学》2019 年第 4 期

杨笛野　《我画一封信给你》《儿童文学选刊》2019 年第 10 期

《大树先生》《2018 年中国儿童文学精选·散文等卷·好想长成一棵树》希望出版社 2019 年 5 月版

郁旭峰　《一棵树是一个鱼群》《儿童文学》经典 2019 年第 1 期

寓言

张一成　《我就叫熊猫》《优秀童话世界》2019 年第 9 期

褚永荣　《水灾中的高楼》（外一则）《贵州政协报》2019 年 5 月 24 日

谢丙其　《武松斗牡牛》《博学少年》2019 年第 1—2 期合刊

《小猫烧鱼》《优秀童话世界》2019 年第 11 期

《铁铺里的对话》《小樱桃》童年阅读 2019 年第 7—8 期合刊

《稗草对荸荠的奚落》《中外童话画刊》2019 年第 10 期

《无花果的选择》（外 4 则）《神州》2019 年第 11 期

陆生作　《镜子》《2018 年中国儿童文学精选·童话等卷·捉迷藏的风》希望出版社 2019 年 5 月版

俞春江　《想了一夜》《2018 年中国儿童文学精选·童话等卷·捉迷藏的风》希望出版社 2019 年 5 月版

孙建江　《见过世面的老鼠》《共和国 70 年儿童文学作品短篇精选集·永远天真，永远爱》中国少年儿童出版社 2019 年 10 月版

《公鸡学叫》（外二则）《童话寓言》2019 年第 5 期

散文

小河丁丁　《东湖的歌者》《文汇报》2019 年 3 月 4 日
　　　　　《父亲的彩照》《文汇报》2019 年 7 月 20 日
　　　　　《孤生石》《文汇报》2019 年 11 月 14 日
　　　　　《东南角》江苏《少年文艺》2019 年第 4 期
　　　　　《呔》江苏《少年文艺》2019 年第 5 期
　　　　　《小湖莲忆》《甘肃日报》2019 年 7 月 23 日
　　　　　《大王椰子》《文学报》2019 年 8 月 22 日
　　　　　《微物之言》《文学报》2019 年 10 月 24 日
　　　　　《赏月别吃胡萝卜》《2017 年浙江儿童文学作品精选》　浙江少年儿童文学出版社 2019 年 9 月版
　　　　　《西溪梅雨》《2018 年浙江儿童文学作品精选》　浙江少年儿童文学出版社 2019 年 9 月版
吴新星　《那时年少》《儿童文学》经典 2019 年第 4 期
刘　滢　《夏长夏长》《儿童文学》经典 2019 年第 5 期
巩春林　《吹葫芦丝的男孩》《儿童文学》故事 2019 年第 7 期
韦　苇　《过去的一年》《十月·少年文学》2019 年第 7 期
毛芦芦　《合影》《十月·少年文学》2019 年第 3 期
　　　　《爸爸的花项链》等 2 篇　《文学少年》2019 年第 2、10 期
　　　　《遇见老师、遇见初心》《红树林》2019 年第 6 期
　　　　《举手猫》《好儿童画报》2019 年第 6 期
　　　　《奶奶的鱼孩子》《儿童时代》2019 年第 7—8 期合刊
　　　　《秋花》等 2 篇　《小学生时代》2019 年第 3、13 期
　　　　《冬夜故事会》《小学生世界》2019 年第 12 期
　　　　《怀念的味道》《诗意与想象·汤素兰的儿童文学创作评论集》湖南少年儿童出版社 2019 年 8 月版
　　　　《我们的电影时光》《2018 年中国儿童文学精选·散文等卷·好想长成一棵树》　希望出版社 2019 年 5 月版
汪芦川　《爸爸的诗与花》等 2 篇　《文学少年》2019 年第 2、10 期

　　　　《心上的树》　上海《少年文艺》2019年第6期
赵　霞　《一棵桃树》《文汇报》2019年2月6日
　　　　《摇晃的世界》《文汇报》2019年4月18日　《读者》（校园版）2019年第13期转载
　　　　《怀人三题》等3篇　《文学港》2019年第8期
　　　　《小赵老师》《少年文艺·我爱写作文》2019年第9期
　　　　《剑桥的单车》《文汇报》2019年12月8日
　　　　《新娘子》《2018年中国儿童文学精选·散文等卷·好想长成一棵树》　希望出版社2019年5月版
陈巧莉　《搬家》等12篇　《七彩语文》2019年第1—12期
　　　　《与一条河有关的童年》《2018年中国儿童文学精选·散文等卷·好想长成一棵树》　希望出版社2019年5月版
吴洲星　《梦见兽的男孩》《2018年中国儿童文学精选·散文等卷·好想长成一棵树》　希望出版社2019年5月版
孙建江　《天空和海》《人民政协报》2019年6月3日　《林深音广·焕彩明彰——林焕彰诗与艺术之旅》　万卷楼图书股份有限公司（台湾）2019年8月版

幼儿文学

夏　矛　《小星星睡觉》（儿歌）《捡到一只大象》　接力出版社2019年1月版
梁临芳　《国旗说话》（儿歌）等5首　《婴儿画报》（0~4）（红版）2019年3月、6月、8月、10月、11月
　　　　《营养歌》（儿歌）等3首　《幼儿画报》（3~6）（快乐故事书）2019年1月号、4月号、6月号
　　　　《"轰炸机"》（儿歌）《看图说话》2019年第7—8期合刊
　　　　《采露珠》（儿歌）《娃娃画报》（3~6）（快乐园）2019年3月上半月刊
　　　　《小树苗》（儿歌）等4首　《小学生世界》（低年级版）2019年3月号、7—8月暑假合刊、10月号、11月号

《迎新年》（儿歌）《幼儿乐园》（3~6）2019 年 1—2 月合刊

《小鸟唱歌》（儿歌）等2首　《语文报》（二年级）2019 年 1—2 月合刊、12 月号

《橘子》（儿歌）等2首　《小青蛙报》2019 年 12 月 A

《贴"福"字》（儿歌）等2首　《上海托幼》（亲子生活 2~6）2019 年 1—2 合刊、4 月号

刘　滢　《七彩小雨靴》（故事）等2篇　《幼儿故事大王》2019 年 9、11 月刊

田　然　《乌龟快递公司》（童话）　《2018 年中国幼儿文学精选·乌龟快递公司》　二十一世纪出版社 2019 年 11 月版

梁　英　《会唱歌的小路》（童话）　《2018 年中国幼儿文学精选·乌龟快递公司》　二十一世纪出版社 2019 年 11 月版

许萍萍　《玩倒立的熊先生》（童话）　《2018 年中国幼儿文学精选·乌龟快递公司》　二十一世纪出版社 2019 年 11 月版

《等妈妈》（生活故事）　《2018 年中国幼儿文学精选·乌龟快递公司》　二十一世纪出版社 2019 年 11 月版

王禹微　《麻花奶奶掉牙了》（童话）　《2018 年中国幼儿文学精选·乌龟快递公司》　二十一世纪出版社 2019 年 11 月版

鲁程程　《雨天会有恐龙来》（儿歌）　《2018 年中国幼儿文学精选·乌龟快递公司》　二十一世纪出版社 2019 年 11 月版

甜老虎　《山猫》（儿歌）　《2018 年中国幼儿文学精选·乌龟快递公司》　二十一世纪出版社 2019 年 11 月版

李　想　《铃兰花幼儿园》（童话）　《2018 年中国幼儿文学精选·乌龟快递公司》　二十一世纪出版社 2019 年 11 月版

翻译

徐　洁　《切斯特和我》（小说）《十月·少年文学》2019 年第 5 期

《在皇后区》（小说）《十月·少年文学》2019 年第 8 期

《遥远的新星》（小说）《十月·少年文学》2019 年第 11 期

理论部分

吴其南 《"礼"和中国儿童的身体建构》《扬州大学学报》2019 年第 1 期
《儿童文学是一种保守的文学?》《吉首大学学报》2019 年第 5 期
《从〈草房子〉谈中国儿童文学之走向世界》《中国图书评论》2019 年第 6 期
《后殖民视域中的中国儿童文学》《浙江师范大学学报》2019 年第 6 期

齐童巍 《新中国成立后作家在童书出版中的角色变迁》《中国出版史研究》2019 年第 3 期
《文化的图像转向与儿童文学的价值态度》《少年儿童研究》2019 年第 7 期

胡丽娜 《中国儿童文学史料建设路径探析》《中国社会科学报》2019 年 9 月 9 日
《自在欢愉地诠释成长的真谛》《出版人》2019 年第 7 期
《奇幻的想象如何结实地讲述一个好故事——评陈诗哥的〈水瓶里的鱼人国〉》《儿童文学》经典 2019 年第 10 期

孙玉虎等 《我从来没有真正离开过中国——程玮访谈》《儿童文学选刊》2019 年第 4 期
《从草生到草间弥生》《儿童文学》经典 2019 年第 5 期

常　立　《"中国风图画书"叙事的标志性特征与发展》《画里话外 02：叙事》南京大学出版社 2019 年 11 月版
《为什么我希望我的孩子读〈游侠小木客〉》《新京报》2019 年 9 月 29 日
《儿童文学如何引领儿童融入中国传统文化?》《文艺报》2019 年 4 月 17 日
《〈去往圣克鲁斯的遥远之路〉：我们为什么要重返现实世界?》《中华读书报》2019 年 6 月 4 日
《想象的沙堡真的可以抵挡最高的海浪》《北京晚报》2019 年 3 月 30 日

方卫平	《〈守林大熊〉：永远说不完的故乡》《浙江师范大学报》2019年第6期

方卫平 《儿童文学：步履沉稳》《文艺报》2019年1月2日
《像生活一样亲切》等5篇 《中国新闻出版广电报》2019年3月1日、5月10日、7月12日、9月20日、12月20日
《童年的天性是诗》《中国新闻出版广电报》2019年3月22日
《代序：记忆力的滋味与关怀》《班长下台25周年纪念版》台湾也是文创有限公司2019年4月版
《一个天生的儿童文学作家》《中华读书报》2019年5月29日
《让美好的童诗播惠童年，映照未来——关于方卫平〈童诗三百首〉的对话》《文艺报》2019年7月10日
《〈童诗三百首〉选编谈：童年的天性就是诗》《中华读书报》2019年9月4日
《相伴四十年》《文艺报》2019年9月18日
《儿童故事的难度》《十月·少年文学》2019年第10期
《共和国70年儿童文学短篇精选集·序言》《共和国70年儿童文学短篇精选集》 中国少年儿童新闻出版总社2019年10月版
《读书，以及背后的一点故事》《中华读书报》2019年12月25日

赵　霞 《既是砥砺，也是幸福——2018年原创儿童文学的一种观察》《文艺报》2019年1月4日
《有鸽子的夏天·序》《有鸽子的夏天·给小读者看的序》 山东教育出版社2019年1月版
《太阳照在有阴凉儿的地方》《中华读书报》2019年1月30日
《太阳像一个顽皮孩子》《中国新闻出版广电报》2019年3月15日
《儿童文学史研究中的文化史观——以西方儿童文学学界为例》《文艺报》2018年4月17日
《儿童文学作家、评论家同题问答——我们的写作怎样追慕更高远

的少年人格》《文学报》2019年5月30日

孙建江　《动物小说创作及其艺术范式》《边疆文学·文艺评论》2019年第5期

《沈石溪现象和沈石溪式动物小说》《中国图书评论》2019年第5期

《猫诗人·猫家族·猫世界》《我的猫，是诗猫》（林焕彰著）浙江少年儿童出版社2019年11月版

《经典意识与经典努力》等3篇　《诗意与想象·汤素兰的儿童文学创作评论集》　湖南少年儿童出版社2019年8月版

《创新意识与童话艺术发展》《文艺报》2019年11月11日

《〈儿童文学〉首届温泉杯获奖作品集·序》　中国少年儿童出版社2019年11月版

《梦不会关门》《文学报》2019年12月19日

摇曳多姿的现实主义
——2019年浙江外国文学译介与研究述评

|杨海英|天　竹|

　　文学,尤其是文学经典,是一个民族的精神旗帜,更体现了人类命运共同体的理念。外国文学经典在中西文化交流以及促进中国文化发展方面起到了无可代替的作用,在我国国民的深邃智慧、审美体验以及道德情操的成型过程中也发挥了重要作用。研究外国文学经典的生成与传播,总结经验,弥补缺憾,吸取教训,展现外国文学研究领域的辉煌成就,为进一步发展提供必具的研究资源,显得十分重要。

　　2019年浙江省的外国文学研究,如果像往年一样,从学术专著、文学译著、研究论文等三个方面进行梳理的话,似乎与其他年份并无数量上的大的差别,然而,从成果的水准来看,2019年绝对是一个值得纪念的年份,出现了一些标志性的成果。这一年,经过多年的酝酿蛰伏的系列专著《外国文学经典生成与传播研究》《中国外国文学研究年鉴》,许钧任总主编的《中华译学馆·中华翻译家代表性译文库》等著作相继面世,成为外国文学领域的亮点。

一

　　在外国文学学术专著方面,由吴笛教授任总主编,浙江省外国文学学者共同完成的大型系列学术专著《外国文学经典生成与传播研究》得以面世。该成果是吴笛任首席专家，外国文学学者蒋承勇、彭少健、殷企平、张德明、范捷平、傅守祥任子课题负责人的国家社科基金重大项目《外国文学经典生成与传播研究》的最终成果，共8卷，近350万字，作为国家出版基金项目和"十三五"国家重点出版规划项目，由北京大学出版社出版。

系列专著《外国文学经典生成与传播研究》各卷内容简介如下：

第1卷为《外国文学经典生成与传播研究·总论卷》，由傅守祥等著。该卷细分7章，立足于全方位的外国文学经典的文化阐释与深度研究，从外国文学经典的生成要素、成形标识、建构方式、演变过程、传播途径、译介转换、影视改编、时代重构、影响研究以及当代意义等方面入手，站在考察精神生成、思想化育的知识社会学立场，立体审视与系统反思外国文学经典生成与传播中的精神基因、生命体验与文化传承。绪论部分侧重研究世界文学经典的时代影响与当代意义。一至三章侧重研究世界文学经典的生成史，"史"为隐线，明线是文学经典的"形成与演化"；主要考察文学经典生成中的世俗因素、宗教因素、心理因素与艺术因素等。从文学人类学等方面综合考量，认为世界文学经典的生成与发展主要依赖于"英雄崇拜与希望之光""灵魂得救与宗教信仰""原欲升华与文化认同"三个密切相关的文化谱系。第四章所述"外国文学经典的演变过程"则是"经典化"的延伸。五至七章，侧重研究世界文学经典的多种方式传播，以及从二维到三维甚至多维度的传播升级。世界文学经典传播途径中"心口相传"不但是指先民的原始交流，也包括一些宗教性的神秘体验，还包括当代性的"口述"真迹。

第2卷为《外国文学经典生成与传播研究·古代卷（上）》，

由吴笛等著。该卷分 14 章,主要考察自古代埃及、古代苏美尔起,直到中世纪的文学经典的生成与传播。第一章主要探究古代外国文学经典的传播媒介和传播途径,认为传播媒介的形成和变异,与文学经典的生成与传播密切相关。第二章、第三章、第四章所涉及的吠陀文学、圣经文学,以及希腊神话等文学经典,便是人类童年时代精神和生活状态的一种折射,其惊人的艺术魅力和认知价值就在于以其丰富的想象力和凝练的语言探究宇宙的起源和人类的奥秘,也是现代文学发展的最初的源泉。第五章、第六章、第七章则是从《荷马史诗》、"古希腊抒情诗"以及"古希腊戏剧"等三个方面入手,探究这三种文学类型的最初的生成和相应的传播,以及对现代文学所产生的深远的影响。第八章所探讨的古罗马文学经典的生成与传播中,强调古罗马文学的生成首先是一个希腊化过程。第九章所探讨的波斯诗歌和第十章所探讨的《源氏物语》是这一时期东方文学的杰出代表。波斯诗歌的生成与发展和伊斯兰教中的神秘主义理论苏菲主义有着密切的关联,而波斯作为诗国的确立以及《鲁拜集》等波斯经典诗歌的国际影响,都离不开翻译的介入。正是菲兹杰拉德的不朽翻译使得波斯的诗歌作品成为不朽的经典。在西方文学中,中世纪作为宗教神权统治一切的时代,文学一方面成了神学的奴仆,另一方面又在一定程度上展现了人文主义思想的先声。第十一章所论及的英雄史诗、第十二章所论及的骑士文学、第十三章所论及的但丁的《神曲》,都体现了近代民族文学的特性。第十四章则以大量文本考据的形式,认为十四行诗生成于古希腊,较西方流行的学术观点前提了一千多年。

第 3 卷为《外国文学经典的生成与传播研究·古代卷(下)》,由张德明主编。该卷共分 8 章,主要考察 14 世纪至 16 世纪(文艺复兴时期)的外国文学经典的生成与传播。在文艺复兴时期，一部作品要成为经典，除了在传承和原创、雅言和俗语之间保持动态的平衡，还得经受传播过程中恩主、市场和文学—学术共同体的共同检验。该卷重点包括莎士比亚的经典戏剧、塞万提斯的《堂吉诃德》、拉伯雷的《巨人传》、薄伽丘的《十日谈》、斯宾塞的《仙后》等世界文豪的经典作品翻译和传播研究。以莎士比亚为例，该卷在研究莎剧经典生成过程中，认为莎剧经典化过程显然呈现出文学场复杂的权力关系。在研究其传播时，主要聚焦于舞台传播，也涉及莎剧翻译，认为莎剧翻译和传播研究是一门跨学科、跨文化、跨语言的综合学科，聚集着来自各个学科和不同文化背景的学者，从中找寻各自的理论创新点。这个切入点，无论对本国文学传统的更新，还是对翻译学理论体系的不断完善，都展现出蓬勃的生命力。更为重要的是，翻译研究以其特殊的比较视野、互文性和解构性赋予了莎士比亚翻译研究无尽的哲学潜力。

第4卷为《外国文学经典生成与传播研究·近代卷（上）》，由彭少健等著。该卷研究自1640年英国资产阶级革命到19世纪初期的欧美文学经典生成与传播，共分13章。该卷不仅探究了玄学派诗歌以及浪漫主义诗歌的生成与传播，而且就《失乐园》《伪君子》《浮士德》等经典在源语国家的生成进行了考据性的研究。这一时期，自然科学迅猛发展，地理大发现改变了人们对世界的认识，天文学领域的发现改变了人们对宇宙的认识。在此背景下，宗教改革、殖民运动、启蒙运动，以及各种民族、民主运动风云激荡，东西方交往也变得密切起来，这些社会变化和文化潮流对作家世界观的形成以及文学经典的生成都产生了重大影响。该卷主要结合西方社会转型时期的独特语境，来考察这一时期文学经典的生成和传播。17世纪科学的兴起，给玄学派诗歌提供了独特的思维模式、时空观念和新奇意象，也给弥尔顿的《失乐园》提供了崭新的宇宙观,促进了文学经典的生成。19世纪初各学科的蓬勃发展更是给浪漫主义诗人们带去了困惑和启发,科学发现一方面使浪漫主义诗人用新眼光去看待世界,把更多微观事物纳入诗歌领域,另一方面也使诗人们深陷焦虑,认为科学将夺走彩虹的美丽,这种欣喜和焦虑交织的双重情感构成了浪漫主义诗歌的独特风貌。

第5卷为《外国文学经典生成与传播研究·近代卷(下)》,由蒋承勇等著。该卷为19世纪外国文学经典研究,主要探究19世纪现实主义文学中的经典的产生和传播。现实主义作为一种世界性的文学思潮,首先在法国、英国出现,以后波及俄国、北欧、美国等地,成为近代欧美文学的一个高峰,对我国的文坛的影响亦显得突出。该卷共分14章,探究社会结构形态的变更与现实主义文学生成之间的关系,以及自然科学新思维和人文观念的变更对现实主义经典生成的影响,尤其关注司汤达、巴尔扎克、狄更斯、陀思妥耶夫斯基、托尔斯泰、易卜生等世界文坛巨匠的重要作品在中国的流传和影响,并且十分关注媒体在小说传播中的作用,认为19世纪的小说是借助于报刊与出版的大众传媒新渠道得以传播与繁荣的;现实主义文学经典,是在新传播媒介里"淘洗"出来的。该卷还就这一时期的文学经典的中文译介进行了深入研究,认为这一时期的西方经典的译介不仅依赖于中国译介者的视野,更与中国主流价值体系紧密相关。

第6卷为《外国文学经典生成与传播研究·现代卷》,由范捷平等著。该卷共分12章,主要探究自19世纪末到20世纪40年代的外国文学经典的生成、演变与传播,重点关注的是象征主义文学、意象主义诗歌、意识流小说、表现主义文学等现代主义文学经典的生成和传播,以及福克纳叙述风格对中国文坛的影响,还重点研究20世纪俄罗斯文学中的"红色经典"的生成缘由及巨大的伦理教诲作用，以及东方文学大师泰戈尔的文学经典在译介、改编等流传过程中的文化现象，论证泰戈尔诗歌经典中孟加拉版的原创性以及英译版的超越性。该卷基于法兰克福学派洛文塔尔的文学批评理论，对20世纪外国文学主要经典作品的传播者、接受者、传播媒介、传播方式等要素在具体社会历史语境下进行了分析探究，解读了欧美各国文学经典生成和传播的一般规律及特殊历史、社会、文化条件以及社会心理机制。

第7卷为《外国文学经典生成与传播研究·当代卷（上）》，由殷企平主编。该卷主要从较为宏观的视野探究重要国别的文学经典或重要流派文学经典的生成与传播。该卷共分10章。第一章是对当代外国文学经典生成与传播的综论，并对经典化与经典性等命题进行审视。第二章从策兰诗中的"摆渡人"这一隐喻出发，提出了"摆渡性"这一西方诗歌经典的核心要素，论证了当代诗人坚守诗意精神的两大使命，即"命名当下的现实和体验"以及"连接过去、现在与未来"，并借此勾勒出经典生成之路。第三章和第四章分别探讨当代英国文学经典和当代爱尔兰文学经典的生成和传播轨迹。第五章和第六章探讨美国"垮掉的一代"诗歌经典的生成与传播和美国自白派诗歌的生成与传播。20世纪40年代的诗歌理念是一种狭隘的传统权威规范，直接导致了现代主义诗歌道路几近枯竭的命运，这是催生自白派诗歌诞生的内部原因；其外部原因则来自后工业社会以及后现代美国社会。同时，弗洛伊德精神分析的兴起和存在主义的流行，在一定程度上推动了自白派的崛起。第七章聚焦转向了当代美国小说经典的生成与传播。审视《麦田里的守望者》以及艾里森的《看不见的人》在中国的传播与变形。第八章探讨日本文学的经典之路。该章分别从各具代表性的作品入手，探讨其生成与传播，借以管窥当代日本文学多元的艺术风貌和审美取向。第九章和第十章分别讨论当代非洲文学经典和当代拉美文学经典的生成与传播。非洲文学经典有一些共同的特点，其中最主要的是跟民族解放运动的联系。民族解放运动改变了英语在非洲的性质，使非洲文学从口语时期进入书面时期，并且生成了经典文本。当代拉美文学经典得益于该地区整体文学的繁荣，而后者则缘于拉美的现代化诉求。

第8卷为《外国文学经典生成与传播研究·当代卷（下）》，由吴笛等著。该卷主要从一些个案入手，探讨当代重要作家作品的生成与传播。该卷共分11章。头几章分别从奥登、弗罗斯特、塞克斯顿、特德·休斯的诗歌经典为例证，展示当代西方诗歌的精神渊源。第五章探寻索尔·贝娄作品的经典之路。第六、七、八章，分别探讨帕斯捷尔纳克的《日瓦戈医生》、纳博科夫的《洛丽塔》、昆德拉的《生命中不能承受之轻》的经典历程，并且关注文学经典的电影改编，认为它们的传播之路在很大程度上表现为"走上荧幕之路"。文学经典与电影的良性互动是20世纪最重要的文化现象之一。第九章、第十章分别以《百年孤独》和博尔赫斯的作品为例，进一步探讨拉美文学经典的生成与传播。这两章的分析表明，当代拉美文学经典的形成得益于该地区整体文学的繁荣，缘于拉美的现代化诉求。第十一章以《伊豆的舞女》为例，探讨日本文学的经典之路，其传播轨迹从一个侧面显示了经典作品的生命力。

浙江是中国外国文学研究的重镇。"中国外国文学"是中华民族文化璀璨夺目的品牌，是中华民族文化不可分割的一个组成部分。中国外国文学研究在中西文化交流以及促使中国文化繁荣发展方面起到了无可替代的作用。目前，我国恰逢一个经济发达、文化繁荣、学术昌明、伟大复兴的新时代。在这一新的历史语境下，总结我国外国文学研究成果，展现外国文学研究领域的辉煌成就，为进一步发展提供必具的研究资源，无疑显得十分重要。正是基于这一原因，《中国外国文学研究年鉴》得以在浙江编撰。年鉴通常按年度编撰出版，以全面、系统、准确地汇集一年之内的重要成果和事件为主要内容，分类编排，按年度连续出版。2019年出版了《中国外国文学研究年鉴（2017）》。

《中国外国文学研究年鉴（2017）》，聚焦于2017年度发表在我国境内的报刊及各主要出版社的外国文学译介与研究成果。基于该年度外国文学研究的全部数据之上，从中遴选出优秀的外国文学研究成果代表，汇编成由研究论文、专著、译著与外国文学大事记等部分构成的这部年鉴。

这部年鉴不是一部强调内容全面和系统的参考书，而是一部对年度研究成果进行总体评价的参考指南，旨在强调研究特点。具体而言，主要有以下几个方面的特征：

首先，《中国外国文学研究年鉴（2017）》以上一年度外国文学研究的成果为主要收录内容，不强调全面和系统，而强调研究成果的学术性及重要参考价值。

其次，《中国外国文学研究年鉴（2017）》的性质是学术评价工具书，是中国外国文学研究的年度评价指南，不是由概况综述和研究资料汇编而成的参考书。

最后，《中国外国文学研究年鉴（2017）》的功能是评价，是以收入年鉴的方式体现学术评价，而不是对上一年度外国文学研究的全部记述和介绍。在某种意义上说，它是对C刊论文及学术出版的质量评价索引。所收录的内容经各专题主编组织学者遴选，由编委会最终讨论决定。

浙江大学文科资深教授许钧在2018年出版了任总主编的《中华译学馆·中华翻译研究文库》之后，2019年又推出了《中华译学馆·中华翻译家代表性译文库》这套大型文库。

《中华译学馆·中华翻译家代表性译文库》第一辑共 15 卷，包括《鸠摩罗什卷》《玄奘卷》《林纾卷》《严复卷》《鲁迅卷》《胡适卷》《林语堂卷》《梁宗岱卷》《冯至卷》《傅雷卷》《卞之琳卷》《朱生豪卷》《叶君健卷》《杨宪益卷》《戴乃迭卷》《穆旦卷》。其中的《朱生豪卷》收录了著名翻译家朱生豪的代表性译文。全书包括三大部分：学术性导言、代表性译文和译事年表。导言包括朱生豪生平介绍、朱生豪翻译宗旨及特色、对朱生豪的研究及评价、代表性译文选择的原因、对所选译文的介绍与研究等；代表性译文包括莎士比亚戏剧 5 部（《暴风雨》《威尼斯商人》《罗密欧与朱丽叶》《哈姆莱特》《理查二世的悲剧》）、莎剧中部分诗体台词、诗歌（中译英）、短篇小说；译事年表，按现有考证成果将朱生豪的翻译实践活动按时间顺序排列，包括年代与发表渠道。该书的出版将让读者更加全面地认识朱生豪，品读朱生豪原汁原味的精彩译文。

蒋承勇教授所著的《文学与人性——外国文学面面观》同样是对文学经典的考量。该著作认为：远离文学经典，势必远离人类的精神家园，我们也许会彷徨于人文缺失之迷津；亲近文学经典，用经典来承续心灵与传统文化精神的血脉联系，我们的生活将更接近"诗意的栖居"。"文学是人学"，是对人性的诗意的表达，因此，文学可以说是"诗化的人学"。该书以"重读经典"为宗旨，以透析人性意蕴为切入口，从八个层面对 25 种（部）东西方文学经典展开深入浅出的解读与鉴赏，并辅之以生动形象的视频和音频。读者通过阅读本书，可以初步体悟外国文学中的人性意味，领略其人文与艺术的魅力，进而丰富和提升自己的文学知识、艺术品位和人文素养，让自己的生活更增添几分诗意、哲理与浪漫。

潘一禾主编的《百紫千红：跨文化电影欣赏》运用跨文化交

流学的基本理论和分析视角，点评了不同国家的100多个电影故事。这些电影的丰富内涵和文化特征各有神奇、百紫千红，既展现了世界主要文明国家和"一带一路"沿线国家的多元生活方式，促进全球性的文化交流和相互理解，也适用于汉语国际教育和跨文化交流学的教学辅助。

二

在外国文学作品翻译方面，浙江大学郭国良教授一如既往，成果丰硕。2019年他翻译的四部作品，以及合作翻译的一部作品得以出版。他所翻译的作品多为当代英美名著，译笔流畅优美，拥有广泛的读者。这些译著中，有英国当代著名作家朱利安·巴恩斯家庭回忆录《没什么好怕的》。这部回忆录中，既有他与身为哲学系教授的哥哥的观念交锋，又有他对家族往事抽丝剥茧般的探索；既是他对于死亡与永生、上帝与自我、时间与记忆之思考的梳理与追忆，又是对他崇尚的文学家和艺术家的集体致敬。尽管巴恩斯郑重警告读者"这不是我的自传"，但这部作品依然为我们呈现了作者创作生涯的思想脉络，从中我们可以清晰地辨认出《福楼拜的鹦鹉》《终结的感觉》《时间的噪音》等所有经典作品的影子和原型。

而《生命的层级》则是朱利安·巴恩斯纪念爱妻的私密之作，追忆生命中的爱与失去。巴恩斯的妻子帕特·凯伐纳是著名的文学经纪人，2008年因病逝世。她是巴恩斯创作生涯的见证者，也是他此前所有作品的促成者。为纪念爱妻，巴恩斯写下了这本书。"我们相遇时，我三十二岁；她去世时，我六十二岁。这三十年，她是我的生之所在，心之所向"，作品寄托着巴恩斯对爱侣的深情哀思，也承载着他对记忆和存在深刻的省视。

郭国良翻译的又一部英国作品是《月亮虎》，为著名的小说家佩内洛普·莱夫利所著，是她的一部正式的实验之作，多重多变的视角纵横交错，生动地探讨了回忆、身份、年龄、爱情和遗憾等主题。尽管其中描述了错综复杂的几代人的情节，但这更多地像是万花筒般的千变万化而不是编年史似的纪实叙述。《月亮虎》既是一部爱情小说，也是一部鸿篇巨制的女性成长小说。全书时间几乎横跨整个20世纪，内容包罗万象，有惊心动魄的两次世界大战，有异国风情的探索乐趣，有缠绵悱恻的浪漫爱情，也有非同一般的亲子关系问题反映，还有异乎寻常、令人瞠目的兄妹伦理纠葛。

美国当今文坛著名作家菲利普·罗斯为我国读者所广泛知晓，曾多次提名诺贝尔文学奖。在郭国良教授翻译的《布拉格狂欢》中，功成名就的内森·祖克曼在20世纪70年代中期来到布拉格。他在这里发现了完全不同的文学困境，并经历了一系列奇幻而辛酸的冒险。《布拉格狂欢》以日记体的形式呈现了祖克曼与那些被放逐的流亡艺术家的旅居生活，诉说了这些道德沦丧的艺术家们在极权主义社会中的挣扎：他们纵欲狂欢放逐自我的同时，也在用自己的身体反抗精神的束缚。菲利普·罗斯借此书探讨了知识分子在严苛政治局势下的艰难命运和生存状态，笔端流露出深刻的关注与同情。

郭国良教授还与叶逸祺合译了挪威当代知名作家琳·乌尔曼的作品《喧嚣》。在《喧嚣》中，作者完美地将小说与回忆录糅为一体，从一个长大的孩子的视角回忆曾经与她既亲近又遥远的双亲，记录电影大师的最后时刻，讲述"缪斯与大师"的传奇背后更为真实的故事。

陈才宇教授根据1974年伦敦出版的企鹅古典丛书翻译的《高文爵士与绿衣骑士》是英国中世纪韵文罗曼史的代表作，这首长篇诗歌叙述了一个砍头不死的骑士的传奇故事，歌颂了中世纪骑士所遵循的勇敢、诚信、纯洁诸美德，艺术上最大的特点是运用象征、对比、平行等手法。陈才宇翻译的《最后一战》是《纳尼亚传奇》系列童话中的第七部，此次出版的是英汉对照本。

三

在外国文学学术论文的发表方面，浙江省多个领域各具专长的学者不仅保持着高质量论文发表的节奏，而且数量上亦有突破，迸发出新的活力。

蒋承勇教授近年来潜心学术研究，2019年在多家权威期刊发表了十余篇论文。《批评家与作家的"恩怨"及其启示》一文认为，萌芽时期的19世纪俄国现实主义文学，被反对派贬称为"自然派"，而正是这个"自然派"，后来成了俄国文坛上现实主义文学潮流的别称。其间，年轻的文学批评家别林斯基的评论、批评起到了独特而重要的作用，并留下了世界文学史上批评家与作家互动促进的一段佳话。

《走向融合与融通——跨文化比较与外国文学研究方法更新》指出，外国语言文学一级学科下新设二级学科"比较文学与跨文化研究"，其方法论意义超越了二级学科本身。"网络化-全球化"时代，文化的多元交流碰撞加速并加深，这要求外国文学研究应站在"大文学"高度，在人类文学可通约性基础上对不同时代和文化背景的文学做整体性审视，这是理念上的"融合"；在比较研究过程中多种研究方法的交互使用，这是方法上的"融通"。外国文学的研究应尽可能突破画地为牢式的国别研究壁垒，在跨文化、跨学科比较理念引领下拓宽视野、更新观念，走向文学世界主义境界，这也是整个外国语言文学学科建设需要正视的问题。

《错位与对应——唯美主义思潮之理论与创作关系考论》（与马翔合作）强调，唯美主义文学思潮在理论与创作实践上并非简单对应，这导致学界对其本质与价值的某种误解。"艺术高于生活"理论在具体创作中演变为"自由"与"自然"的冲突，由此引出"艺术自律"。唯美主义者试图以"艺术自律"反对功利主义与世俗道德，由此衍生出对形式主义的追求。"形式"是唯美主义诗学理论的核心概念，对"形式"的追求在作品中转化为对"感觉"可能性的探索，"有意味的形式"转化为"有意味的感觉"，并在呼应"艺术自律"的同时又演化为"艺术自律"的反面，即"艺术拯救世俗人生"；"有意味的感觉"在作品中以"感性解放"为基础实现时间的解放，最终提示人的解放的可能性。唯美主义思潮是西方近代文学向现代文学发展的桥梁。

《"屏"之"显现"——自然主义与西方现代文学本体论的重构》（与曾繁亭合作）分析了左拉针对文学再现之真实性问题所提出的"屏幕说"，与其后来作为自然主义文学理论家所提出的"真实感""个性表现"等重大理论主张息息相通。作为对摹仿现实主义之"镜"的扬弃与浪漫主义之"灯"的矫正，"屏幕说"所开启的文学"显现论"拒绝以二元对立的思维模式来理解作家与世界的关系，坚持文学只能是在世界中的人对其在与世界交合境遇中的个人体验的直呈。既是人的自我显现，又是世界在人之显现中的显现，既反对浪漫主义的极端"表现"，又否认"再现"能达成绝对的真实，显现论不唯达成了对再现论与表现论所代表着的本质主义诗学的颠覆，而且汲取"再现"与"表现"各自的合理成分，实现了两者的融合；这种融合在本质上乃是一种新质的诞生而非旧质的简单叠加，显现论完成了西方现代文学本体论的重构。

殷企平教授每年都有高质量论文发表，他在论文《英国文学中的幸福伦理与共同体形塑》中提出英国文学中的共同体形塑是一个值得深入研究的课题。然而，此项研究并未摆脱一个困境，即如何应对布朗肖、南希和米勒等人对共同体有机／内在属性的质疑。要走出这一困境，可从历来英国文学家们对幸福伦理的探究入手。从奥斯汀到乔治·艾略特，从狄更斯到乔治·吉辛，再从普里斯特利到拜厄特，英国文学家们都把幸福伦理看作通向共同体的一把钥匙，通过如椽之笔，一股股川流不息的诗性叙事，全都流向"秩序"与"自由"之间平衡的渊薮，而这平衡的关键在于进行幸福伦理的建构，在于以情感文化为基石而树立的社会责任感。

殷企平在论文《西方文论关键词：普通读者》中指出，在过去几十年中，轻视乃至敌视普通读者的倾向早已酿成了国际潮流，在学府和研究机构的高墙内外，西方文论曲高和寡。更可悲的是，某些对文学从无热肠的人窃据了评判文学作品的权位，并据以传播自身一窍不通的东西。这一现象的背后是去经典化、去审美化、泛政治化的鼓噪。只要不对此做出切实的回应，就不可能重现普通读者的亲切身影。古往今来，不少文人、学者曾为建构普通读者传统做出了艰苦卓绝的努力，而当务之急在于揭露去经典化潮流的谬误。

《走向生物共同体：〈阿弗小传〉的意义》（与王婉莹合作）是殷企平在共同体研究上的一个新视角。该文从嗅觉、理性和情感三个维度来探讨伍尔夫的《阿弗小传》中人与动物、人与自然的关系，并阐释作品中强烈的生物共同体意识。

高奋教授的论文《弗吉尼亚·伍尔夫〈达洛维夫人〉的伦理选择与中国之"道"》阐释了弗吉尼亚·伍尔夫在《达洛维夫人》以生与死、健全与疯狂并置的方式，表现她为第一次世界大战后的西方社会所做的伦理选择，体现出用中国之"道"反观西方文明的特性。伍尔夫汲取同时期英国哲学家伯特兰·罗素对中国之"道"的论述，在小说中并置不同类型人物的处世之道，最终阐明"以生命为本""尊重生命"和"联结生命"的尊爱生命伦理观，表现了中西融合的伦理取舍。另一篇论文《论新时代中国外国文学批评的立场、导向和方法》在比照中西思想异同的基础上，论析新时代中国外国文学批评的立场、导向和方法。

傅守祥教授在其论文《恶评打压的〈简·爱〉与逾矩写作的先锋》中提出，英国女作家夏洛蒂·勃朗特的代表小说《简·爱》初版时遭到基于维多利亚时代传统社会偏见的恶评打压，非议其"有伤风化""有损女德"，实质是恐惧女性觉醒和固守性别偏见。夏洛蒂原非主动反叛习俗的急先锋，只不过在特殊的成长环境下，她的诗人天性不仅没有泯灭，反而滋养出那个时代在女性身上十分扎眼的自我意识。作为女性觉醒的圣经与志同道合的宣言，《简·爱》以"逾矩"写作的方式打开了女性自尊、自强、自立的通道，却依然裹足于家庭和爱情的藩篱。

朱文斌教授在海外华文文学研究方面成就斐然，《中国海外华文文学研究四十年》（与岳寒飞合作）一文将改革开放40年来的中国海外华文文学研究分成三个阶段，即起步阶段（1979—1989）、拓展阶段（1990—1999）和繁盛阶段（2000— ），以此对于中国海外华文文学研究进行整体观照，分析它们在不同阶段的不同表现，清晰勾勒出中国海外华文文学研究40年来的学术历程。这既是回顾中国大陆学者对于海外华文文学的研究，也是作为一次历史性的总结，为未来的海外华文文学研究问诊把脉，对于海外华文文学创作发展无疑具有重要作用。

吴笛教授在2019年所发表的多篇论文中，有5篇是以文学的跨学科研究为特色。《论布尔加科夫"魔幻三部曲"中的科技伦理与科学选择》一文,以俄罗斯著名作家布尔加科夫20世纪20年代创作的"魔幻三部曲"为研究文本,探究布尔加科夫作品中所体现的科技伦理意识。布尔加科夫的作品,不仅凸显卓越的讽刺艺术,而且进行严肃的伦理警示。他的作品中的发人深省的独特之处在于强调科学精神和伦理道德的一致性。科学的探索要经得起伦理道德的监督和审视,科技生产和科技实验以及相应的科学研究,一定要遵循科技伦理。随着时代的发展和科学的进步,科学选择成为必然。但是,在科学选择中,如果没有科技伦理的制约,必然造成"伦理违背"。布尔加科夫通过生物实验、器官移植等具体事例告诫我们,在科学研究以及科技成果的运用中如果没有科技伦理的制约,那么,人类的灾难在所难免,其中的警示意义是极为深刻的。

《论弗罗斯特自然诗篇中的季节象征及其生态意蕴》主要以生态批评的理念审视弗罗斯特作品中的季节意象,认为美国著名诗人弗罗斯特的自然诗篇中的季节意象有着深邃的生态意蕴。不仅他的一些以季节命名的诗篇有着特定的象征寓意,而且大多数并非以季节命名的自然诗篇都包含明晰的季节成分,表现了特定的思想内涵。在他的诗篇中,写得较多的是秋、冬意象。秋时常有着对生命之旅的些许遗憾和人生旅程的哲理洞察和反思,而冬的意象,则常常具有复苏的内涵。在弗罗斯特看来,人生不能沉溺在死亡的神秘之中,而是应该走出神秘,迎接复苏。春、夏的意象,在弗罗斯特的诗中,虽然数量不及秋冬,但同样得到关注。早春的清新、短暂的美丽,是人类梦想的反射,也是生命复苏的奇迹的展现。而盛夏的意象,虽说辉煌,却蕴含着对走向衰败进程的担忧和惶恐。弗罗斯特对季节意象的关注以及相应的运用,充分体现了他作为自然诗人的特色,在相当的程度上表达了人与自然一体性的生态理念。

《论拉吉舍夫作品中的法律书写》则是从文学法律批评的视角探讨俄国作家拉吉舍夫的作品。认为拉吉舍夫通过《从彼得堡到莫斯科旅行记》等文学作品表达了自己的具有强烈的民主意识的法学思想。他关注法律问题，书写法律事件，批判法律的不公，抒发法律理想，而且，他还在作品中以具体的司法案件为例，突出反抗暴政、为民造福的法律理念。尽管他为此受到叶卡捷琳娜二世的迫害，但他坚守自己的理想和信念。拉吉舍夫的《从彼得堡到莫斯科旅行记》等文学作品，不仅是文学史上的杰作，而且在呼唤法律正义、弘扬民主和法制等方面，无疑具有重要的文献价值，同时也是文学法律批评的优秀文本。

而《谁为浙江最早开启世界文学之窗？》和《翻译在外国文学经典生成与传播中的历史使命》等论文则是以文学传播学的视野审视外国文学经典在我国的传播。前文认为，在中西文学交流过程中，早在清末民初，出生于浙江杭州的蒋其章、沈祖芬、魏易等一些译者，就开始在中西文学之间搭建桥梁，他们不仅最早为浙江开启了世界文学之窗，而且也为中国翻译文学的起始，奠定了坚实的基础。我国第一部翻译文学作品《昕夕闲谈》出自浙江译者，我国翻译的第一部美国文学经典《黑奴吁天录》和第一部英国文学经典《绝岛漂流记》均出自浙江。浙江译家不仅为中国读者打开了世界文学的窗口，拓展了视野，同时也为英美等西方文学在我国的流传发挥了重要的奠基作用。后文认为，翻译文学是文学翻译的目的和使命，也是衡量翻译得失的一个重要标准，它属于"世界文学—民族文学"这一范畴的概念。翻译文学的核心意义在于不再将"外国文学"看成"外国的文学"，而是将其看成民族文学的组成部分，是民族文化建设的有机整体，将所翻译的文学作品看成是我国民族文化事业的重要组成部分。可以说，文学翻译的目的，就是建构翻译文学。

2019年浙江外国文学著译要目

一、译著

沈念驹 《变色龙·外国文学名著精品》（［俄］契诃夫） 浙江文艺出版社2019年1月版

《契诃夫短篇小说选》（［俄］契诃夫） 浙江文艺出版社2019年1月版

《童年》（［俄］高尔基） 吉林美术出版社2019年8月版

《森林报》（［俄］比安基） 江西人民出版社2019年10月版

陈才宇 《高文爵士与绿衣骑士》 浙江工商大学出版社2019年1月版

《莎士比亚别裁集》 浙江工商大学出版社2019年3月版

《最后一战》（［英］刘易斯） 译林出版社2019年1月版

郭国良 《没什么好怕的》（［英］朱利安·巴恩斯） 译林出版社2019年4月版

《生命的层级》（［英］朱利安·巴恩斯） 译林出版社2019年8月版

《布拉格狂欢》（［美］菲利普·罗斯） 上海译文出版社2019年1月版

《月亮虎》（［英］佩内洛普·莱夫利） 北京燕山出版社2019年10月版

郭国良 叶逸祺 《喧嚣》（［挪威］琳·乌尔曼） 上海译文出版社2019年7月版

吴　笛 《劳伦斯诗选》（［英］劳伦斯） 外语教学与研究出版社2019年1月版

《愿望的实现》（［印度］泰戈尔） 浙江文艺出版社2019年7月版

《吉檀迦利——泰戈尔诗歌精选》（［印度］泰戈尔） 中国盲文出

版社 2019 年 7 月版

《爱的哲学——雪莱诗歌精选》（［英］雪莱） 中国盲文出版社 2019 年 7 月版

杨海英 《爱丽丝漫游奇境》（［英］刘易斯·卡罗尔） 江西人民出版社 2019 年 10 月版

二、专著、编著

吴笛总主编 《外国文学经典生成与传播研究》（8 卷集） 北京大学出版社 2019 年 4 月版

傅守祥等著 《外国文学经典生成与传播研究·第 1 卷·总论卷》 北京大学出版社 2019 年 4 月版

吴　笛等著 《外国文学经典生成与传播研究·第 2 卷·古代卷（上）》 北京大学出版社 2019 年 4 月版

张德明主编 《外国文学经典生成与传播研究·第 3 卷·古代卷（下）》 北京大学出版社 2019 年 4 月版

彭少健等著 《外国文学经典生成与传播研究·第 4 卷·近代卷（上）》 北京大学出版社 2019 年 4 月版

蒋承勇等著 《外国文学经典生成与传播研究·第 5 卷·近代卷（下）》 北京大学出版社 2019 年 4 月版

范捷平等著 《外国文学经典生成与传播研究·第 6 卷·现代卷》 北京大学出版社 2019 年 4 月版

殷企平主编 《外国文学经典生成与传播研究·第 7 卷·当代卷（上）》 北京大学出版社 2019 年 4 月版

吴　笛等著 《外国文学经典生成与传播研究·第 8 卷·当代卷（下）》 北京大学出版社 2019 年 4 月版

聂珍钊　吴笛　王永 《中国外国文学研究年鉴（2017）》 浙江大学出版社 2019 年 9 月版

许钧总主编 《中华翻译家代表性译文库·第一辑》（共 15 卷） 浙江大学

出版社2019年12月版

蒋承勇著　《文学与人性——外国文学面面观》　浙江工商大学出版社2019年6月版

潘一禾主编　《百紫千红：跨文化电影欣赏》　浙江大学出版社2019年7月版

三、论文

蒋承勇　《批评家与作家的"恩怨"及其启示》《浙江社会科学》2019年第1期

《走向融合与融通——跨文化比较与外国文学研究方法更新》《外国语》2019年第1期

《"浪漫"之钩沉——西方浪漫主义中国百年传播与研究反思》《中国比较文学》2019年第2期

《揭开"唯美"的面纱——西方唯美主义中国传播之反思》《文艺理论研究》2019年第3期

《五四以降外来文化接受之俄苏"情结"——以现实主义之中国传播为例》《外语教学与研究》2019年第4期

《英国小说演变的多角度考察——从十八世纪到当代》《东吴学术》2019年第5期

《"独尊"了什么"主义"？——"五四"以降现实主义中国接受史反思》《关东学刊》2019年第6期

《〈简·爱〉在中国的百年传播》《光明日报》2019年10月23日

蒋承勇　马翔　《错位与对应——唯美主义思潮之理论与创作关系考论》《社会科学战线》2019年第2期

蒋承勇　曾繁亭　《"屏"之"显现"——自然主义与西方现代文学本体论的重构》《外国文学》2019年第1期

《含混与区隔：自然主义中国百年传播回眸》《学术研究》2019年第7期

蒋承勇　吴澜　《选择性接受与中国式呈像——马克·吐温之中国传播考

		论》《英语研究》2019 年第 1 期
蒋承勇	杨希	《文化渊源与文学价值：西方颓废派文学再认识》《浙江学刊》2019 年第 2 期
许 钧		《浙江文化"走出去"源流及新时期对外传播路径剖析》《湖南科技大学学报》2019 年第 6 期
		《当下翻译研究的困惑与思考》《东北师大学报》2019 年第 3 期
		《翻译精神与五四运动——试论翻译之于五四运动的意义》《中国翻译》2019 年第 3 期
殷企平		《英国文学中的幸福伦理与共同体形塑》《跨学科文学研究》2019 年第 2 期
		《西方文论关键词：普通读者》《外国文学》2019 年第 6 期
殷企平	王婉莹	《走向生物共同体：〈阿弗小传〉的意义》《英语研究》2019 年第 1 期
何辉斌	邹爱芳	《论 20 世纪外国文学翻译出版的总体版图——基于书目计量学的研究》《外国语》2019 年第 5 期
何辉斌		《戏剧观赏的认知研究》《英美文学研究论丛》2019 年第 1 期
		《谈读书三境界》《上饶师范学院学报》2019 年第 1 期
潘一禾	赵 璞	《从"哲理小说"到"记忆叙事"——论西蒙娜·德·波伏娃的文学道路》《苏州大学学报》2019 年第 1 期
潘一禾		《沐浴大自然的神光一现》《杭州（周刊）》2019 年第 32 期
		《让亲人互残的"夺命伞"》《杭州（周刊）》2019 年第 28 期
		《让惩恶扬善确有可能》《杭州（周刊）》2019Z1 期
		《读书就是让阳光照入迷宫》《文汇报》2019 年 6 月 24 日
高 奋		《弗吉尼亚·伍尔夫〈达洛维夫人〉的伦理选择与中国之"道"》《文学跨学科研究》2019 年第 2 期
		《论新时代中国外国文学批评的立场、导向和方法》《浙江大学学报》2019 年第 2 期
傅守祥		《恶评打压的〈简·爱〉与逾矩写作的先锋》《汉语言文学研究》2019 年第 2 期

《尊重文化差异　减少文化误读》《中国文化报》2019年7月3日

《文学经典的大数据分析与文化增殖》《中国科学报》2019年1月30日

《〈双城记〉：时代良知与仁爱精神》《中国科学报》2019年7月3日

朱文斌　岳寒飞　《中国海外华文文学研究四十年》《文艺争鸣》2019年第7期

吴　笛　《论布尔加科夫"魔幻三部曲"中的科技伦理与科学选择》《外国文学研究》2019年第5期

《论弗罗斯特自然诗篇中的季节象征及其生态意蕴》《文学跨学科研究》2019年第1期

《论拉吉舍夫作品中的法律书写》《俄罗斯文艺》2019年第4期

《谁为浙江最早开启世界文学之窗?》《浙江社会科学》2019年第4期

《翻译在外国文学经典生成与传播中的历史使命》《中国社会科学报》2019年9月10日

旧事重提与朝花夕拾
——2019年浙江文学评论述评

| 刘　忠 |

时间过得很快，新中国成立已经70周年，新世纪第二个十年也要开启。比较而言，文学研究进展很慢，甚至是原地踏步，停滞不前。往好的说，是不趋时，经得住淘洗，一如英雄美人，即使末路迟暮，依然本色。1926年2月始，鲁迅在《莽原》上发表总题为"旧事重提"的系列散文，《从百草园到三味书屋》《藤野先生》《范爱农》就是其中的重要篇目，1928年结集出版时取名"朝花夕拾"。从旧事重提到朝花夕拾，回忆记人叙事依旧，"文艺范"了很多。

总体上看，过去的一年，浙江文学评论与国内文坛步调一致。一方面，回顾过去70年乃至100年白话文产生、发展历程，为新文学之新、新中国文学之新做出诠释；另一方面，当代文学历史化、美学研究多元化、现实主义创作原则等问题又一次进入人们的视野，颇有点"旧事重提"的意味。好在，一切历史都是当代史，在新时代、新语境下言说，也就有了许多新意。

一

五四时期是一个思想、主义丛生的年代，各种思想主义纷至沓来，被先驱们作为救亡图存的文化资源进行广泛传播。有的因为契合中国的文化传统与现实土壤而生根成长,流布至今;有的因为水土不服,时断时续;有的经学人们一再阐发,仍昙花一现。2019年是五四运动100周年,回顾五四文学的发生发展、主义思想的生成,是一件有意义的事情。

翻阅百年中国文学史,大多数版本都会把现实主义作为"主潮"来叙述,从五四时期带有自然主义色彩的现实主义到20世纪30年代社会剖析派再到40年代的"社会主义现实主义"……各种名号因时局、宣传、理解不同而有所差异,不变的是作家们希望文学介入现实、推动社会革命的热望。

蒋承勇在《十九世纪现实主义"写实"传统及其当代价值》中较为全面地阐述了现实主义的理论基础以及在中国的演进。文章认为,19世纪西方现实主义文学思潮的"写实"精神与摹仿说、再现说在演变中达成耦合关系,又在作为文学思潮之后衍生出诸多新形态,成为一种"复数"概念,因此拥有了不断更新、延展的广阔空间和无穷生命力。现实主义文学的写实精神和真实性品格与马克思、恩格斯的现实关怀深度契合,也同历史唯物主义理论紧密关联,更是马克思主义文艺思想的核心要义。这不仅是现实主义之现代性与开放性的重要表征,更是马克思主义哲学思想能够有效指导文艺批评实践的根本原因。新时代的中国需要富有写实精神和真实性品格的文学,现实主义依然是各种新形态文学创作的艺术泉源与重要参照。现实主义文学可以有效对抗当代文学实践中的反本质主义、虚无主义等倾向,使文学在文化建设、价值担当等方面充分发挥自身效用,并因此获得永久的价值与意义。

现实主义在中国的流变历程如何?蒋承勇在《现实主义中国传播70年考论》中认为,新中国成立后,现实主义文学传承五四新文学之写实传统,也受三四十年代苏联社会主义现实主义影响，毛泽东延安时期的文艺思想作为现实主义变体之一，其基本观念延续到了五六十年代。"文革"时期对现实主义的接受与传播出现变异，其概念趋于扭曲，70年代末开始"回归"，但80年代受西方现代派冲击后被认为"过时"，90年代"新现实主义"则在融合现代派元素基础上有了拓展。纵观70年来现实主义在我国接受与传播的曲折道路，总体上得以广泛传播，但未被独尊，真正高水平的现实主义文学发展尚不充分，现实主义的真实观念、审美价值及与浪漫主义、自然主义之关系等问题都有待深入研究与发掘。

思想观念的"现代"之外，现代文学的另一个特点是语言形式上白话文取代文言文。高玉的《晚清白话文与五四白话文的本质区别》通过比较考察，认为晚清白话文运动是启蒙运动，不仅表达和传播旧知识，也表达和传播新知识，而五四白话文运动是思想革命，它不仅不传播旧思想，恰恰相反，它激进地否定和批判封建思想与文化，从而开启中国社会和思想文化的现代转型。晚清白话文是工具性的语言，而五四白话文是思想本体的语言，中国思想文化的"现代性"可以从现代汉语这里得到深刻的说明。晚清白话文是文言文的辅助语言，主要是口语、民间语和大众语，还不能构成完整的书面语体系，不能独立表达思想与文化，五四白话文从一开始就是要取代文言文从而取得正统或中心地位，并最终成为一种独立的语言体系即现代汉语。这样的比较分析符合文学史的经验事实。

二

新中国成立70周年，当代文学也同龄。近几年，当代文学历史化问题摆上议事日程，引起一些学者的研究兴趣。洪子诚、程光炜、吴秀明、张均等人都表达了相似的看法，认为当代文学历史化已经取代能不能"写史"的问题。换言之，当代文学史已经是"史"，接下来是怎么写史的具体问题，如学科的历史化、史料的历史化、思潮现象作家作品的历史化。吴秀明、徐勇、斯炎伟的文章较多地涉足当代文学史的史料整理、叙述方式等问题。

吴秀明出版专著《重返文学的"历史现场"》（2018），分"文献史料的研治与阐释""文学历史的编写与反思""历史文学的理论与实践"三个部分，阐述自己对当代文学历史化的一些看法。2019年，他又将此问题深化，在《当代文学史如何面对史料》一文中，认为当代文学史研究领域著作卷帙浩繁，有部分著作套用一般文学史的概念、原则、方法，往往显得大而无当，挠不到痒处。文学史书写开掘新的突破口，这对在此之前已有80多部史著写作经验积累，以及面对当下处于某种胶结状态的当代文学史来说，显得颇为重要。当代文学史的研究和书写与史料密不可分，这不仅仅关系到文学史与史料关系及其史料的功能价值，而且关系到整体学风，包括史观与史料互动下，文学史如何面对和处理史料，实现对原有的"重写"之重写，构建合历史合目的的新范式。

徐勇在《选本编纂与当代文学史叙述》和《选本编纂与当代文学批评模式的演变》（与王冰冰合作）中，从选本编纂与文学史叙述、选本批评与文学批评角度提出看法。认为选本编纂与当代文学史叙述相互关联，对于这种关联的考察可以从三个层面展开，进而形成一种具有方法论意义上的分析模式。一是找出文学史叙述时提到的文学选本或受文学选本直接影响的例子；二是运用统计学和对照分析法，建立起它们之间的对应关系；三是从文学史叙述的认识论基础出发，考察其论述文学发展进程及其作品选择时的原则和方法，以此建立文学选本同文学史叙述的深层次关系。至于选本批评与文学批评的关系，徐勇认为，选本批评既是选本所属时代文学批评实践的内在构成部分，同时又有其自身的特点——当代文学批评与选本编纂之间具有某种程度的同构对应和彼此生发的关系：一方面文学批评的时代变迁制约着选本批评的阶段性演变及其方式方法的构造，另一方面选本编纂也以其自身"选"和"编"的方式参与到文学批评的转折递变的过程中去。选本编纂的当代演变，表现出的是当代文学发展及其批评模式变迁的表征，需要从社会语境及其上下文的规定性的角度加以把握。在某种意义上，选本编纂就是版本意义上的史料整理。

斯炎伟的《"过渡时期"的当代文学史写作：意识、话语与向度》提出"过渡时期"一说，认为当代文学史写作的庞杂与动荡，并不是文学史观或规范意识不足的结果，而是当代文学依旧身处"过渡时期"的应有宿命。这一时期的当代文学史写作，不宜过于追求知识、结论以及写作格局上的全面、系统，可不避"片面的深刻"，撰写充满个性与问题意识的文学史。在话语的使用上，可尝试在一部文学史中并置多个话语，以应对当代文学本身的庞大与混杂，避免因一种话语丈量到底而导致的历史走样。在写作的向度上，可多打捞"沉睡"的历史碎片，以及被已有文学史有意无意遮蔽的历史存在，这既是对历史的充实，也是为将来"稳定"当代文学史做出铺垫。此种观点强调了历史客体，一定程度上忽视了史学家主体，毕竟文学史是由文学史家来书写的，史论不可避免地会介入到历史客体之中。

三

近些年，美学研究也有旧事重提的意味，无论是认识论、实践论,还是存在论、人生论,抑或是后实践论、新实践论,依旧在主体与客体、理性与感性、个体性与社会性的圈子里摇摆,"照着说"居多,"接着说"相对较少。前行之路总是不平坦,人类的认识时刻伴有盲区,美学研究亦是。旧事重提也好,朝花夕拾也罢,回望与检视是人类自我反思的一个重要部分。

马大康先生从语言行为、言语实践角度研究美学、文艺学,成果颇多。《"理论""后理论"的症结及其疗救——对西方理论话语的批判》(与王正中合作)辨析"理论"与"后理论"关系。"理论"是在西方思想语言论转向的基础上兴盛起来的。"后理论"对"理论"的批判性重构并没有放弃语言论,只不过通过更新语言学研究范式来构建小写的、复数的理论。老庄的语言观为我们提供了一个批判"理论""后理论"话语方式的立场:过分夸大语言的作用,把语言学视为研究人文学科的范式,必定会造成人与世界之复杂关系被简单化、片面化,造成思想的盲视,这正是"理论""后理论"的症结所在。在人与世界之间并存着两种基本关系:其一,人通过行为语言(行为)来关联世界,建立非对象性关系来体验、直觉、悟解世界;其二,人通过言语行为(语言)与世界建立对象性关系来观察、分析、认识世界。人的所有文学艺术活动和文化活动都建立在这两种符号系统协同作用的基础上。为此,我们提出"新诗学"及"新解释学"就同时包容着言语行为(语言)与行为语言(行为)交互作用的二维张力结构。文章对以语言学为基础的西方理论提出一定批评,希望能中西兼容,建构自己的新诗学和新解释学。目标虽然有点大,努力还是需要的。

徐岱先生一直致力于美学研究,近年对美育教育也颇多关注。《作为学术史的美学研究》梳理美学研究学术史,评说过往,直面当下,认为研究重心应移至审美价值上。文章认为,古今中外，关于美的讨论历史悠久。但对缺乏系统的随意言说和自成谱系的学术史的梳理，容易造成对问题意识的遮蔽，其结果就是研究成果的重复。通常说来，作为学术史的美学研究源自柏拉图主义的本体论美学，迄今以来分别经历了从理念到经验、从实在到存在、从认识到解释等理论上的一系列转向。当代美学的思想误区在于对"本体论"与"本质主义"的混淆，由此而导致的研究路径的迷茫，事实上已经成为美学研究实现其继往开来的一种障碍。从作为学术史的美学研究来看，以对"审美价值"的关注为核心，形成了美学学科的古今之分，并由此实现了面向生活世界的现代美学。只有清楚地认识到这些问题之间的关联，才能更好地促进当代美学的发展。

杜卫的《文艺美学与中国美学的现代传统》是一篇立论宏阔的文章，期待文学美学构建自己的话语体系，形成中国美学的现代传统。文章认为，"文艺美学"的创建始于20世纪初，王国维是开创和奠基者，宗白华是重要贡献者，朱光潜是第一位理论集大成者。他们的美学研究的学术理路和中西融合的成果在文艺美学理论中得到了继承，使文艺美学成为与中国现代美学联系最为紧密的、具有一定本土特色的美学理论建构。但是，由于多方面的原因，文艺美学在创建本土美学、对话传统美学等方面的自觉意识明显淡化了。作为一种知识生产，文艺美学应该继承中国现代美学融合中西、建构本国美学理论的精神，接着中国美学的现代传统做下去。

李咏吟的学术视野很广，美学、文论研究并行。《实践论美学与人生论美学建构的公民立场》一文认为，要想在中国建立实践论和人生论美学，前提是要加快建设公民立场。文章认为，实践论美学与人生论美学，既是现代中国美学的两大重要流派，也是现代中国美学的两种基本思想建构方式。现代中国实践论美学的建立,源于马克思的实践立场,即通过对劳动实践的价值肯定,确证人的生命本质力量;现代中国人生论美学的建立,则源于先秦儒家的诗乐人生理想或先秦道家的道法自然观念,强调人生的幸福自由。从变革意义上说,确立实践论美学与人生论美学的当代方案,只要引入公民原则,就能超越美学观念之争或美学概念辨析的积弊,为两种美学理论建构提供切实可行的实践方案。

朱首献近年在文学的人学、文论研究方面有许多精进,专著《当代中国文论八讲》选取20世纪80年代以降在中国文论领域中具有一定影响力的八个论题,即文艺活动论、文学人学论、文学主体论、理性主义与非理性主义文论、本质主义与反本质主义文论、重写文学史以及文学史本体问题论、文学史方法问题论等进行研究,从一个侧面勾画出当代中国文论的历史性与当下内涵。专著有两个鲜明特点:一、反思性。梳理文学现场,进行"反思与评价",避免了泛泛而论和高蹈凌虚。二、现场感。把文学本体研究与文学史写作统摄起来思考,纠正了纯文学观念的偏狭与不足,具有很强的问题意识与现场感,让理论研究鲜活起来。

四

与新中国一道,文学批评也走过了70年历程。评点过去是一件有意思的事情,成就与遗憾并存,往者不可谏,来者犹可追。

洪治纲在《时代、伦理与人性的纠缠——新中国成立70年中篇小说观察》一文中,对新中国70年中篇小说进行了一番巡礼。他认为,新中国70年中篇小说创作走出了一个波浪形结构,"十七年"和"文革"时期是波浪的蓄势期,中篇创作相对平静,长篇和短篇掌控小说领域。进入改革开放时期,中篇小说进入黄金期，成为各种文学思潮的标志作品。20世纪90年代以来，长篇小说协同影视文学发展迅猛，中篇小说进入到一个平稳期。主题上，中篇小说与时代同步，推动思想解放、改革开放，书写人们的婚恋变迁、伦理关系、人性变化，呈现多元化、个人化趋势。

在《论小说中的"关系"》一文中，洪治纲认为，从某种意义上说，小说就是一种"关系"的叙事。动物小说，看起来是写动物，实质上仍然是写人与动物的关系。内心独白类的小说，同样也是表达人与自我的关系。可以说，如果彻底拒绝"关系"问题，作家就没有办法设计情节，而没有情节的必要发展，最终也就无法形成故事。这种小说"关系论"与马克思的"人是社会关系的总和"主张有异曲同工之妙。

范家进的《从"平民文学"到"底层文学"的反思与追问》将五四时期的平民文学主张与21世纪之初的"底层文学"进行对接，探讨其中的关联，指出百年中国文学的一大目标——大众化还没有到来，人文学者们尚需努力。五四时期的平民文学论争与新世纪的底层文学论争何其相似，为了底层而忘记文学与为了文学而忘记底层同样不可取，以作家的身份写百姓和以百姓的身份写百姓似乎都有存在的必要。

姚晓雷与张清媛的《知识分子"时代病"患者及其精神游弋——以格非"江南三部曲"主人公形象书写为例》，提出人文知识分子当下何为的问题。文章认为，20世纪末以来，随着中国式市场经济的推进，中国逐渐进入了以实用化、物质化、市场化、世俗化为主导倾向的商品社会时代，出现了一系列新问题、新矛盾。许多人文知识精英对这种现象由无能为力转向对自我价值的怀疑，乃至对精英知识分子历史和信仰的整体否定，遂成了一种"时代病"。格非就是一个这种"时代病"的患者,"江南三部曲"的知识分子主人公书写便属于患病中的精神游弋。人文知识分子何去何从实在是一个问题,需要深入研究和思考。

刘家思的《论魏金枝乡土小说〈野火〉的艺术风格》是浙籍作家研究专论,丰富了魏金枝研究。《野火》中,魏金枝通过刻画一个令人深恶痛绝的高利贷者的形象,描写乡村世界的沉郁气氛,由于黑暗势力的压迫和剥削,乡村底层民众处于一种无可排遣的悲愤之中,表达了作者对其的强烈痛恨和批判。小说以乡土叙述方式暗含了象征意蕴,以丑角形象塑造契合了沉滞氛围,以民间习俗话语彰显了批判力度,表现了作者"悲郁沉着又清隽从容"的艺术风格。

夏春锦的专著《木心考索》从传略、交友、文坛等方面对木心进行了较为充分的考证,与国内已出版的木心研究构成一个相对完整的史实链条。"传略"部分尝试用平实的文字客观描述木心一生的大体轮廓。"考释"和"文友"部分偏向于木心个人史实的探讨、他人描述中的木心。"文坛"部分希望通过浅议,引发人们对木心相关作品的注意。全书考据详尽,有着一份难得的认真与温暖。如果说有什么不足的话,理性分析稍微弱点。

碍于归类与篇幅的限制,还有许多学者的文章没有做深入阐述,如王学海的儒学研究、王侃的新时期文学研究、李杭春的浙江大学校史研究、刘克敌的民国文人研究、郭梅的女作家研究、方爱武的影视文学研究、赵思运的诗人研究、李浔的诗论研究也都各有千秋,在不同领域有着很高的学术价值。

一年又一年,2019年的浙江文学评论稳中有进,在当代文学历史化、美学与文论重构、作家论等方面取得了较大成就,在权威期刊上发表了多篇学术论文。在文学批评方面,学者进一步年轻化,评论对象也愈加宽泛。同时,一些青年作家纷纷在刊物上发表创作谈,与读者、评论家互动,有助于增强浙江文学的影响力,形成溢出效应。

2019年浙江文学评论要目

一、书

朱首献 《当代中国文论八讲》 中国社会科学出版社2019年2月版
夏春锦 《木心考索》 浙江古籍出版社2019年7月版
蔡贻象编 《温州·声音》 中国民族摄影艺术出版社2019年11月版

二、文

马大康 王正中 《"理论""后理论"的症结及其疗救——对西方理论话语的批判》《社会科学》2019年第9期
马大康 《行为、规范性与叙述学新视野》《文艺争鸣》2019年第12期
徐 岱 《作为学术史的美学研究》《苏州大学学报》2019年第5期
　　　《重构审美哲学:终结之后的艺术问题》《杭州师范大学学报》2019年第5期
　　　《跨界之美:论法拉奇的文学事业》《美育学刊》2019年第5期
蒋承勇 《十九世纪现实主义"写实"传统及其当代价值》《中国社会科学》2019年第2期
　　　《现实主义中国传播70年考论》《浙江社会科学》2019年第11期
曾繁亭 蒋承勇 《浪漫主义与"荒诞"观念的形成》《清华大学学报》2019年第5期
谢文兴 蒋承勇 《魔幻现实主义文学的"现实"究竟是什么》《浙江师范大学学报》2019年第5期

李国辉　蒋承勇　《走出"肤浅"与"贫乏":五四时期象征主义诗学论著辨正》《河南大学学报》2019年第6期

吴秀明　《当代文学史如何面对史料》《当代文坛》2019年第2期

杜　卫　《文艺美学与中国美学的现代传统》《文艺研究》2019年第1期

李咏吟　《张承志与北方中国的美学想象方法》《南京邮电大学学报》2019年第3期

《自然的合目的性及其美学沉思》《浙江社会科学》2019年第3期

《实践论美学与人生论美学建构的公民立场》《广东社会科学》2019年第6期

《当代美学研究的多元化与系统化》《中国社会科学报》2019年第6期

李杭春　《读郁达夫手稿本〈她是一个弱女子〉》《文汇报》2019年6月28日

《从〈竺可桢日记〉看国立浙江大学西征始末——尾声:漫漫回家路》《浙江大学学报》2019年第3期

洪治纲　《刍议中国当代文学理论的建构》《新华文摘》2019年第5期

《俗世不俗,日常不常——2018年短篇小说创作巡礼》《小说评论》2019年第1期

《身份背后的主体之思——论范小青的长篇小说〈灭籍记〉》《当代作家评论》2019年第6期

《时代、伦理与人性的纠缠——新中国成立70年中篇小说观察》《文艺争鸣》2019年第8期

《论小说中的"关系"》《文艺争鸣》2019年第9期

余　华　《莫言的反精英之路》《当代作家评论》2019年第1期

柯　平　《暗涌的力量,总有一天要喷薄而出》《作家》2019年第10期

黄咏梅　汪广松　《面对"平地的艰难"——阿利斯泰尔·麦克劳德〈海风中失落的血色馈赠〉阅读对谈》《青年文学》2019年第5期

高 玉	《文论关键词研究的多重维度》《中国社会科学》2019 年第 8 期	

高　玉　《文论关键词研究的多重维度》《中国社会科学》2019 年第 8 期
　　　　《比较视角下的当前中国文学优势与困境》《武汉大学学报》2019 年第 3 期
　　　　《论文学伦理学的实践形态及路径》《西南大学学报》2019 年第 3 期
　　　　《文学研究语言本体论》《探索与争鸣》2019 年第 4 期
　　　　《晚清白话文与五四白话文的本质区别》《文艺理论研究》2019 年第 5 期
　　　　《论现实主义作为一种阅读方法》《浙江师范大学学报》2019 年第 5 期

黄　擎　杨　艳　《"回旋"与"复"之概念辨析》《东南大学学报》2019 年第 2 期

姚晓雷　张清媛　《知识分子"时代病"患者及其精神游弋——以格非"江南三部曲"主人公形象书写为例》《当代文坛》2019 年第 6 期

陈力君　《20 世纪中国启蒙话语的空间意识及国民性诉求》《中国现代文学论丛》2019 年第 1 期
　　　　《神话、迷途和幻境——论东君小说的空间意识》《南方文坛》2019 年第 3 期

朱首献　《语壮文飞扬　笔健意纵横》《中国新闻出版广电报》2019 年 4 月 12 日

范家进　《从"平民文学"到"底层文学"的反思与追问》《浙江理工大学学报》2019 年第 4 期

王　侃　《文学史的起搏器——略谈中国新文学的"内源性"》《文艺争鸣》2019 年第 11 期
　　　　《〈古船〉的批评史及其他》《文艺争鸣》2019 年第 10 期
　　　　《保守主义、二元思维与诗性拯救——张炜今识》《文艺争鸣》2019 年第 1 期

斯炎伟　《全国第一次文代会的顶层设计及其领导机制》《当代作家评论》

2019年第3期

《"过渡时期"的当代文学史写作：意识、话语与向度》《当代文坛》2019年第5期

郭　梅　《下一站仓前》《中国文化报》2019年11月16日

《一曲基石精神的颂歌》《中国文化报》2019年9月11日

《明清女曲家笔下的侠女及其女性立场》《中国社会科学报》2019年1月21日

《从开封、杭州的茶坊看两宋》《博览群书》2019年第8期

孙良好　孙白云　《海峡两岸琦君研究回顾与展望》《温州大学学报》2019年第4期

孙良好《温州学人与学术》《温州大学学报》2019年第3期

陈　星　《李叔同艺术教育事业年表》《美育学刊》2019年第4期

刘克敌《梦中治学与学者之梦》《中华读书报》2019年4月17日

《清华"四大导师"与北大国学门》《中华读书报》2019年7月10日

《与天壤而同久，共三光而永光》《中华读书报》2019年10月9日

《钱玄同的嘲讽与陈寅恪的羡慕》《书屋》2019年第4期

《〈申报〉有关陈寅恪报道与其学术地位及公众形象演变》《关东学刊》2019年第5期

《陈寅恪"易代之叹"与陶渊明"安身立命"哲学探微》《山东师范大学学报》2019年第6期

《鲁迅笔下的〈新青年〉同人》《博览群书》2019年第7期

方爱武《丝路电影与中国形象的建构——以三部中印合拍电影创作为例》《当代电影》2019年第3期

王　姝　《历史叙事的转换与原型模式的开启——重评凌力的历史小说〈少年天子〉》《长江文艺评论》2019年第2期

《"学人小说"传统与知识分子的自我言说——评晓风的高校知识分子题材写作》《浙江工业大学学报》2019年第1期

徐　勇	《选本编纂与当代诗歌创作的阶段性演变》《南京师范大学学报》2019 年第 1 期	

徐　勇　《选本编纂与当代诗歌创作的阶段性演变》《南京师范大学学报》2019 年第 1 期
《不可靠的叙事与虚伪的姿态——关于张炜的〈艾约堡秘史〉》《文艺理论与批评》2019 年第 1 期
《选本批评与"先锋派"的接受及其衍变》《文学评论》2019 年第 3 期
《语词的乌托邦：在文字搭起的世界中徜徉——钟求是论》《小说评论》2019 年第 2 期
《选本编纂与当代文学史叙述》《天津师范大学学报》2019 年第 3 期
《物的关系美学与"主体间性"——徐则臣〈北上〉论》《南方文坛》2019 年第 3 期
《新时期以来文学现代性的两极走向及症候——以王安忆和贾平凹为中心的考察》《当代作家评论》2019 年第 4 期

徐　勇　傅庶　《以偏离的方式接近——论铁凝小说的"同时代性"与个人性内涵》《当代文坛》2019 年第 1 期

徐　勇　王冰冰　《选本编纂与当代文学批评模式的演变》《江苏社会科学》2019 年第 5 期

刘江凯　《世界经典化视野下的中国当代文学海外传播研究反思》《文学评论》2019 年第 4 期
《莫"言"诺奖，只谈新作》《中国艺术报》2019 年 4 月 3 日

刘家思　《大禹治水统摄下的女娲—涂山氏原型的融合与变形——论小说〈补天〉的文本症候、文化原型及其思想意蕴》《鲁迅研究月刊》2019 年第 12 期
《论魏金枝乡土小说〈野火〉的艺术风格》《宁夏大学学报》2019 年第 3 期

赵思运　《"每个人心里都有一座凤凰山"——飞廉论》《南京理工大学学报》2019 年第 6 期
《"缘情"而不"绮靡"——罗振亚诗歌的抒情品质》《当代文

坛》2019年第5期

王学海　《时代新启示：儒学与伦理的新建设》《比较美学研究》2019卷
《历史回顾中的人性之光》《文艺报》2019年5月22日
《当下阅读的美与值得记忆的新》《华夏散文》2019年第7期
《文学的风景》《文艺报》2019年12月6日

叶　晔　《〈牡丹亭〉集句与汤显祖的唐诗阅读》《文学评论》2019年第4期

李建军　《宋人"稗说观"的演进趋向与小说学史价值》《文学评论》2019年第5期

王洪岳　《元现代视野中传统文化的复魅——〈刃兵过〉中的王克笙、王明鹤父子形象为例》《当代作家评论》2019年第1期

陆孝峰　《诗意引领下的多重叙述——论周庆荣散文诗集〈有温度的人〉》《当代作家评论》2019年第2期

叶　炜　《"本土资源"与"友邦经验"——中央文学研究所创办溯源》《当代作家评论》2019年第3期

李　浔　《在南疆写诗：改变语言与习惯》《星星》2019年第1期
《褪去鲜艳色彩的中年写作——王竞成近期诗歌论》《星星》2019年第20期
《中年写作的"可靠性"——评东方浩的近作》《野草》2019年第8期

项目清　《诗词应避叠砌病》《中华诗词》2019年第1期

吕云祥　《天成文章勤者得》《联谊报》2019年10月29日

陈荣力　《江南意蕴中的自觉书写》《中国周刊》2019年7月25日

刘　忠　《中国新文学史写作的观念悖论与实践反思》《福建论坛》2019年第7期
《时代映像："工农兵英雄"形象的长长背影》《中州大学学报》2019年第6期

三、补遗

吴秀明 《重返文学的"历史现场"》 浙江大学出版社 2018 年 8 月版

现实转向与多元坚持
——2019年浙江网络类型文学综述

|傅心予|夏　烈|

中国网络文学的2019年是稳中求变的一年——这么说有点像官样文章，那么，换句话表达——这一年的网络文学受时代场域力量的影响，很多发展红利贴近了天花板，不少问题一时半会儿或许解决不了。所以在此间耕作的人们，只有坚持深耕，耐心劳作，探索创新，方为正道。

2018年，是中国网络文学20岁的生日，历经20年的迭变与沉淀，多少褪去了些青涩莽撞的求快、求胜心理，局中人对于20年来网络文学发展的节点、路径、力量、教训该有一番梳理和领悟。网络文学作家和相关从业者有很多话要说，尤其是对于改革开放和网络文学之关系的深刻体会，让人感到以网络文学为代表的中国新型文艺的未来，依然跟深化改革开放，包括培育行业生态、构建崭新机制、完善产业链条等直接相关。这些都在说明网络文学并非简单的静态的传统创作，而是时代的生产型的文化产业门类之一。2019年，这些总结、意见也成了对网络文学现场提出的新吁求。

时代场域对此的直接回应是这样的：一方面，主流政策持续引导，本年度的现实主义文艺创作进一步深化，网络文学涌现出一批较为优秀的现实题材作品。这些作品或通过类型融合的创作方式，或增广题材内容的多样化视角，积极地以不同侧面关注现实、描绘现实、介入现实，个别作品着意于"四个讴歌"的时代要求，形成了网络文学中社会主义现实主义的代表文本，获得了较好的口碑。与网络文学上下游紧密相连的影视市场也同步推动着这种现实题材创作，产生了一些与网文良性互动的发展态势，不乏现象级作品，比如电视剧《都挺好》（阿耐同名小说改编）、电影《少年的你》（玖月晞同名小说改编）等。另一方面，网络文学舞台越来越大，汇聚的目光越来越多。中国互联网信息中心发布的《第44次中国互联网络发展状况报告》显示，截至2019年6月，网络文学用户数量已达4.55亿，网民使用率达到53.2%，半年增长率达到5.2%。在乌镇举办的第六届世界互联网大会上第一次有了网络文学的专门论坛，"中国好书"2018年度榜单首次增加了"网络文学"的板块。"网文出海"则成为2019年网络文学的高频词，中国网络文艺在跨国交流、传播及贸易上的飞速增量，正在成为全球化时代背景下中国文化产业创新性转化与发展的新亮点。

这一年，能够体现网络文学多样化生态及其影视改编范例的还有像《庆余年》（猫腻同名小说改编）、《陈情令》（墨香铜臭小说《无羁》改编）、《长安十二时辰》（马伯庸同名小说改编）等一批口碑、收视双丰收的IP作品——IP不再等同于冲动资本裹挟的贬义词，现有的影视产业开发能力事实上已经可以支持中国影视行业贡献制作水准精良、价值观积极向上的精美产品了。

浙江作为日趋形成中的"中国网络文艺重镇"，2019年的网络文学发展依旧延续良好势头，作家们能够审时度势抓好精品创作，在第二届中国网络文学周公布的中国作协"2018年中国网络小说排行榜"中，浙江作品独占半壁江山，不仅"大神"屡有高质量的新作，也不乏"90后""95后"代表作者的身影。

一、代表作家创作情况综述

《盗墓笔记·十年》是南派三叔继《盗墓笔记·大结局》封笔八年后的新作，其中包括《十年》《钓王》《陈皮阿四》三部短篇作品。对于"稻米"（《盗墓笔记》粉丝）而言，纸质版的《盗墓笔记·十年》的意义已经远超小说本身，更像是一份填补青春遗憾的礼物，与吴邪、张起灵、潘子、胖子这些陪伴多年的人物一同赴约，为"桃李春风一杯酒，江湖夜雨十年灯"感慨万千。因此，除了南派三叔新制短篇的魅力，更多的还是一种同代人记忆和粉丝文化的号召力。知乎网友 cai9333 评价道：

> 十多年过去了，结局对我来说越来越不重要，诸如终极是什么、长生的秘密、小哥的身世等等一切三叔挖的坑已经远没有最开始那么吸引我了，也慢慢地不在意这些坑三叔还填不填了。现在再看《盗墓笔记》就是想再见见这些人，顺便回忆回忆最初追书的那段时光。估计这辈子都离不开这些书了，总觉得也是件挺好的事，有一件事能喜欢这么久。十多年的时间实在是太长了，长到我们说三叔变了，吴邪变了，我们何尝又没有改变呢？只是有时候不愿意承认罢了。

对于南派三叔这样靠一部作品影响到中国网络文学史与文化现象的"大神"作者而言，2019 年重启笔耕，在过往的光环和争议中重新用写作来自我突破，其象征意义可圈可点。大约是这样新的萌动、复出的姿态引起了各方面的注意，第二届茅盾文学新人奖·网络文学新人奖授予了南派三叔，很多读者既为之惊喜，也打趣南派三叔居然愿意来做"新人"。

与唐家三少、辰东、我吃西红柿并称"网络文学四大巨头"的天蚕土豆，在 2019 年继续《元尊》的连载。该书讲述在一个气掌乾坤的世界里，名叫周元的少年贵为大周王朝太子，却在出生之际就被敌国设计夺去了圣龙气运。失去力量依托的大周王朝，也因此时刻处于亡国的危险局面。为了家国安危，周元在逆境中踏上了困难重重的修行之路，在师傅苍渊和师姐夭夭的协助下，重开八脉，慢慢强大起来。依旧是男频和少年喜欢的热血故事，其中既有浓厚的古典元素、扣人心弦的决斗场面，也充满了亲人、友人、爱人之间的温情陪伴。豆瓣网友周元元元元评价道：

> 昔日的荣华，如白云苍狗，恐大梦一场。少年执笔，龙蛇飞动！是为一抹光芒劈开暮气沉沉之乱世，问鼎玉宇苍穹。这就是元尊，有点文青风，有点霸气，但文字之中，那股活力依然让人嗅到了青春的味道。我想，这就是文字的魔力吧。

作为第一部所谓网络文学"全网全平台连载"的作品，《元尊》连载至今已有 1000 多章，粉丝数量不断增多，长期雄踞百度风云榜小说榜、玄幻小说榜首位。高居不下的关注下，既有"文风自成一派"的褒奖，也存有"自我重复"的质疑，但作为男频老将的天蚕土豆，始终最懂自己的读者喜欢什么，需要什么。这一点他与唐家三少相似，唐家三少曾认为，男频的最大读者群在 8—22 岁，通俗易懂的文风和便于理解的情节总是能第一时间吸引他们，随意变换文风等于舍弃自己的市场定位，流失书粉。所以说，天蚕土豆更着重于精准的读者群落与固定渠道市场下的网文耕耘，他自然知道不少人评价他的成名作《斗破苍穹》

至今的作品有重复同一模式之嫌,但他依旧我行我素,通过《斗破苍穹》《大主宰》《武动乾坤》三部曲打造出了自己的"苍穹宇宙"。同时为了呈现更为全面的原著精髓,推动自己 IP 作品的全产业链转化,他成立未天文化传媒,摒弃传统的版权售卖模式,以共同开发的模式,寻找国内顶尖团队联手进行作品的影视、动画、游戏改编。《元尊》被第四届橙瓜网络文学奖列入"年度十大作品""最佳潜力十大游戏 IP"及"最具潜力十大动漫 IP"。

此外,天蚕土豆还积极推动其新作的海外输出。2019 年 5 月,《元尊》英文版小说在 WuxiaWorld 网站上线;改编漫画在韩国 kakao 平台上线,读者数量突破 30 万,且大部分为付费用户。从《斗破苍穹》的海外输出开始,天蚕土豆早已成为海外网文读者期待的一位中国网文作家,换言之,这为天蚕土豆的海外传播规划开辟了良好基础和通路。

网络"文青派"的作家代表烽火戏诸侯(以下简称"烽火")于 2017 年开始创作的东方仙侠类作品《剑来》,目前已在纵横中文网连载了 700 多章,总点击量突破 1.2 亿,实体书则将由浙江文艺出版社出版。少年陈平安不仅仅是传统仙侠小说虚构的主人公,还是一个以王阳明这一历史人物为原型的角色。看《剑来》的读者也不再仅仅关注哪种武功最厉害、哪个角色最强,而是感受到烽火心中的丘壑山峦,即他是在用降妖除魔的故事,自洽地勾勒出历史长河中新思想的诞生、争鸣与实践,用哲学思想在时代人心中的博弈,拓宽仙侠小说创作的边界内涵。这些创新与努力都使得烽火不同于一般的网文作者,而拥有较为深厚的文化关怀和境界追求。知乎网友夏戈 siago 说:

看《剑来》时,不觉得是在看书,而是在观看一个世界发生的事。

从捭阖睥睨的庙堂纵横，隐晦波澜的官场错杂，到险峻峭立的修仙大道，男耕女织的田野乡间；从武运昌盛的无敌曹慈，到人间最得意的中土读书人，到一剑万法的魏晋，再到有蛟龙处斩蛟龙的左右；从草长莺飞的山崖书院，到负笈求学的漫漫山路，到明月清风的剑气长城，再到水落石出的书简湖。……这是我所向往的生活。

书中所说，我们所处的世道，总是这般复杂。走着走着，杂草丛生，荒庙破寺；走着走着，杨柳依依，桃花烂漫；走着走着，穷山恶水，夜幕沉沉；走着走着，琼楼玉宇，大方光明。看《剑来》，就像是假借他人之身，短暂抛却现实烦恼，转身投入陈平安的人生之中，浮生偷得半日闲。这种美好的生活，高山仰止，虽不能至，心神往之。

2019年2月，梦入神机的《龙符》入选国家新闻出版署和中国作家协会发布的"2018年优秀网络文学原创作品"推介名单。另一部都市武侠《点道为止》也在2019年迎来"一念一生"的大结局，总点击量突破4亿。《点道为止》继承梦入神机自创的"国术流"体系，融合儒、道、释等传统文化背景，用细致的文笔，将读者们带入虚实难辨的功夫世界。微信公众号 js-mai 刊文评价道：

> 现在网络小说价值观上基本都崇尚杀伐果断，斩草除根，但本书则主张得饶人处且饶人。其他人说：功夫就是杀人，你饶过他们是不是太妇人之仁了。他说：现代社会，杀人犯法，武道也要变，点到为止才是现代的功夫哲学，至于现实上的冲突，总会解决。

历来擅长仙侠小说的管平潮在2019年带来了他的现实主义转型之作《天下网安：缚苍龙》。这部高科技网络安防探案题材的小说是他做了半年多关于网络安防本身各种科技、产业现状调研后撰写的。小说以杭州为地域背景，讲述了网络安全技术天才陆少渊在世界网安领域顶尖盛会"黑帽子大会"上一举成名，学成回国后在浙江杭州开办了一家网络安防高科技公司，他协助杭州市网警支队，解决了一系列网安疑难事件。主人公具备强大的技术背景和推理能力，对网络安防事件沿波讨源，精心布局破解了境外网络犯罪势力的首脑"幻面那伽"的真面目，将之绳之以法。小说可谓与时俱进，探讨了互联网、物联网、车联网、自动驾驶、智能硬件、人工智能、无人机电磁干扰技术等诸多尖端科技。咪咕阅读用户文佬《大宋教书匠》评价道：

> 管大的书应我国互联网高速发展时代而生，以故事的形式对网络安全、个人信息保护、网络攻防进行了生动描写。在这样一个时代，真的是一本网络小说的良心书，也是互联网时代的一部教科书式的网文。

善于写女性历史小说的蒋胜男，作品风格清朗俊逸，当她为构思和创作进行史料搜集与研究时，与其说她是在挑选被书写的人物，不如说她是在挑选时代。2019年的《燕云台》作为蒋胜男"宋辽夏"系列作品之一的"辽朝篇"，既没有后宫争宠也没有穿越玄幻，讲述的是契丹太后萧燕燕在游牧部落成长承担、建立王朝，推行汉制的故事。该小说延续了她《芈月传》的风采，既细腻地捕捉到了人物的姐妹情和男女情的起承转合及其细节，又将女主置身于大历史和游牧民族性情的辽阔格局之中，使得萧燕燕这一历史女性真实可感，甚具温度。该书入选国家新闻出版署和中国作家协会联合发布的"2019年优秀网络文学原创作品"推介名单，问鼎第三届网络文学双年奖金奖，并由浙江省作家协会报送参评第十届茅盾文学奖。在文坛学界的评价以外，该书同名电视剧也制作完成，将由腾讯视频播出。

在杭州中国网络作家村举行的《燕云台》研讨会上，何弘认为：

> 网络文学中的历史小说写作常用手段是穿越、重生，但这样很容易因为个人的因素改变历史进程，导致历史虚无主义。但蒋胜男的历史写作坚持了传统历史叙事的手段来展开叙事，尊重史实，符合当时的历史背景，对于正确认识中国的历史、中国国家观念的建立、中华民族的历史，具有非常重要的意义。

另一位网文女"大神"蒋离子也是屡获殊荣，《老妈有喜》与《糖婚》同时被第三届网络文学双年奖列进首期推荐榜单，最终《老妈有喜》荣获第三届网络文学双年奖铜奖。完结新作《小忨俪》被浙江省网络作协列入2019年度原创作品扶持项目，目前正全力推进全媒体孵化。《小忨俪》是一部描述"90后"婚恋生活的现实主义作品。26岁的准偶像作家蓝星，在妈宝总裁汤包和网红白果的婚礼上帮忙做跟拍工作，在抢捧花环节被白果的程序员姐姐白术砸中，开始了一段都市轻喜故事。小说展现了当下年轻人对"婚姻围城"的新看法，以及他们不同的价值观、人生观与婚恋观。蒋离子这样评价《小忨俪》："十年前，我笔下的女性角色有写博客的习惯。十年后，我笔下的年轻女孩却是刷知乎、微博，玩抖音、小红书，还喜欢在朋友圈屏蔽父母，这种细节就是与时俱进。"

蒋离子的《糖婚》三部曲第二部《糖婚：人间慢步》在翻阅小说独家授权上线，延续第一部的婚恋主题，讲述"70后""80后""90后"三代女性的婚恋生活，并融入了女性创业、职场生活等内容。蒋离子作为女性现实题材网络小说代表作家，多年来专注描写女性故事，2019年11月29日获得第二届茅盾文学新人奖·网络文学新人奖，可谓代表着女性现实题材网络小说在文坛赢得的一次瞩目。

热播剧《时间都知道》的原著作者随侯珠同样成果颇丰。2019年5月，随侯珠完成了作品《人间绝色》的连载。该书是《人间欢喜》的姐妹篇，讲述离婚女人颜艺和还俗和尚顾嘉瑞的相知、相识与相爱，故事幽默、明快。另两部作品《明月照大江》与《照见星星的她》在2019年先后出版上市，前者是以校园成长为主题的奇幻青春小说，后者则是一个关于忠犬系纪录片女导演和狼系肿瘤外科男医生的故事，通过女主视角记录医院的生死悲欢、酸甜苦辣。凤凰网责编cnhan评价道：

> 《照见星星的她》就围绕着"爱与癌"展开，传递出了"谁说人间不值得"的积极的生活态度，无论是癌症病人面对疾病时强大的求生欲，还是女主对梦想的坚持，都让读者感受到了一种"治愈人心"的力量。

古兰月2019年9月出版主旋律长篇小说《木莲花开》，该书改编自历史事件，以清末民初到新中国成立为历史大背景，书写了革命女英雄陈木莲的人生故事。她不为名利，不顾艰险，散尽家财援助中共浙江省委，寻觅党的秘密机关，掩护照料革命同志，直至新中国成立。该书在梦想书城点击量破亿，长期占据排

行榜前三,是网络作家、网络文学书写革命文化、讴歌英雄的主题创作,有其代表性。梦想书城读者评价道:

> 讴歌革命先辈,结合时代精神,以陈馥为主人公,让读者在阅读过程中了解新中国是在什么样的背景下成立及成长的,缅怀先人的同时,学习先人的不向命运低头、顽强拼搏、为了祖国面对敌人刀枪炮弹大无畏的奉献精神。

古兰月的另一长篇《龙井》改编的影片,由中国网和浙江蓝莲听雨文化发展有限公司联合出品,2019年6月开机。该书以龙井茶为题,讲述了中日民间的跨国恋情及一方龙井茶园传承与创新的故事。

被业界誉为"少年热血燃情系作家"的何堪,近年来尤为高产:聚焦民间公益救援的《赴你应许之约》于2019年完载,女子棒球竞技类作品《上垒吧!》改编的电视剧《投捕情缘》也将于2020年播出。随着2022年北京冬奥会的临近,她近期创作的《冰刃之上》这部花滑竞技题材的作品则显得格外有意义。作品讲述了一对少男少女圆梦冬奥会的历程。天才少女简冰,为替重伤昏迷的姐姐完成梦想,半路出家转学花滑。她对姐姐的前搭档陈辞心有芥蒂,抗拒对方的接近,却发现想要走上专业花滑之路,不得不与"仇敌"组成双人搭档。作品融合了竞技剧情的专业度与言情剧情的感染力,具有影视开发的能力,因此在网络连载之际就与中国国际电视总公司签署了影视版权,目前作为献礼冬奥会影视项目正在开发制作中。豆瓣网友乔夕这样评价《冰刃之上》:

> 这部小说从多处专业的角度描写了花样滑冰的动作,以

及许多冰雪竞技类比赛的专业名词等,除了让人能了解更多此方面的知识之外,更多地,整部小说展现的是一群青年男女热爱滑冰,追求梦想,为此努力,为此刻苦训练,为了站上更高的比赛舞台,更是为了国家争光。

紫伊281于2019年10月开始新文《锦堂春宴》的连载。女主角安茉儿重生至古代贫农家庭,柔善懦弱的爹娘经常挨打受骂,有一筐"极品"亲戚整日骚扰,眼见生活无望,苦情深重,重生的安茉儿霸气宣告从今以后安家四房由她来当家。她用食雕的绝活,安排兄弟前程,引领全家辛苦打拼,走上发家致富的道路。这类女频小说虽然常见,但紫伊281的人物性格塑造及幽默感使得该文颇为生动,令人愉悦。

耳东兔子的言情新作《第二十八年春》(上、下)和《暗格里的秘密》先后由百花洲文艺出版社出版,《三分野》也在2019年5月顺利完载,被读者评为"有智商的甜宠文"。该书讲述了坚守科研梦想的学霸徐燕时与当年追求自己的女生向园重逢,花式展现理工男的反撩追妻技巧。晋江网友郑多味说:

> 他们两人在战胜公司经营危机时,在追寻自己科研梦想过程中,在面对各自家庭的困扰后,拒绝了豪奢的物质诱惑,共同努力共同成长,明白了工作的责任,坚守的意义,爱情的真谛,友情的可贵,两人和徐燕时那群志同道合的兄弟共同为实现中国卫星导航研究的梦想踏上征程,成为千千万万个当代年轻人爱国敬业、科技报国的典范之一,他们热血常在,荣耀永载。

郭羽、刘波合著的《网络英雄传之黑客诀》是其《网络英雄传》系列的第四部作品。这对中国网文界的"科恩兄弟"通过一系列展现中国互联网公司创业历程的商战故事，巧妙地将现实题材、网络文学与纯文学进行了融合，开辟了财经文学新类型，独到地展现了互联网创业的时代精神。《网络英雄传Ⅰ：艾尔斯巨岩之约》《网络英雄传Ⅱ：引力场》等前作先后引发现象级热议，《网络英雄传Ⅱ：引力场》同时还入选了"2018年优秀网络文学原创作品"推介名单及2018年度"中国好书榜"。

而这次他们带来的《网络英雄传之黑客诀》则是中国首部黑客反恐小说，讲述了性格复杂的极客天才陈冠平与女黑客童素在共同对抗毒枭的过程中，被迫卷入敌方的阴谋，双方斗智斗勇，不断进行着博弈和对决，打响了一场没有硝烟的网络信息战。小说结合高铁出海、一带一路的现实主题，用平易的文字揭秘硬核的黑客技术，深入描写战斗在网络安全第一线的政府部门，是网络性和文学性较为完美融合的一部新作。在《网络英雄传之黑客诀》研讨会上，贵州财经大学教授周兴杰这样评价：

> 《网络英雄传之黑客诀》是一部制作精良、艺术精湛、思想有深度的作品，不仅有丰富的知识沉淀，小说还继承了新时期以来英雄塑造的传统，把网络小说当中强者的塑造和新时期英雄的塑造相结合，在网络小说创作形象中形成了一个突破，也让英雄的思想境界获得一定的提升。

《双脑医龙》是苍天白鹤转战阿里文学的亮相之作，全新的平台带给他全新的创作方向，他暂时放下最擅长的古代玄幻题材，而选择挑战现代都市玄幻的新风格。一名从多维空间中熟练掌握外科技术的医生，精通各种疑难杂症的解决之道，一关一关解决世间疾病，慢性胃炎、老年痴呆、心脏病、艾滋病等在书中成为历史名词。小说主人公突显着两个头脑、两种性格，既是救死扶伤的医学界霸主，也是手握手术刀与黑暗邪恶势力勇敢斗争的超人。

2019年卧牛真人在起点中文网连载的科幻小说《灵气逼人》完载，收获10万收藏，好评如潮。这是一本灵气复苏流、热血与多位面战争类型的小说。小说讲述随着灵气复苏，地球与两个异世界位面产生了关联，开始随机出现能够让人穿越世界的空间裂缝。书中有两个异世界，一个是黄肤黑发华夏人种的修仙界，另一个是白肤金发西洋人种的魔法位面。主角依靠获得的金手指，吸收"震惊值"，不断修炼提升，成就人类传奇。而之前卧牛真人的代表作《星域四万年》则于2019年10月入选"2019年度优秀网络文学原创作品"排行榜。"2018年中国网络小说排行榜"推荐语：

> 《星域四万年》融合东方神话元素、好莱坞电影与美剧中的科幻元素，创造出一个空间广阔、历史绵长的宇宙幻想世界，以解决神话思维与科学思维相互融合带来的写作难题。作品反对丛林法则价值观，人物命运始终与人类文明进程紧密相联，显示出网络小说在思想价值表达方面的积极变化。

二、网络文学代表性活动与主题创作工程综述

2019年5月11日，由中国作家协会、中共浙江省委宣传部、中共杭州市委宣传部主办的第二届中国网络文学周暨首届网络文学博览会在杭州召开。其间，300多位网络作家、评论家、网络

文学组织工作者及网络文学企业代表齐聚白马湖畔，共话网络文学发展。中国作协党组成员、书记处书记、副主席李敬泽在致辞中表示，越来越多的优秀网络作家投身现实题材创作，一大批现实题材网络文学作品脱颖而出，成为网络文学的一大热点。网络文学进入以提高质量为生命线的新阶段，成为新时代中国特色社会主义文学不可或缺的重要组成部分。此次网络文学周的主题为："守正道·创新局·出精品"。

开幕式上，中国作协发布了《中国网络文学蓝皮书（2018）》，蓝皮书显示，2018年以来，中国网络文学的内容与体量都呈持续增长态势，截至2018年12月，中国网络文学作者已达1500万人。同时揭晓了"2018年中国网络小说排行榜"，对2018年网络文学的发展全貌进行了回顾与总结。

会上，常设杭州的中国作协网络文学研究院发布了《网络文学论丛》（上、下卷）出版情况，以及欧阳友权《网络上榜小说评析》、陈定家《网络文学批评的问题意识与价值导向研究》、王祥《网络文学理论》、庄庸《国家网络文艺战略研究：中国文化强国新时代》、马季《网开一面看文学》、夏烈《网络文学的新传统与未来性》、邵燕君《中国网络文学发展史》、许苗苗《成为历史的现场》等八个首批课题研究项目的进展情况。

浙江省作家协会、浙江省网络作家协会在第二届中国网络文学周上着重发布了网络作家新生代培育行动——"新雨计划"，项目面向全国青年网络作家，重点针对35周岁以下的青年网络作家，以三年为周期，建立网络作家的人才库，邀请知名作家、文化名家、编辑、专业编剧等组成导师团，进行德、智、体、美四个方面的培育，引导青年网络作家们坚持正确创作方向，并对作品进行开发、采风，助推一批重点创作项目。"新雨计划"的推出意在整合中国网络文学的创作资源，加强协同力量，从网络文学新生代培育这处根基开始，净化土壤，浇水施肥。

2019年10月，宁波慈溪召开第三届网络文学双年奖颁奖典礼。2019年1月，由浙江省网络作家协会、宁波市文联、中共慈溪市委宣传部合作主办的第三届网络文学双年奖正式启动。该奖项自2015年开启以来，与150余位来自文学评论、创作、出版、媒体、网站、影视六个界别的专家评委共同走过了四个年头。相较前两届，此届对于作品的评选更注重网络文学的精品化与题材的多样化，不仅历史、玄幻、科幻、言情小说百花齐放，而且现实题材小说数量占比明显增加。最终，金奖归属蒋胜男的《燕云台》；吉祥夜的《写给鼹鼠先生的情书》、无罪的《剑王朝》、子与2的《银狐》获得银奖；冰临神下的《孺子帝》、李枭的《无缝地带》、丁墨的《乌云遇皎月》、骠骑的《零点》、蒋离子的《老妈有喜》、风御九秋的《参天》获得铜奖。另有15部作品获优秀奖。

继网络作家写红色党史故事第一季《东方欲晓天将明》于2018年成功推出之后，《青春无悔奔革命：杭州网络作家党史故事2》"网"聚红船精神，传承红色基因。在杭州市文学艺术界联合会和杭州党史研究室的牵头下，18位杭州市网络作家协会作家会聚一堂，就22个杭州经典党史故事，继续用网络文学的创作手法对杭州新民主主义革命时期以及社会主义建设头七年的经典故事、事件、人物进行了挖掘和撰写，讴歌了革命英雄们为民族解放和人民幸福前赴后继、无所畏惧的精神与伟业。该书作为2018年杭州市文化精品工程扶持项目，于2019年12月正式出版发行。作家们将继续在杭州妇运史、工运史等题材上坚持系列创作。这些成果和举措深化了杭州市网络作协主旋律创作的品牌效应和社会美誉度，在全国网络作协中形成了示范样本。

2019年11月2日，另一项以"城市记忆"为核心的杭州历史文化网络作家创作工程启动。该创作项目由杭州市网信办与杭州市文联主办，杭州市网络作家协会、杭州欢愉网络科技有限公司承办。酒徒、蒋胜男、春叁拾郎、夜摩、华表、清扬婉兮、少羽等数十位网络作家参与创作工程，他们以钱塘江、大运河、良渚这三大杭州重要历史文化遗存为依凭，围绕"城市记忆·钱塘往事""城市记忆·运河风流""城市记忆·良渚曙光"三个篇章进行网络小说创作，形成了27万余字的中短篇网络小说集，将于2020年由杭州出版社付梓出版。杭州市网信办副主任徐建华说："我们发起这个'城市记忆'杭州历史文化网络作家创作工程，是希望发挥年轻网络作家的力量，挖掘城市记忆、讲好杭州故事。五千年的良渚文明，悠远的大运河文化，以及钱塘江始终是杭州的'金字'招牌。三大文化背后的故事非常多，大有文章可做。"

三、网络文学评论综述

2019年，由浙江省作家协会、浙江省网络作家协会编著，山海经杂志社出版的《华语网络文学研究》杂志（丛刊）第五期面世。

第五期收录了两篇鲜活生动的研讨会纪要：国内、省内的众多批评家、学者就夏烈的网络文学回忆录《大神们——我与网络作家这十年 星火时代》和郭羽、刘波的《网络英雄传Ⅱ：引力场》加以研讨，这也体现了《华语网络文学研究》杂志一贯的一线评论风格，这一风格是支撑浙江网络文学作家作品和网络文学史建设的特色所在。

同期中，肖惊鸿、西篱、夏烈、庄庸、乌兰其木格等五位研究者的一组作家作品研究文章来自他们2019年4月由作家出版社推出的"网络文学名家名作导读丛书"第一辑,该丛书为中国作协网络文学重点项目,旨在"探索网络文艺规律,凸显网络文学的艺术价值和社会价值,推动网络文学的主流化、精品化"(李敬泽《丛书总序》),第一辑分别就辰东、血红、我吃西红柿、猫腻、骷髅精灵五位全国网文代表"大神"的各一部代表作加以导读式研究与评价,可谓开网文研究的一类范式。

此外,庄庸、安迪斯晨风的《立时代潮头,发时代新声——"灵气复苏流"何以成为网络文学年度爆款潮流?》直击当今网络文学创作最新现象、文本,作出及时梳理总结,在网文内部研究和外部研究的交叉点上确定了"灵气复苏流"的成因、位置。

作为浙江本土网络文学评论的代表人物,2019 年夏烈继续坚持网络文学研究、评论的工作,完成了多篇论文和评论文章,出版了评论集《网络文学的新传统与未来性》和《我吃西红柿与〈吞噬星空〉》。

近年来,对于主旋律提倡的现实主义文艺创作"规束",网文圈一直热议纷纷,有支持、有抵触、有迎合。夏烈 2019 年 6 月 17 日发表于《文汇读书周报》的《网络文学现实转向的迷与悟——从网络文学入选"中国好书"说起》认为:"如何理解网络文学的生态系统和多元文化禀赋,尊重网络文学的想象力和创造力,不机械地用现实题材写作一个标准压抑其他秉性优长,应该是我们在新的网文发展阶段要奠定的常识。"在尊重网络文学自身特性的基础上,他既表达了对深化现实题材网络文学创作的积极态度,也提醒要警惕"伪现实主义评奖文"的投机取巧。

刊登于 2019 年 1 月 2 日的《人民日报(海外版)》的《浙江文学:多元传统与时代前沿》介绍了当代浙江纯文学创作和网络文学创作的"两翼"优势与格局,探讨了浙江能逐步成为中国网络文学重镇的地域、政治、文学渊源。文中说,浙江在近 20

年网络文学上的创作优势和繁荣局面与媒介转型带来的红利分不开,但能够泉源不绝、可圈可点,更多的是来自浙江传统文化的积淀和通俗小说文脉的传承,同时也跟经济发展所带来的市民文化消费力提振有关。

2019年12月23日刊登于《文艺报》上的《故事的世纪红利与网络文学"走出去"》着重探讨了网络文学海外传播的源由、势能与遇到的问题。夏烈谈道:"今时今日的全球故事传播显而易见与文化工业以来的技术、资本和消费文化有关,影视、畅销书、动漫、游戏等成了叙事艺术向叙事经济转化的最佳媒介。"他认为相比文字本身,人们更在乎故事及其背后的新知、想象、思想性与价值观,而网络文学作为故事的呈现形态之一,将为世界大众读者写作,为世界文化工业提供改编资源,为故事的世纪红利创造流动性。网络文学的海外贸易必然是其发展的新方向、新的增长极。

2019年1月11日刊登在《中国艺术报》上的《网络文艺的主流化与发展观》,则呼吁大众应把网络文艺真正当作是新时代的一种"新型文艺"来对待,赋予它更多、更重要的期望和价值。相信网络文艺的"文艺性",注重对其"生态链"和"价值链"的认识和把握。1月31日刊登于《光明日报》的《五大关键词看中国网络文艺发展》一文,则从"主流化""迭代""二次元""IP""5G"几个角度探讨中国网络文艺包括网络文学的发展趋势。

此外,2019年4月由杭州出版社出版的《网络文学的新传统与未来性》一书,可以看作夏烈2015年至2018年间关于中国网络文学研究与批评的最新成果。该书对网络文学整体的发展与趋势、学术与评价的热点难点、以浙江为样本的网络文学地域研究、IP研究等内容做了着重阐述,可一窥当下网络文学场域研究之前沿。

杭州师范大学的单晓曦教授2019年3月24日在《文学报》发表了《网络文学带来的不是危机，而是契机》一文，对网络文学的发展前景提出了几点建议：一、分工和各司其职，推动整个产业成熟发展；二、借助高校资源平台提升网络文学品质；三、网络文学批评范式应从"栅栏式批评"走向"征候式批评"。

总的来看，浙江的网络文学研究与批评还不强，除了上述个别学者评论家外，缺乏研究者队伍、批评家群落。通过浙江作家作品的研讨会以及刊物平台的约稿，密切与陈崎嵘、欧阳友权、白烨、肖惊鸿、陈定家、周志雄、邵燕君等该领域代表专家合作，向全国"借智""借脑"，仍是一个有益浙江网络文学创作与总体情况良性发展的办法途径。

2019年浙江文坛大事记

文学组织活动

1月7日,省作协散文委员会工作会议在临安高虹镇石门村召开,与会作家们还深入生活、深入基层,参加了临安特色新年民俗活动和"谈民俗 迎新年"文学沙龙活动。

1月8日至9日,省作协与省红十字会联合开展新春走基层暨扶贫结对帮扶送温暖活动,省作协党组书记、副主席臧军,省作协党组副书记、二级巡视员曹启文,省红十字会党组书记、专职副会长陶竞等出席。省作协向武义县桃溪镇锦平村捐赠图书近百册,省作协副主席汤汤为当地中学生举行作文辅导讲座,作家书法家们为村民现场赠写春联。

1月16日,曹启文率浙江文学院、《江南》杂志社的同志赴长兴开展新春走基层文学惠民服务,向长兴县图书馆和煤山新时代文明实践所赠送图书,与长兴作家进行座谈。

1月22日,省作协主席艾伟等新春走访看望郑秉谦、叶文玲、黄亚洲等老作家、老同志。

1月22日下午，省作协召开党组会，专题传达学习王沪宁、黄坤明等中央领导对浙江网络文学工作的肯定批示。

1月25日，全国政协副主席张庆黎参观中国网络作家村。

2月13日，2018年度浙江省作家协会新会员名单公布，199位作家加入省作协。

2月17日，第二届三毛散文奖终评会在杭州召开，省作协领导臧军、曹启文出席会议，中国作协副主席叶辛等评委参加。

2月28日上午，浙江省2019年第一批全省扩大有效投资重大项目集中开工仪式举办，主会场设在之江文化中心项目建设现场。省委书记、省人大常委会主任车俊宣布开工，省长袁家军讲话。之江文化中心项目主要包括浙江文学馆、浙江图书馆新馆、博物馆新馆、非物质文化遗产馆等"四馆"以及配套设施，其中浙江文学馆建设面积2万平方米，计划三年竣工。省作协领导臧军、曹启文及部分党员干部参加开工仪式。

3月12日，省作协第九届委员会第二次会议在杭召开。省委宣传部副部长葛学斌到会并讲话，省作协主席艾伟主持会议。会上，臧军做了《2018年工作总结2019年工作思路》工作报告。还举行了"2017年度浙江省青年文学之星"和"浙江省作家协会2015—2017年度优秀文学作品奖"颁奖活动。

3月15日，2019年度中国作家协会重点作品扶持征集工作结束，省作协共收到作家个人申报的创作项目67部，其中长篇小说32部。经过严格的评审程序，向中国作协推荐报送5部作品。

3月20日上午，省委常委、宣传部部长朱国贤赴省作协走访调研，召开座谈会。朱部长围绕学习贯彻习近平总书记看望参加全国政协文学艺术界、社会科学界委员时重要讲话精神、抓好精品创作、打造文学浙军、树立工作品牌、转变干部作风等方面，了解情况、倾听建议，为做好我省文学工作提振信心、提出要求。

3月29日至31日，由省作协作为指导单位，丽水市委宣传部、丽水市文联联合主办，丽水市作协承办的"知名作家走进丽水，弘扬践行'浙西南革命精神'创作采风"活动在丽水举行。采风团由省内外30余名作家组成，分赴青田、庆云、遂昌等革命老区。活动期间，省作协还为丽水基层文学爱好者举办了文学专题讲座。

4月22日上午，由省作协、浙江人民出版社、长兴县委共同主办的《最好的时代》新书发布会在省人民大会堂举行。省人大原党组书记、副主任茅临生，中国作协创作研究部副主任、本书作者李朝全，省作协臧军，以及白烨、张陵、高伟、朱晓军等知名评论家、作家共50余人出席发布会。与会专家认为，该作品生动地记录了长兴县改革开放40年发生的历史变迁，鲜明地印证了浙江乃至全国的改革开放历程，再现了改革开放中浙江样本的中国价值。

4月24日至28日，由省委宣传部、省作协联合主办的"浙江重点影视文学作品创作研修班"在杭州举办。本次研修班共有

107名作家参加培训学习，其中包括内蒙古作家10人。邀请何建明、孟繁华、彭学明、袁克平、王丽萍、柳建伟等11位国内著名作家、评论家、编剧、制作人或导演授课。此次研修活动对提升我省作家创作水平、推动文学作品改编具有积极意义。

5月10日，由中国作协主办的全国网络文学工作会议在杭召开。中国作协、全国29个省（直辖市）作协相关工作负责人、中国作协网络文学委员会委员共60人出席会议。会议由中国作协网络文学中心主任何弘主持。中国作协党组成员、副主席、书记处书记李敬泽，省委宣传部副部长、省电影局局长葛学斌出席会议并讲话，省作协党组书记、副主席臧军在会上做经验介绍。

5月11日至15日，第二届中国网络文学周活动举办。活动由中国作家协会、中共浙江省委宣传部、中共杭州市委宣传部主办，中国作协网络文学中心、中国作协网络文学研究院、浙江省作协、杭州市文联、杭州高新区（滨江）党委、管委会、政府承办。中国作协党组成员、副主席、书记处书记李敬泽，中共浙江省委常委、宣传部部长朱国贤，中共浙江省委常委、杭州市委书记周江勇等出席活动。本届中国网络文学周有开幕式与成果发布、网文论坛、产业对接、网络文学博览、作家采访等内容。

5月17日，臧军主持召开浙江文学馆项目各平面方案细化研讨会，省建筑设计研究院第三建筑装饰设计分院院长齐晓韵、总监李晨铮等参加会议。

5月20日至24日，由省委宣传部、省作协共同主办的浙江重点影视文学研修班第二阶段创作采风活动在丽水遂昌、松阳举行。省委宣传部副部长葛学斌,省作协党组书记、副主席臧军,省委宣传部文艺处处长刘如文以及30余名作家、编剧及影视公司负责人参加。其间,助推万派文化《网络英雄传Ⅲ:攻防战·弈》、古兰月作品《在遗忘的时光遇见你》、纪风作品《厉害了,姑娘》《春风又绿江南》4部作品落地签约。

6月初,英文版《浙江作家小说选》由企鹅兰登出版,在国际范围发售纸质书、电子书。专辑共5册,有艾伟《回故乡之路》(The Road Home)、哲贵《跑路》(Fleeing Xinhe Street)、王手《斧头剁了自己的柄》(The Debt Collector)、东君《苏静安教授晚年谈话录》(Professor Su Jing'an in his Later Years)、畀愚《邮递员》(The Postman)。

6月5日下午,省委宣传部副部长卢春中一行前往浙江省网络作家协会大运河创作基地进行调研并召开座谈会,省作协党组书记、副主席臧军,拱墅区委常委宣传部部长黄建正等陪同调研。

6月13日,省作协"不忘初心,牢记使命"主题教育活动动员部署会召开,省委主题教育第九巡回指导组组长蒋永志等参加会议并讲话,臧军做动员部署。

6月18日至20日,臧军带队的调研组赴磐安开展"一市一周,一县一品"文学品牌专题调研活动。调研组一行在磐安县走访调研,召开座谈会。与会人员对磐安县文学品牌打造、优势资源挖掘、创作培训、人才培养、平台搭建等方面开展了讨论交流。其间,省作协开展了送文学图书进乡村、作家作品改稿会、浙江作家文学课堂等活动。

6月21日,第三届大运河国际诗歌大会闭幕式晚会在杭州举行,中国作协副主席吉狄马加出席,臧军等参加。

7月1日至3日,为认真开展"不忘初心,牢记使命"的主题教育,结合"服务企业、服务群众、服务基层"活动,臧军、曹启文一行赴兰溪调研指导"一县一品"文学品牌建设。臧军以《不忘初心,甘于奉献,努力提升基层文学工作水平》为题为基层作家、文学工作者讲专题党课。

7月16日,纪念中国文联、中国作协成立70周年座谈会在北京举行,中央政治局委员、中宣部部长黄坤明出席并讲话,臧军代表浙江作协参加会议。

7月17日,中国作家协会2019年新会员名单公布,浙江32位作家成为中国作协会员。

7月17日,省作协召开专题学习会,认真学习贯彻习近平总书记致中国文联、中国作协的贺信精神和纪念中国文联、中国作协成立70周年座谈会精神,臧军主持会议,省作协主席艾伟参加会议。会议学习了习近平总书记致中国文联、中国作协的贺信全文,并学习传达了中央政治局委员、中宣部部长黄坤明在纪念中国文联、中国作协成立70周年座谈会上的讲话精神,以及中国作协党组书记、副主席钱小芊的发言。

7月28日,临海市网络作家协会成立大会召开。

7月29日至8月17日，第十届茅盾文学奖评委集中评奖在北京八大处举行。浙江省作协党组副书记、省文艺家评论协会副主席曹启文，杭州师范大学文学评论家洪治纲作为评委参加评奖活动。

7月，《浙江文坛（2018卷）》出版。

8月10日，省委宣传部浙江文化艺术发展基金第一批项目预申报工作结束，省作协共收到申报项目110个，经认真审核梳理，将符合要求的110个项目全部予以申报。

8月15日，宁波市作家协会第九次会员代表大会召开。省作协主席艾伟出席。会议选举产生了新一届理事会和主席团。荣荣继任新一届协会主席。

8月16日，《浙江通志》第七次终审会在杭州召开，《浙江通志·文学志》通过终审。

8月19日至25日，由省作协主办、浙江文学院承办的"2019年浙江青年作家研修班"在省委党校仓前校区举行，来自全省的64名青年作家以及来自山东、青海、山西、广西、内蒙古的16名青年作家参加研修。

8月27日至28日，省作协组织作家赴海宁开展浙江作家服务营活动，举办"海宁作家作品提升会"，组织了专题文学讲座、实地采风等活动。

9月3日,全国政协副主席刘奇葆考察调研中国网络作家村,浙江省政协主席、党组书记葛慧君,省作协党组书记、副主席臧军等陪同。

9月17日至20日,第十八届全国文学院院长联席会议在太原举办,浙江文学院结合实际做了《从实施"新荷计划"看青年作家的成长》的交流汇报。

9月21日,第二届两岸青年网络文学大赛颁奖典礼暨第三届启动仪式在杭州举行。活动由浙江省作家协会、浙江出版联合集团、台湾旺旺中时媒体集团等单位联合主办。国台办新闻局局长、新闻发言人马晓光,中宣部进口管理局副局长赵海云,中国作协网络文学委员会主任陈崎嵘等出席活动。

9月24日至26日,浙江省徐霞客研究会、省作协联合在金华兰溪举办了徐霞客文化采风暨浙江作家服务营活动。浙江省徐霞客研究会会长、浙江省自然资源厅副厅长、一级巡视员张国斌,省作协党组书记、副主席臧军和省内知名作家、编辑、徐霞客文化研究专家等20余人参加本次活动。

10月14日至15日,第六届全国少数民族文学创作会议在北京召开。这是进入新时代以来召开的第一次全国少数民族文学创作会议。中国作协各团体会员单位推选的来自56个民族的205名代表出席会议。省作协党组副书记、二级巡视员曹启文,杭州畲族馆馆长钟一林,《西湖》杂志社李璐参加会议。

10月22日,"2020中国国际网络文学周"新闻发布会暨中国网络文学海外传播圆桌会在浙江桐乡乌镇第四届世界互联网大会期间举行。22日上午，中国作协网络文学中心主任何弘，浙江省委宣传部副部长、省电影局局长葛学斌，浙江省作协党组书记、副主席臧军，杭州市委宣传部副部长应雪林等发布了相关新闻。发布会由浙江省委宣传部部务会议成员、浙江省人民政府新闻办公室副主任骆莉莉主持。22日下午，中国作协网络文学委员会主任陈崎嵘，省委宣传部副部长葛学斌，网络作家唐家三少、管平潮、天蚕土豆、烽火戏诸侯、流潋紫、陆琪、我吃西红柿等，网络文学评论家肖惊鸿、邵燕君、夏烈、马季等，以及来自阅文、掌阅科技、中文在线、咪咕阅读等网络文学企业的代表吴文辉、张凌云、童之磊等共40人参加圆桌会议。臧军主持会议。

10月28日至11月1日，浙江省基层作协骨干培训班在杭州举行。全省各市、县（区）作协、行业作协、网络作协98名文学组织工作者以及内蒙古文联作协8名工作人员参加培训。臧军做"不忘初心，牢记使命"的主题教育专题党课辅导。

10月29日上午，浙江文学馆筹建办专门制作了《浙江文学馆（筹）布局功能方案介绍》（PPT），在全省基层作协骨干培训班上做宣传介绍，并利用分组讨论交流的机会，广泛收集与会培训学员对浙江文学馆筹建工作的意见和建议。

11月4日，中央第六巡视组组长王荣军一行6人，对浙江新文艺群体工作进行专题巡视调研，实地考察中国网络作家村、大运河网络文学创作基地，召开座谈会等。省委宣传部副部长葛学斌，省作协臧军、曹启文陪同调研。

11月9日晚,第三届江南诗歌奖颁奖典礼在浙江温岭举行。省作协领导臧军、曹启文,台州市委常委、宣传部部长叶海燕等领导,以及谢冕、张曙光、沈苇、汪剑钊、霍俊明、梁晓明、李寂荡、刘川、熊焱等50余位诗人、评论家、翻译家参加颁奖典礼。

11月14日至12月24日,根据省委统一部署,省委第十巡视组进驻省作协对党组工作开展巡视。11月14日下午,省委巡视省作家协会党组工作动员会议召开。会前,省委巡视工作领导小组办公室副主任邱志明向省作协党组书记臧军传达了省委书记车俊同志关于巡视工作的讲话和指示精神。会上,省委第十巡视组组长陈春玉就即将开展的巡视做了动员讲话,邱志明就配合做好巡视工作提出要求,臧军主持会议并做表态发言。

11月16日,第三届网络文学双年奖颁奖典礼在宁波慈溪举行。全国政协常委、中国作协副主席白庚胜,原中国作协副主席、中国作协网络文学委员会主任陈崎嵘,中国作协副主席叶辛,浙江省作家协会党组书记、副主席臧军,浙江省文联副主席、宁波市政协副主席、宁波市文联主席郁伟年,慈溪市委常委、宣传部部长华红,以及省作协、宁波市委宣传部、市文联和慈溪市的相关领导出席会议。

11月25日至29日,中国作协社联部在厦门举办全国基层作协负责人、文学组织工作者增强"四力"专题培训班(第二期)。我省派出28位基层作协负责人组成代表团参加培训。

11月27日至29日,浙江省基层文学编辑工作联盟成员培训班在杭州举办,全省文学编辑联盟成员单位120余家选派了60多位文学编辑工作者参加。省作协党组成员、秘书长晋杜娟参加并讲话。

11月29日,中国作协"深入生活、扎根人民"主题实践经验交流暨创联工作联席会议在四川绵阳举行。全国各省作协负责人和作家代表90余人参加此次活动。会上,省作协荣获全国"2019年度创作联络工作先进集体"表彰,省作协副主席、省网络作协副主席管平潮荣获全国"深入生活、扎根人民"主题实践先进个人。曹启文在会上做经验介绍。

12月2日至4日,中国作协创联部在北京举办"中国作家协会2019年度青年会员培训班"。我省有15位2019年中国作协青年新会员参加培训。

12月5日至8日,旨在培育网络文学"新时代、新生代、新力量"的"新雨计划"第一期培训班在杭州举办。来自全省的30位青年网络作家,带着创作项目参加培训。在开班仪式上,臧军书记以《不忘初心使命,书写青春华章》为题上专题党课,与青年网络作家一起学习习近平总书记关于文艺工作重要讲话精神和党的十九届四中全会精神。

12月6日,《浙江通志·社会团体志·省作协章》在杭州召开初审会并通过初审。

12月12日,省作协挂靠社团工作会议在杭州召开。会议学习了有关党的政策及社团管理文件;与6家挂靠单位签订了社团管理意识形态工作责任书；总结了年度工作，部署了下一步工作。曹启文参加会议。

12月12日下午，省作协召开2019年度工作情况通报会暨浙江文学馆展陈设计征求意见座谈会，省作协系统离退休老同志代表和省作协有关部室、下属事业单位负责人参加会议。

12月23日，浙江省作家协会和浙江传媒学院签订战略合作协议。中国作家协会党组成员、副主席、书记处书记何建明，浙江传媒学院党委书记杨立平，浙江省作家协会党组副书记曹启文等共同为浙江网络文学院启动揭牌，并同时成立浙江网络文学创作与研究基地。

2019年，《江南》杂志刊发的长篇小说、中短篇小说和散文有18部（篇）26次被《小说选刊》《小说月报》《长篇小说选刊》《中篇小说月报》《散文》等转载。

12月，省作协事业联合党支部荣获2019年度"省直机关先锋支部"称号。

文学研讨活动

3月26日至27日，省作协在海宁召开重点文学创作研讨会。会议传达学习省委常委、宣传部部长朱国贤在走访省作协座谈会上的讲话精神，谋划省作协重点文学创作项目。臧军、曹启文等参加会议，省作协主席艾伟主持会议。

4月11日，车弓长篇小说《太阳正在升起》研讨会在慈溪举行。省作协领导曹启文，慈溪市委常委、宣传部部长华红等参加会议。

4月27日，柳营长篇小说《姐姐》新书发布会在龙游湖镇举行，省作协主席艾伟出席。

9月22日下午，由中国作协网络文学研究院、浙江省网络作家协会等单位联合主办的"抒写新时代的中国好故事——现实题材作品创作研讨会"在杭州召开。陈崎嵘、曹启文、刘如文、欧阳友权、许苗苗、马季、刘翔等专家学者，郑重、何小天、叶昭君等知名行业企业代表参加研讨。会上，对4部现实题材网络作品《出走半生》《明月照大江》《赴你应许之约》《迷路在纽约》分别进行了深入的剖析和点评。对现实题材作品的社会价值、创作手法、发展前景、影视化改编等进行了探讨。

10月9日，古兰月长篇小说《木莲花开》新书研讨会在金华举行。

10月19日，由省作协指导，由温州大学人文学院、温州市作家协会共同主办的"潮起瓯江——2018年度未来之星·温州文学奖获得者林漱砚、王永胜、余退作品研讨会"在温州大学育英图书馆举行。

10月31日，《浙江文坛》2019年度工作会议在杭州召开，《浙江文坛》部分特约研究员，省作协文学评论委员会主任、副主任参加会议。与会人员对《浙江文坛》的编纂理路、体例等进行了深入讨论,并就如何进一步提升编纂质量、加快今后的编辑出版进度等问题达成共识。

11月1日至3日,由省作协指导,丽水市委宣传部、丽水市文联主办,丽水市作家协会承办的"当代山水诗论坛暨丽水诗歌现象研讨活动"在瓯江之畔举行,省作协党组书记、副主席臧军出席。叶延滨、商震、胡弦、大解、汤养宗、娜夜、张执浩等来自全国各地的著名诗人、诗歌评论家、诗刊主编与32名丽水本地诗人实现结对帮扶。

11月7日,由台州市文联、台州市作协等单位联合主办的刘从进散文研讨会在三门召开,与会作家、评论家以自己的文学经验和理论功底对其作品进行了诊断和剖析。

11月16日至22日,第七届宁波文学周在浙江慈溪市举行。其间举办了"宁波市实力作家作品研讨会"和"余姚、慈溪两地作家作品研讨会",专家学者分别评点了谢青皮、杨卓娅、干亚群、安纲、高鹏程、朱夏楠、应诗虔、陈德根等十余位作家的作品。

11月19日,2019绍兴文学周举行,省作协主席艾伟参加相关活动。其间,举办了"野草笔会·绍兴当代小说研讨会""绍籍名家讲坛""鲁奖作家回故乡"采风、驻城作家讲座等活动。

11月21日至23日,"2019新荷文丛"研讨会暨"新时代与青年作家"论坛在杭州召开。8位国内青年评论家和35位新荷作家参会,会上对4部新荷文集以及年度"新荷十家"的作品进行了研讨。作家与评论家还围绕时代巨变与青年作家的现实书写、人民精神生活需求的变化与写作的创新发展等主题进行了对话交流。

11月24日，闻婷长篇儿童小说《春神来到梧桐殿》（暂定名）改稿会在衢州召开，谢华、孙建江等作家、评论家对作品进行了点评和分析。

12月3日至4日，省作协散文委员会以"新时期散文写作的多样性"为主题，在德清召开研讨会，与会作家交流了近年来浙江散文创作取得的成绩和面临的问题，就繁荣和提升浙江散文创作提出建议。

12月10日上午，作家蒋胜男长篇小说《燕云台》研讨会在杭州中国网络作家村举行。何弘、肖惊鸿、白烨、黄鸣奋、陈定家等国内多位著名文学评论专家参加了研讨会。内蒙古自治区宣传部副部长乌思奇，浙江省作协党组书记、副主席臧军，浙江省委宣传部文艺处处长刘如文等参加会议。会议由原中国作协副主席、中国作协网络文学委员会主任陈崎嵘主持。

12月14日下午，由浙江省作协新文学群体工作委员会、杭州师范大学文化创意产业研究院共同主办的"浙江网络作家群与网络文学浙江模式"选题论证会在杭召开。

12月20日，省作协文学精品创作座谈会在杭州举行，省作协主席艾伟主持会议。省作协领导臧军、曹启文、晋杜娟，陆春祥、方卫平、钟求是、哲贵、苏沧桑、张国云、朱晓军、王侃、郑翔等作家、评论家、专门委员会负责人参加座谈会。

作家获奖

1月10日,《小说选刊》最受读者欢迎小说奖在西安颁奖,本次共有15部小说获奖,艾伟短篇小说《在科尔沁草原》位列其中。

2月25日,由国家新闻出版署和中国作家协会共同举办的"2018年优秀网络文学原创作品"推介名单在京揭晓,郭羽、刘波的《网络英雄传Ⅱ:引力场》、蒋离子的《老妈有喜》、梦入神机的《龙符》、管平潮的《燃魂传》等4部作品入围推介名单。

3月15日,2018年度中国作家出版集团奖颁奖,余华获优秀作家贡献奖。

3月21日,中国诗歌网"2018年度十佳诗集"揭晓,浙江诗人高鹏程的诗集《萧关古道:边地与还乡》榜上有名。

4月20日,由省作协、舟山市文联等主办的第二届三毛散文奖在定海颁奖,张加强《太湖传》获散文集潜力奖。

4月,麦家长篇小说《人生海海》出版,一年内先后入选豆瓣年度十大最受关注图书、当当2019年图书榜单、《人民日报》2020推荐书单等,并获杭州市第十四届精神文明建设"五个一工程"特别奖。

5月8日，2019年度中国作家协会重点作品扶持办公室公布106项选题，黄亚洲报告文学《大陈岛密码》获"讴歌新时代、庆祝中华人民共和国成立70周年"主题专项扶持；王旭烽长篇小说《望江南》、海飞长篇小说《唐山海》、哲贵长篇小说《三兄弟》获重点扶持。

5月8日，中国作家协会网络文学中心发布2019年网络文学重点作品扶持选题名单，蒋胜男的《铁血胭脂》、北倾的《星辉落进风沙里》、凌晨的《第二次初婚》共3部作品入选。

5月17日，中国作家协会2019年度少数民族文学重点作品扶持篇目发布，陈莉（布依族）长篇小说《老去凭谁知》、芦苇岸（土家族）诗集《湖光》入选。

9月，人民文学出版社与学习出版社联袂合作，共同策划了"新中国70年70部长篇小说典藏"丛书，并列入中宣部、国家新闻出版署的重点选题计划。王旭烽《茶人三部曲》、黄亚洲《日出东方》、麦家《暗算》、阿耐《大江东去》入选。

9月，在喜迎新中国成立70周年的热烈气氛中，中国作家协会向全国326位从事文学创作70年以上的老作家颁发荣誉证书，褒奖他们为新中国文学事业做出的贡献，我省共有9位老作家获此殊荣。他们是任明耀、朱明溪、冯增荣、蒋风、渠川、石在、郑秉谦、胡小孩、郑立于。

10月11日，由国家新闻出版署和中国作家协会联合举办的"庆祝新中国成立70周年"暨2019年优秀网络文学原创作品推介活动发布仪式在京举行。其中阿耐的《大江东去》、蒋胜男的《燕云台》、陈酿的《传国功匠》、解语的《沉鱼策》4部作品入选。

11月9日，第三届江南诗歌奖颁奖典礼暨中国诗人温岭行系列活动在浙江温岭市举行。第三届江南诗歌奖揭晓，刘翔的组诗《甜蜜的与苦涩的》获主奖，泉子、金辉、冯娜三位诗人的作品获提名奖。

11月13日，由浙江省作家协会、宁波市文联、中共慈溪市委宣传部合作设立的第三届网络文学双年奖揭晓，浙江网络作家蒋胜男《燕云台》获得金奖，蒋离子《老妈有喜》获得铜奖。

11月16日，第十八届百花文学奖在天津揭晓，黄咏梅的《给猫留门》获"短篇小说奖"。

11月22日，浙江省第十四届精神文明建设"五个一工程"表彰座谈会在杭举行，省委常委、宣传部部长朱国贤出席表彰座谈会并发表重要讲话。胡宏伟报告文学《东方启动点——浙江改革开放史（1978—2018）》，何建明报告文学《那山，那水》，阎受鹏、孙和军报告文学《东极之光》，汤汤儿童文学《雪精来过》，古兰月长篇小说《守艺》获奖。

11月23日，首届大运河网络文学征文大赛颁奖仪式暨大运河主题创作研讨会在拱墅区举行，春叁拾郎《大运河上的枪声》获一等奖，古兰月《浮沉——大运河创业记》被评为最具人气奖。

11月27日,省人力资源和社会保障厅公示2019年浙江省有突出贡献中青年专家名单,黄咏梅入选。

12月23日下午,由中华文学基金会、桐乡市人民政府主办的"第三届茅盾文学新人奖暨第二届茅盾文学新人奖·网络文学新人奖"颁奖典礼在桐乡举行。叶炜获第三届茅盾文学新人奖,南派三叔、蒋离子获第二届茅盾文学新人奖·网络文学新人奖。

文学交流

1月18日,长三角文学高地建设高峰会在苏州工业园区召开。来自江苏、浙江、上海、安徽的文联、作协相关负责人和文学界代表就长三角文学建设现状、发展方向及作家之间交流与合作机制展开探讨。会上,苏浙沪皖四省(市)作协共同发布了《苏州宣言》。中国作家协会副主席何建明主持会议,省作协臧军、曹启文出席。

4月9日至18日,中央委员、中国作协党组书记钱小芊率中国作协庆祝新中国成立70周年主题采访团赴海南与贵州采访。浙江省作协党组书记、副主席臧军,宁波作家雷默随团采访。其间,采访团与海南作家、驻岛官兵,与贵州作家、扶贫第一书记等进行了充分交流。

4月16日上午,省委常委、宣传部部长朱国贤陪同内蒙古自治区党委常委、宣传部部长白玉刚一行考察中国网络作家村,省委宣传部副部长王四清,省作协副巡视员、党组副书记曹启文,以及管平潮、蒋胜男等网络作家参与座谈。

5月30日下午，罗马尼亚作家及版权集体管理组织代表团一行访问中国网络作家村，省作协党组书记、副主席臧军，省作协主席艾伟，以及管平潮、柳明晔等网络作家、出版工作者参与座谈。

9月4日至11日，省作协副主席哲贵带队，浙江省作家代表团一行9人赴青海开展"心连心"结对子工作和文学交流活动。活动期间，浙江代表团与青海省海西州文联（作协）、海南州文联（作协）进行了座谈交流。代表团还前往浙江省援青指挥部，慰问援青干部人才。

9月5日，以"新时代、新课题、新作为"为主题的第五届中国网络文学论坛在成都召开。曹启文做交流发言。

9月16日至23日，为贯彻落实《浙江省委宣传部、内蒙古自治区党委宣传部推进两地宣传思想文化事业高质量发展合作协议》（2019年7月签订）要求，省作协党组书记、副主席臧军带队，浙江省作家代表团一行12人赴内蒙古开展文学结对交流活动。活动期间，浙江省作协和内蒙古自治区作协互赠图书并签订了《浙江省、内蒙古自治区两地作协友好合作协议书》。本次文学交流活动还深入呼伦贝尔大草原开展了"走边防，进牧区"专题采风，与当地基层作协召开多场座谈等。

9月21日，第二届两岸青年网络文学大赛颁奖典礼在杭州举行。国台办新闻局局长、新闻发言人马晓光，省台办副主任周晁利，省委宣传部副部长李杲，省作协党组副书记、省网络作协主席曹启文等出席。该大赛自2017年举办以来，逐步打造了以网络文学为载体的两岸青年文化交流与合作发展新平台。本届大赛共收到投稿作品 682 部，其中台湾地区作品 200 部，最终评出 32 部获奖作品，台湾作者宴平乐的《六合枪》获一等奖。浙江作者肖恩 W 等 6 位作家的作品获奖。

10 月 29 日至 30 日，海南省文联主席孙苏、海南省作协主席梅国云率海南作家代表团来浙江交流，两省作家、文学工作者进行了座谈，代表团还参观考察了中国网络作家村等。臧军、曹启文陪同。

10 月 30 日至 11 月 2 日，内蒙古自治区呼伦贝尔扎赉诺尔区文联（作协）主席李满红率作家代表团来浙江交流，参观考察了中国网络作家村、大运河网络文学创作基地等。臧军等陪同。

12 月 1 日至 3 日，第二届海南岛国际电影节在三亚举行，省委宣传部副部长葛学斌，省作协臧军、曹启文等参加。其间，与世界各地参展的影视公司、制作人进行了充分交流，为筹办首届国际网络文学周活动积累资料。

12 月 8 日至 15 日，浙江文学代表团一行 6 人出访瑞典、丹麦，代表团由省作协党组成员、秘书长晋杜娟率队，与当地文学界、出版界同行进行了真挚友好的交流。

12 月 9 日，中国网络作家村第二次村民日活动在杭州市滨江区白马湖举行，原中国作协副主席、中国作协网络文学委员会主任、中国网络作家村名誉村长陈崎嵘主持开幕式。唐家三少、南派三叔等来自全国各地的 200 多位知名网络作家现场交流了文学创作经验。省作协臧军、曹启文等参加。

图书在版编目(CIP)数据

浙江文坛.2019卷/浙江省作家协会编.—杭州：浙江文艺出版社,2020.8
ISBN 978-7-5339-6174-9

Ⅰ.①浙… Ⅱ.①浙… Ⅲ.①中国文学—当代文学—文学评论—文集 Ⅳ.①I206.7-53

中国版本图书馆CIP数据核字(2020)第132381号

责任编辑　丁　辉
装帧设计　吕翡翠
责任印制　张丽敏

浙江文坛（2019卷）

浙江省作家协会　编

出版	浙江文艺出版社
地址	杭州市体育场路347号
邮编	310006
网址	www.zjwycbs.cn
经销	浙江省新华书店集团有限公司
制版	浙江新华图文制作有限公司
印刷	浙江海虹彩色印务有限公司
开本	880毫米×1230毫米　1/32
字数	209千字
印张	8.375
插页	2
版次	2020年8月第1版
印次	2020年8月第1次印刷
书号	ISBN 978-7-5339-6174-9
定价	39.00元

版权所有　违者必究

（如有印、装质量问题，请寄承印单位调换）